길,

저
쪽

길, 저쪽

정찬 장편소설

창비

차
례

1장
편지

1

희우의 편지가 온 날 나는 암실에서 인화작업을 하고 있었다. 1994년 2월, 강원도 양양 설악산 동쪽 기슭에 위치한 진전사 터(陣田寺址)에서 찍은 몇점의 흑백사진이었다. 이십년이 다 되어가는 필름이었지만 슬라이드 보관용 파일에 담아 햇빛이 들지 않는 곳에 두었기에 별다른 문제가 없었다. 오랫동안 묻혀 있던 그 필름을 꺼낸 것은 그날 아침 김준일의 어머니가 돌아가셨다는 연락을 받았기 때문이었다.

진전사 터로 나를 이끈 이는 김준일이었다. 그날 눈이 몹시 내렸다. 우리가 진전사 터 아랫마을에 도착했을 때 천지가 눈이었다. 진전사 터로 올라가는 산길에는 허벅지까지 빠질 정도로 눈이 쌓였다. 그날밤 우리는 폐사지 벌판에서 야영했다. 그것이 우리의 마지막 만남임을 당시 나는 까맣게 몰랐다. 그때 찍은 사진 가운데 김준일이 담긴 사진이 딱 한장 있었다. 눈을 이고 있는 삼층석탑 앞에서 그는 미소를 짓고 있었다. 그 사진을 오랫동안 들여다보았다. 셔터 소리가 귀에 들리는 듯했다. 그리운 소리였다. 내가 그런 회상에 잠겨 있었을 때 집배원이 희우의 편지를 들고 왔을 것이었다.

나중에 안 사실이지만 집배원이 편지를 우편함에 넣는 대신 초인종을 누른 것은 등기우편이기 때문이었다. 안에서 기척이 없자 집배원은 다음 날 오후 2시경에 다시 오겠으며, 그때에도 부재중이면 우체국을 방문하여 찾으라는 내용의 스티커를 우편함에 붙이고 희우의 편지를 도로 가져간 것이다.

암실에서 얼마나 있었는지는 기억할 수 없다. 아마 꽤 오래 있었을 것이다. 암실에서의 시간 감각은 바깥과 다르다. 얼마 있지 않은 것 같은데도 나와보면 깜짝 놀란다. 더욱이 그날 나는 깊은 회상에 빠져 있었다. 김준일은 1994년 가을 마흔둘의 나이에 세상을 떠났다. 그렇게 빨리 떠날 줄은 정녕 몰랐다. 언제부턴가 나는 김준일을 자주 잊었다. 세월 때문이라고 애써 생각하지만, 부끄럽고 쓸쓸했다.

오후 5시 반경 장례식장에 가려고 우이동 집을 나섰다. 대문을 잠그는 동안 집배원이 붙인 스티커를 보지 못한 것은 김준일에 대한 추억에 사로잡혀 있었기 때문일 것이다. 의정부에 위치한 장례식장에 들어섰을 때는 저녁 7시가 다 되어가고 있었다. 국화꽃 한송이를 영정 아래에 놓았다. 영정 속에서 김준일의 어머니는 초점

없는 눈으로 어딘가를 보고 있었다. 아들을 땅에 묻고 구름 한점 없는 하늘을 망연히 보던 그녀의 모습이 어른거렸다. 스물다섯에 청상이 되어 하나밖에 없는 아들만 바라보며 살던 그녀에게 김준일의 죽음은 청천벽력이었을 것이다.

김준일이 러시아로 들어간 것은 1994년 7월이었고, 끄렘린 성벽이 보이는 모스끄바 강에서 시체로 발견된 것은 그해 9월이었다. 시체를 감식한 경찰은 자살이나 타살의 흔적을 발견할 수 없다며 사고사로 처리했고, 가족은 이의를 제기하지 않았다. 김준일의 주검은 일정한 절차를 거쳐 서울로 이송되어 의정부 외곽의 공원묘지에 묻혔다.

내가 김준일의 죽음에 대해 러시아 경찰과 다르게 생각한 것은 그가 러시아에서 보낸 편지 때문이었다. 편지에는 자살을 암시하는 내용이 들어 있었다. 하지만 표현이 추상적이어서 해석을 달리할 수도 있어 나의 생각을 유족에게 알리지 않았다. 그러나 내 마음 깊은 곳에서는 김준일의 죽음을 자살로 받아들였다.

김준일이 지켜야 할 상주 자리에 어느덧 청년이 된 그의 아들 현수가 있었다. 현수는 나를 보자 눈물을 글썽였다. 아버지 없이 자란 그에게 할머니의 죽음은 각별하게 다가왔을 것이다. 어릴 적부터 나를 삼촌이라고 부르던 현수는 아버지에 대해 자주 물었다. 아버지를 한번도 보지 못한 어린아이에게 아버지에 대해 말하기가 무척 조심스러웠다. 김준일이 온몸으로 부딪쳤던 70년대와 80년대의 역사를 설명하는 일도 쉽지 않았다. 현수의 머릿속에 김준일이 어떻게 그려져 있는지 정확히 알 수는 없지만, 내가 그려주고 싶었던 모습은 '순결한 사람'이었다. 그의 죽음도 순결함에서 비롯된 것이었으리라.

그날 저녁, 상가 접객실 한 귀퉁이에서 옛 친구들이 오랜만에 모여 술잔을 기울였다. 환경운동가 장선익, 대학에서 정치학을 가르치는 권기호, 고향에 돌아가 농사를 짓고 있는 시인 김규환이었다. 처음에는 안부를 묻고 근황을 이야기하면서 간간이 웃음이 흘러나왔다. 이야기가 끊기고 침묵이 그늘을 드리운 것은 옆자리에서 대통령 선거 이야기가 들려오면서부터였다. 나이가 꽤 들어 보이는 문상객들이었는데, 선거 결과가 그들이 바란 대로 된 모양이었다. 그들의 목소리는 밝았고, 웃음소리가 자주 터져나왔다.

김규환은 고개를 약간 숙인 채 눈을 감고 있었다. 장선익은 등을 벽에 기대고는 두 팔을 축 늘어뜨리고 있었고, 내 옆에 앉은 권기호는 빈 소주잔을 만지작거렸다.

"돌아갈 수 없을까……"

김규환은 눈을 감은 채 혼잣말하듯 중얼거렸다.

"어디로?"

권기호의 물음에 김규환은 부스스 눈을 떴다.

"선거 이전으로."

"돌아가면 어떻게 되는데?"

"그땐 희망이 있었잖아."

"지금은?"

"캄캄해."

"87년에도 견뎠잖아."

"그때보다 더 힘든 것 같아. 87년과 비슷한 풍경이 나타나니까 스르르 주저앉게 되더군. 나이 탓이겠지. 자넨 어떻게 견뎌?"

"난 누워 있어. 누워서 별을 찾아."

"별이 보여?"

"보이지는 않지만 어딘가에 있다는 건 알고 있어."

"자네가 진짜 시인이구먼."

김규환은 쓰게 웃었다. 장례식장으로 오면서 보았던 저녁 하늘이 떠올랐다. 어두운 하늘에 빛이 어렴풋이 남아 있었다. 빛이라기보다 빛의 흔적 같은 것이었다. 나는 가만히 서서 얇은 서리 조각 같은 빛을 오랫동안 올려다보았다.

"문제는 석과야."

두 팔을 축 늘어뜨리고 있던 장선익이 두사람의 대화에 끼어들었다.

"석과?"

김규환이 궁금한 표정으로 장선익을 보았다.

"씨과실 말이야, 먹어서는 안되는."

장선익은 자세를 바로 하며 말했다.

"아, 석과불식."

석과불식(碩果不食)은 주역(周易)의 효사(爻辭)에 나오는 말이다. 나뭇가지에 마지막 남은 씨과실이 석과다. 석과는 먹어서는 안되는 과실이다. 마지막 씨앗을 먹어버리면 나무를 다시 심을 수 없다. 영원히 사라지는 것이다.

"언젠가부터 난 우리 사회가 석과마저 먹어치우려 드는 게 아닌가, 의심을 품기 시작했어. 석과는 물질이 아니야. 물질을 이루는 근원이야. 그런데 우리 사회는 이 근원마저 물질로 생각하는 것 같아. 이명박 정권이 고집스럽게 수행한 사대강 사업을 생각해봐. 땅을 적시며 바다로 흘러들어가는 강의 흐름 속에는 우리가 결코 알 수 없는 자연의 섭리와 함께, 자연의 섭리에 기대어 살아온 누대 사람들의 삶이 깃들어 있어. 그러니까 강은 단순한 물의 집합처가 아니라 자연의 근원이며, 그 근원에 기대어 살아온 누대 사람들의 삶의 근원이야. 우리가 소중히 간직해야 할 석과이지. 그런데 이명박 정권은 강을 물의 집합처로만 본 거야. 철저한 물질주의적 사고방식이지. 거기에는 자연의 섭리와 누대 사람들의 삶의 결에 대한 외경과 겸손이 전혀 없어. 불행히도 석과를 먹어치우려고 한 결과가 강 곳곳에 나타나고 있어."

장선익의 목소리는 나직하면서 또렷했다.

"물질주의가 정말 무서운 것은 사람과 사람 사이의 소통을 막아버리기 때문이야. 우리가 사는 세상은 사람들의 삶이 피륙의 실처럼 연결되어 유기체처럼 움직이고 있어. 물질주의는 이런 생각을 끊어버려. 다른 사람의 삶이 자신의 삶과는 아무런 관계가 없다고 생각하게 만들어버린단 말이야. 자신의 이익 추구가 절대적 가치가 되어버리는 거지. 이런 생각들이 집단화되면 석과가 따 먹어도 되는 과실로 보이게 돼. 아무리 고통스럽더라도 지켜야 할 희망의 씨앗을 먹게 되는 거지. 자신의 몸을 먹는 아귀처럼."

아귀라고 말할 때 장선익의 표정은 처연했다.

"자네 말을 들으니 쌍용차 노동자들의 비극이 떠올라. 그들이 스스로 목숨을 끊은 건 자본의 독재나 정치 체제에 대한 저항이 아니었어. 아무리 버티려 해도 버틸 수 없는 절망으로부터 달아난 거야. 내 눈에는 그들의 죽음이 우리 사회가 건강한 생명체로 기능하기 위해 지녀야 할 최소한의 기준이 무너졌거나, 무너지고 있는 표징으로 보였어. 그들의 죽음을 기존의 정치적 이념적 잣대로 보면 안 되는 이유가 여기에 있어. 그럼에도 스무명이 넘는 생명들이 스러지는 동안 몇몇 진보 언론들과 소수의 시민들만 관심을 보였을 뿐, 주류 권력집단들은 외면하거나 무관심했어."

권기호는 눈을 껌벅이며 침울하게 말했다.

"대선이 끝난 지 일주일 만에 네명의 노동자가 스스로 목숨을 끊은 사실도 예사롭게 보아서는 안돼. 그들 가운데 세사람은 부당해고를 당한 이들이었어. 그들에게 이번 대선은 목숨이었어. 마지막 희망이었던 거지. 오죽했으면 유서에 '날 죽여서 저만 행복하게 가렵니다. 죄송합니다'라고 썼을까. 그런 유서를 쓰기까지 겪어야 했을 마음의 고통을 생각하면 속에서 무언가가 차올라. 사람의 마음에는 마지막 피안지대가 있어. 어떤 고통도 닿지 않는 본질적이며 절대적인 공간이라고 할까. 생명의 원천 혹은 씨앗 같은 거지. 사람의 마음에도 석과가 있는 거야. 그들이 스스로 목숨을 끊은 것은 마음의 석과를 잃었기 때문이야. 어떤 아귀가 그들의 석과를 먹었을까……"

장선익은 중얼거리듯 말하며 벽에 등을 기댔다. 그의 두 팔은 다시 축 늘어져 있었다.

"난 아무리 생각해도 이해가 안돼."

"뭐가?"

권기호의 말에 김규환이 물었다.

"김지하가 박근혜를 지지한 것."

"김지하는 오래전부터 여성성과 모성의 중요성을 강조했어. 남성 중심의 세계는 경쟁과 불신, 반목으로 차갑고 황량한 사회가 될 수밖에 없는데, 이런 사회를 부드럽게 감싸안는 여성성과 모성이 필요하다는 거지."

"그 말에는 공감해. 문제는 박근혜와 박근혜를 둘러싸고 있는 이들이 상처투성이인 우리 사회를 부드럽게 감싸안을 수 있는 모성적인 정치인들인가 하는 점이지. 어쨌든 김지하의 선택은 존중해야겠지. 내가 정말 이해할 수 없는 건 최근에 그가 쏟아내는 말들이야. 깡통 빨갱이니, 빨갱이 방송이니, 공산화 세력이니 하면서…… 우리 사회에서 빨갱이라는 말이 얼마나 폭력적인가를 뼈저리게 겪은 사람이 어떻게 그런 말을 할 수 있어?"

"우리 탓도 있지 않을까."

김규환이 조심스러운 목소리로 말했다.

"그것과 우리가 무슨 관계가 있어?"

"김지하가 그렇게 한 것과 우리가 무관하지 않다는 거지."

"우리가 누구지?"

"이 사람아, 왜 그렇게 예민하게 받아들여."

"이야기가 막연하잖아."

"우린 지금 막연한 세상에 살고 있어."

"허허, 말이 되네."

권기호는 허탈하게 웃었다.

"김지하의 얼굴 속에는 우리의 얼굴이 스며들어가 있다고 난 생각해. 그러니까 김지하를 제대로 비판하려면 김지하의 얼굴 속에 파묻혀 있는 우리의 얼굴에 대한 냉철한 성찰이 필요하다는 거지. 내가 김지하에게 슬픔을 느낄 때는……"

김규환은 잔에 가득 찬 소주를 죽 들이켰다.

"김지하가 신적인 시선으로 타인을 가차 없이 꾸짖는 모습을 보고 있을 때야. 그가 삶의 중심으로 삼는 모심(侍)과는 거리가 너무 멀어. 내가 기억하고 싶은 김지하는 자신을 초라한 광대의 보잘것 없는 넋이라고 말할 때의 모습이야. 그 모습을 보고 있노라면 그의 아픈 내면은 물론 우리의 아픈 시대까지 느껴져. 그가 한때는 시대의 초상이고, 거울이었으니……"

김규환의 목소리에는 괴로움이 배어 있었다. 가만히 듣고 있던 장선익이 축 늘어뜨린 두 팔을 모으며 바로 앉았다.

"세상은 언제나 지옥을 품고 있어. 인간이라는 기이한 족속의 한계성 때문이지. 내부에 식인적 본성과 색정적 열정을 품고 있는 존재가 인간이라는 어떤 신화학자의 말을 나는 수긍해. 그럼에도 우리가 희망을 품을 수 있었던 것은 그런 비합리적 야만을 극복하게 하는 척도가 우리 곁에 존재하고 있었기 때문이야. 어떤 시대든 스스로 척도가 되었던 예언자적 인간이 숨 쉬고 있었어. 김지하는 70년대 암흑 속에서 우리 곁에 숨 쉬고 있던 척도였어. 우리의 청춘이 비교적 올바르게 성장할 수 있었던 것은 그 같은 척도가 우리 곁에 존재하고 있었기 때문이야. 김지하는 그런 자신의 모습을 스스로 허물어뜨렸어. 혹독한 암흑의 시대 속에서 우리가 진실이라고 부른 것들, 존엄이라고 부른 것들, 자유라고 부른 것들, 사랑이라고 부른 것들이 척도와 함께 허물어지고 말았어. 그 참혹함이란……"

장선익은 더 말할 듯하다가 침묵했다. 그의 침묵은 모두의 침묵으로 이어졌다. 침묵은 주변의 소리들이 낯설게 들릴 만큼 깊었다. 우리가 세상과 동떨어진 곳에 있는 것처럼 느껴졌다. 김준일의 얼굴이 떠올랐다. 시간 저 너머에서 어렴풋이 떠오른 김준일의 얼굴은 슬퍼 보였다. 내가 김지하를 알게 된 것은 김준일을 통해서였다. 눈부시게 푸른 청춘이었을 적에.

2

김준일은 시인이었다. 그의 시를 처음 본 것은 1973년 햇살이 눈부시던 5월이었다. 신입생이었던 나는 교정 잔디밭에 누워 대학신문을 펼쳤다. 구름이 해를 가리면서 주위가 어두워지고 있을 때 한 편의 시가 눈 안으로 빨려들 듯 들어왔다.

그대의 신성한 꿈 앞에서
나는 무릎 꿇었다
재와 먼지뿐인 세계 속에서
걸인이 되어버린 나는

이렇게 시작하는 시는 바람처럼 흩어지고 물결처럼 넘실거리며 내 가슴을 흔들었다. 시인은 역사학과 4학년 김준일이었다. 그는 치열한 운동가이기도 했다. 운동가로서 그의 이야기가 학생들 사이에서 회자되고 있었지만 나를 설레게 하지는 못했다. 내 가슴을 설레게 한 것은 그가 시인이라는 사실이었다. 당시 나에게 시인은 꿈의 존재였다.

"인간이 본 최초의 언어가 무언지 아나?"

김준일은 나직한 목소리로 물었다. 1973년 12월, 학교 앞 목로주점에서였다. 나는 고개를 저었다.

"짐승의 발자국이었어."

짐승의 발자국. 나는 그 말을 마음속으로 되뇌었다.

"원시시대의 인간들에게 짐승을 추적하고 포획하는 일은 대단히 중요한 일이었어. 짐승을 찾기도 어려웠거니와, 찾았다 하더라도 섣불리 짐승에게 다가갈 수 없었어. 그들이 감당할 수 없는 짐승이면 죽을 수도 있으니까. 그러니까 짐승을 찾는 일과 짐승의 정체를 미리 아는 일은 그들의 생명과 직결되는 사안이었어. 이 두가지를 동시에 알려주는 것이 짐승의 발자국이야. 발자국의 모양과 위치를 보면 짐승의 모습은 물론 움직임도 그려져. 짐승의 숨소리와 달릴 때 나는 소리도 들려."

주방에서 그릇 씻는 소리가 김준일의 목소리와 섞이고 있었다.

"지금 우리의 역사는 시에게 최초의 언어가 되기를 명령하고 있어. 김지하의 시를 들여다보면 짐승의 발자국이 나타나. 그의 시에 몸을 묻으면 짐승의 리드미컬한 움직임까지 느껴져. 짐승의 가쁜 숨소리와 발이 땅과 부딪칠 때 나는 소리도 들려."

나는 짐승이 은유하는 것이 무엇인지를 생각하면서 김준일의 이야기에 귀를 기울였다. 당시 김지하는 나에게 현실의 존재가 아니었다. 상상의 존재였다. 그 상상의 존재를 직접 본 것은 1975년 2월이었다.

1974년 4월 25일 유신정권은 "공산주의자의 배후 조종을 받은 민청학련을 적발했으며, 민청학련의 배후에 과거 공산계 불법단체인 인민혁명당 조직이 있다"고 발표했다. 5월 27일 검찰이 기소한 민청학련 관련자 32명 가운데 김준일과 김지하가 있었다. 7월 8일 검찰은 인혁당 재건위 관련자 7명에게 사형, 8명에게 무기징역, 6명에게 징역 20년을, 다음 날 민청학련 관련자 7명에게 사형, 7명에게 무기징역, 12명에게 징역 20년, 6명에게 징역 15년을 구형했다. 11일과 13일 열린 선고공판에서 재판부는 검찰의 구형을 대부분 그대로 받아들였다. 김준일 무기징역, 김지하 사형이었다. 김준일이 영등포교도소에 수감된 후 안동에서 올라온 그의 어머니를 모시고 면회를 갔다. 수인이 된 아들을 만나고 나온 그녀는 교도소 담장 앞에서 하염없이 울었다.

1975년 2월 15일, 나는 선후배들과 함께 형 집행정지로 출감하는 김준일을 맞으러 영등포교도소로 갔다. 김준일의 어머니는 빙판길 낙상 사고로 상경하지 못했다. 교도소 앞에는 많은 사람들이 와 있었다. 구속자들의 가족 친지들과 기자들이었다. 날씨가 몹시 추웠다. 해가 지면서 기온이 더 떨어져 살을 에는 듯했다. 그 혹한 속에서 희우를 보았다. 보았다는 말은 정확한 표현이 아니다. 희우가 나의 시선을 끌어당겼다고 해야 할 것이다.

희우는 나와 불과 몇걸음 떨어진 곳에서 친구인 듯한 여자와 이야기하고 있었다. 어스름이 내려앉고 있을 때라 옆모습이 어렴풋이 보였다. 뺨이 추위에 발갛게 달아 있었다. 두사람의 대화를 들어보니 희우 친구인 듯한 여자의 오빠가 출감하는 것 같았다. 당시 희우는 단발머리 여고생이었다. 나는 그녀에게서 시선을 뗄 수 없었다. 그녀의 투명한 목소리가 추위로 멍해진 머릿속으로 경쾌한 선율처럼 스며들어와 머리를 맑게 하고 있었던 것이다.

희우는 내 시선을 느꼈는지 뒤를 돌아보았다. 시선이 마주치는 순간 슬픔이 가슴을 긋고 지나갔다. 까닭을 알 수 없는 그 슬픔은 금방 사라졌지만, 가슴에 남은 흔적은 금방 사라지지 않았다. 흔적의 자리에 따뜻한 햇살 같은 것이 고이는 듯했다.

교도소 철문이 열린 것은 밤 9시가 조금 넘어서였다. 삐거덕하는 소리와 함께 철문이 열리면서 회색 솜저고리 바지 차림의 수감자가 책 보따리를 들고 바깥으로 나왔다. 그동안 추위에 몸을 떨며 기다리던 사람들이 일제히 만세를 불렀다. 우리는 「선구자」 「우리는 승리하리라」를 부르며 그들을 맞이했다. 흰색 한복을 입고 푸른색 책 보따리를 옆에 낀 김준일이 우리를 보자 활짝 웃었다. 그는 김지하가 아직 출감하지 않았다는 우리의 말에 굳은 표정을 지으며 교도소 정문을 주시했다.

김지하가 나온 것은 9시 35분경이었다. 교도소 정문 앞 큰길에는 바리케이드가 쳐져 있었다. 김지하의 모습이 보이자 몇몇 사람들은 바리케이드를 뛰어넘어 달려가 그를 얼싸안았다. 모두가 감격에 차 있었다. 일부 사람들은 김지하를 무동 태워 구호를 외치며 내달렸다. 축제 분위기였다. 김지하가 기자들에게 뭐라고 말했으나 멀리 있는 나에게는 제대로 들리지 않았다. 얼마 후 김지하는 누군가가 준비한 승용차를 타고 그곳을 떠났다. 명동성당으로 간다고 했다. 기자들을 비롯한 많은 사람들이 김지하를 따라갔다. 그 사이 단발머리 여고생은 어디로 갔는지 보이지 않았다. 두달 후 그녀와 다시 만나게 될 줄은 까맣게 몰랐다. 그녀 이름이 희우인 것도 물론 몰랐다.

김준일을 비롯한 출감자들은 수감자들이 모두 나올 때까지 기다리기로 했다. 그들이 마지막까지 기다린 사람은 백기완이었다. 그가 육년 전 국민투표법 위반으로 선고받은 벌금 십만원을 납부하지 않으면 석방할 수 없다는 교도소 측의 입장이 전해지자 모금이 벌어졌다. 김준일은 나의 호주머니를 털었고, 나는 적은 돈이지만 즐겁게 내주었다. 하지만 십만원을 모으기가 쉽지 않았다. 남아 있는 사람들이 적은데다 기자들은 자신들의 입장 때문에 돈을 내놓지 못하고 있었다. 사람들 사이로 분주히 오가는 김준일을 물끄러미 보고 있는데, 누군가가 내 앞으로 다가왔다. 아이를 포대기로 둘둘 말아 등에 업은 아주머니였다. 아이 어머니라기에는 나이가 너무 들어 보였다. 그녀는 만원권 지폐 몇장을 나에게 건네며 모금에 보태라고 했다. 예상치 못한 그녀의 기부에 나는 얼떨떨했다. 차림새에 비하면 무척 큰돈이어서 받기가 망설여졌다. 내가 돈을 받은 것은 그녀의 입가에 어린 미소를 보고 나서였다. 쓸쓸하면서도 화사한 미소였다. 백기완이 출소한 시각은 10시 55분이었다. 그는 "민주 회복이 없는 옥문 밖은 그대로 감옥"이라고 말했다.

김준일과 함께 교도소 앞을 떠난 것은 11시가 조금 넘어서였다. 그가 나를 데려간 곳은 하월곡동 정릉천변 홍등가였다. 나는 택시에서 내릴 때까지 목적지를 몰랐다. 김준일은 호객하는 여인들에게 눈길을 주지 않고 성큼성큼 걸어 좁은 골목 안에 있는 집으로 들어갔다. 그 집 여자들은 한복 차림에 책 보따리를 들고 나타난 김준일을 보자 눈을 휘둥그렇게 뜨며 반가워했다. 김준일을 잘 아는 듯했다. 그녀들이 안내한 방은 작고 깔끔했다. 잠시 후 술상과 함께 몸이 아담하고 얼굴이 고운 여자가 들어왔다. 그녀는 김준일을 보자 눈물을 글썽였다.

"내 누이동생이다. 이름은 차혜림. 누이동생이긴 한데 꼭 누나처럼 군다."

김준일이 빙긋 웃으며 말하자 볼이 살짝 붉어진 그녀는 눈을 흘겼다. 그러고는 상에 있는 두부 한점을 떠서 김준일의 입에 넣어주었다.

"넌 행운아야."

김준일은 나에게 술잔을 건네며 말했다. 무슨 뜻인지 몰라 멀뚱히 그를 보았다.

"박경리 선생의 귀한 돈을 직접 받았으니 행운아지."

"『토지』를 쓰고 있는……"

"맞아."

그녀의 남루한 옷차림과 함께 쓸쓸하면서도 화사한 미소가 떠올랐다.

"그분이 왜 거기에 계셨어요?"

"김지하는 박경리 선생의 사위야."

"그럼 등에 업은 그 아이는……"

"김지하의 아들이겠지, 그가 감옥에 있을 때 태어난."

"그분은 왜 사위를 안 따라갔어요?"

"나도 몰라."

"사위는 언제 만났어요? 난 보지 못했는데……"

"나도 못 봤어."

"왜 못 봤어요? 계속 김지하 가까이 있었잖아요."

"나만 못 본 게 아냐. 본 사람이 아무도 없어."

"두분이 만나지 않았단 말이에요?"

김준일은 고개를 끄덕였다.

"늦게 오신 모양이네."

"글쎄……"

김준일은 술잔을 든 채 생각에 잠겼다. 차혜림은 생각에 잠긴 김준일을 가만히 보고 있었다. 그녀의 눈이 맑게 빛났다.

그날 술이 맛있었던 것은 오이를 썰어 넣은 소주와 정성이 담긴 안주 때문만은 아니었다. 가장 큰 이유는 차혜림이었다. 그녀에게는 누이의 다정함이 있었고, 젊은 여성의 수줍음과 발랄함이 있는가 하면, 모성적인 따뜻함도 있었다. 간혹 그 모든 것이 합쳐져 그녀의 얼굴이 전혀 다른 모습으로 보이기도 했다.

3

상복을 입은 차혜림이 우리에게 온 것은 장례식장이 한산해진 밤 10시 무렵이었다. 다소곳이 앉아 술을 받는 그녀의 모습을 보자 하월곡동 정릉천변 홍등가가 떠오르면서 마음이 순식간에 세월 저쪽의 시간으로 잠겨들었다.

그날 우리가 술집을 나온 것은 새벽빛이 창으로 스며들 때였다. 김준일이 나오지 말라고 했음에도 차혜림은 말없이 따라나왔다. 새벽빛에 잠긴 정릉천변은 고요했다. 나는 차혜림의 발소리에 귀를 기울이며 걸었다. 그녀의 발소리는 내 마음속에서 따뜻하게 울렸다. 그녀가 걸음을 멈춘 것은 김준일이 들어가라는 말을 세번째 했을 때였다. 그를 쳐다보는 눈빛이 슬퍼 보였다. 그녀는 김준일에게 흰 봉투를 내밀었다. 김준일이 받지 않으려 하자 살며시 그를 껴안으며 봉투를 그의 한복 주머니에 넣었다. 나는 얼른 시선을 돌렸다. 그녀가 김준일의 등을 떠밀었고, 우리는 다시 터벅터벅 걸었다. 큰길로 들어서기 직전 슬쩍 뒤를 돌아보았다. 푸르스름한 새벽빛 속에 우두커니 서 있는 그녀의 모습이 보였다.

"우리가 보고 싶지 않았소?"

김규환의 능청스러운 말에 차혜림은 미소를 지었다.

"아드님이 상주 역할 잘하던데요."

권기호가 그녀에게 잔을 건네며 말했다.

"상주가 상주 역할 하는데 어려울 게 뭐 있겠어요."

김준일이 결혼한 것은 서른여섯살 때인 1988년 가을이었다. 신부는 대학 후배인 백선희였다. 일년 후 아이가 태어났다. 하지만 돌잔치를 치른 지 얼마 안되어 소아백혈병으로 죽었다. 그들이 이혼한 것은 아이가 죽은 지 일년이 채 안되어서였다.

　──사람과 사람 사이에는 강이 흐른다. 강의 모습은 사람에 따라 다를 것이다. 맑은 강이 있는가 하면, 탁한 강도 있을 것이다. 깊은 강과 얕은 강이 있을 것이고, 빠르게 흐르는 강과 느리게 흐르는 강도 있을 것이다. 사람들은 이런 강을 사이에 두고 관계를 맺기도 하고, 서로가 모른 채 살아가기도 한다. 선희는 내가 힘들었을 때 거친 물살을 헤치며 내 손을 잡아주었다.

　그랬다. 백선희는 김준일이 감옥에 있을 때 헌신적으로 옥바라지를 했다. 재벌회사 이사인 백선희 아버지는 김준일과의 결혼을 반대했다. 결혼을 고집하면 가족관계를 끊겠다고 했다. 그럼에도 백선희는 결혼했다.

　──우리의 강은 아늑하고 평온했다. 그 아늑하고 평온한 강에 섬이 하나 있었다. 작은 섬이었다. 우리는 작은 섬을 자주 찾았다. 따스한 빛에 감싸인 그곳에서 젖은 몸을 말렸고, 나란히 누워 밤하늘을 아름답게 수놓는 별들을 보았다. 그 섬은 우리에게 작은 낙원이었다. 그런데 아이가 죽자 섬이 보이지 않으면서 강물이 가파르게 흐르기 시작했다. 그제야 우리는 아이가 섬이었음을 깨달았다. 섬은 아이의 죽음과 함께 사라졌고, 강은 빠르게 황폐해져갔다. 황폐해진 강을 보는 일은 고통이었다. 그 고통에서 벗어나는 유일한 길은 강을 떠나는 것임을 우리는 언젠가부터 깨닫고 있었다.

나는 김준일에게 그것은 아이의 죽음에서 오는 일시적 고통이며, 고통이 지나가면 강은 본래의 모습을 찾을 것이라고 말했다. 김준일은 고개를 저었다. 강을 떠나지 않는 한 고통은 사라지지 않을 것이라고 했다. 결국 그들은 그들의 강을 떠났다. 김준일이 죽은 것은 그들이 헤어진 지 삼년 후였다. 백선희는 장례식장에 오지 않았다. 이혼 후 미국으로 갔으니 김준일의 죽음을 몰랐을 가능성이 컸다.

장례식장에서 내가 가장 기다린 사람은 차혜림이었다. 그녀가 오지 않으면 장례식장이 한층 쓸쓸할 것 같았다. 차혜림이 나타난 것은 발인 하루 전날이었다. 혼자가 아니었다. 여덟살짜리 아들을 데리고 왔다.

김준일의 어머니는 차혜림이 데리고 온 아이의 얼굴을 뚫어지듯 보았다. 슬픔으로 짓무른 눈이 번쩍이고 있었다. 시간이 얼마나 지났을까, 아들의 죽음 이후 표정이 사라진 그녀의 얼굴이 환해지면서 눈물이 주르르 흘렀다. 차혜림은 장례식장에 오래 머물지 않았다. 김준일의 영전에 분향하고, 한송이 꽃을 놓고, 유족들과 맞절을 하고, 김준일 어머니와 십여분 정도 이야기하고는 아이를 남겨두고 장례식장을 떠났다. 아이는 장례식이 끝날 때까지 상주 역할을 했다. 낯선 사람들 속에서도 주위를 당황스럽게 하는 행동을 한번도 하지 않았다. 차혜림이 아이를 데려간 것은 삼우제를 마치고 나서였다.

"혜림씬 앞으로도 계속 혼자 살 작정이오?"

주기가 오른 김규환이 익살스러운 표정을 지으며 물었다.

"몇년 후면 환갑이 되는 여자를 누가 데려가겠어요?"

"내가 데려가고 싶지만……"

김규환의 눈이 아이처럼 반짝였다.

"첫날밤에 준일이 형 혼령이 나타날까봐 못 데려가겠어."

김규환은 차혜림을 사랑하고 있었지만, 십여년 동안 마음에 품고 있던 사랑이 이루어질 수 없다는 것을 알고 있었다. 그의 표현으로는 그 사랑이 외로운 식량이 되었으며, 그가 힘들고 느리게 쓰는 시는 외로운 식량을 저작하는 행위라고 했다. 우리는 그런 시인에게 마음 깊이 감사하고 있었다. 차혜림은 우리에게 공동의 연인이었다. 사랑의 결은 저마다 달랐지만, 사랑의 원천은 다르지 않았다. 김준일이었다.

우리 넷은 김준일의 죽음이 품고 있는 진실에 가장 가까이 다가간 사람들이었다. 그 진실은 김준일이 러시아에서 보낸 편지 속에 있었다. 김준일의 사적인 편지를 세사람에게 보여준 것은 진실을 혼자서만 알고 있는 것이 온당하지 않다고 생각했기 때문이었다.

진실은 나누고 싶다고 나누어지는 것이 아니다. 진실은 눈에 잘 보이지 않는다. 진실을 볼 수 없는 자에게는 진실을 나눌 수 없다. 진실을 볼 수 있다 하더라도 진실의 무게를 견딜 수 없는 자에게도 진실을 나눌 수 없다. 우리가 진실을 나눌 수 있었던 것은 그 진실에 김준일의 생애가 실려 있었기 때문이다.

우리만큼 김준일을 잘 아는 사람은 없었다. 우리만큼 김준일을 좋아한 사람도 없었다. 우리가 오래전에 죽은 김준일을 살아 있었을 적보다 오히려 더 좋아하는 것은 그가 우리에게 보여준 진실 때문이었다. 그 진실은 우리가 젊은 날에 품었던 꿈을 끊임없이 일깨워주었다. 우리의 육신은 세월과 함께 늙어가지만 우리의 꿈은 조금도 늙지 않는 까닭이 거기에 있었다. 늙은 우리의 가슴속에 젊은 날의 꿈이 따뜻한 생명체로 깃들어 있었다. 가슴속에 꿈이 사라진, 꿈이 화석이 되어버린, 꿈을 지워버린 늙은이의 모습은 생각만 해도 끔찍했다. 그러니 우리는 김준일을 사랑하지 않을 수 없었고, 김준일을 영원한 꿈처럼 가슴에 품고 있는 차혜림을 사랑하지 않을 수 없었다.

4

그날밤 우리가 어떻게 헤어졌는지 기억나지 않는다. 권기호가 먼저 나간 것까지는 생각나는데, 그후로는 모르겠다. 어둑한 등불 아래에서 차혜림과 시인이 마주 앉아 이야기하는 모습이 어슴푸레 떠오르지만, 그날밤의 풍경이었는지, 다른 날의 풍경이었는지, 아니면 환영이었는지 알 수가 없다.

내가 우이동 집으로 들어간 것은 먼동이 트고 있을 때였다. 그때도 문에 붙어 있는 스티커를 보지 못했다. 어둑한 일층 식탁에 멍하니 앉아 있다가 이층으로 올라가 칫솔질을 하고 얼굴과 발을 씻은 후 침대로 들어갔다. 눈을 뜨니 정오 무렵이었다. 냉장고에 넣어둔 밥을 팔팔 끓인 콩나물국에 말아 먹었다. 작업실에서 커피를 마시며 사진자료를 뒤적이는데 초인종 소리가 났다. 집배원이었다. 그는 어제도 방문했다면서 대문에 붙어 있는 스티커를 가리켰다. 오후 한시쯤이었다고 했다. 암실에 있던 시간이었다.

서명을 하고 그가 내민 편지봉투를 받았다. 연둣빛 봉투였다. 들녘의 봄풀이 얼핏 떠올랐다. 편지 겉봉을 보았다. '강희우'라는 글자가 눈에 들어왔다. 믿기지 않았다. 뭔가 잘못된 게 아닐까 하는 생각이 가장 먼저 머리를 스쳤다. 눈을 한참 감았다 떴다. 편지 겉봉에 쓰인 글자는 여전히 강희우였다. 글씨체도 희우의 것이었다. 마당에 있는 나무 의자로 가서 앉았다. 날씨는 추웠고, 하늘은 흐렸다. 편지봉투를 탁자에 올려놓았다. 흐린 광선이 닿은 연둣빛은 창백했다. 푸른 잉크로 쓴 글씨가 연둣빛 속에서 가느다란 물줄기처럼 흘렀다.

그리운 당신

놀라는 당신의 얼굴이 눈에 선하네요. 제가 당신에게 편지를 보냈다는 사실 자체가 당신을 놀라게 할 것임을 잘 알고 있어요. 더욱이 '그리운 당신'이라고 했으니. 하지만 사실이랍니다. 편지를 쓰기 위해 펜을 들면서 저는 당신의 이름을 나직이 불렀답니다. 강희우라는 한 여자가 윤성민이란 한 남자의 이름을 불렀어요. 깊은 그리움으로.

희우 말대로 나는 놀라움에 사로잡혀 있었다. 1986년 10월, 편지 한장만 남긴 채 홀연히 사라져버린 후 아무런 소식도 없던 희우에게 편지가 왔으니 놀라지 않을 수 없었다. 게다가 '그리운 당신'이라니…… 눈을 감았다. 희우의 얼굴이 떠올랐다. 흐린 얼굴이었다. 너무나 흐려 금방이라도 사라질 것 같았다.

희우를 다시 본 것은 1975년 4월, 봄기운이 가득한 캠퍼스에서였다. 두달밖에 지나지 않았지만 단발머리 여고생의 모습이 아니었다. 그사이 머리가 제법 길어 숙녀티가 났다. 옷차림도 달랐다. 어둡고 무거운 겨울옷 대신 밝고 가벼운 봄옷을 입고 있었다. 그럼에도 첫눈에 희우임을 알았다.

그해 봄은 음울했다. 유신체제의 암흑이 봄의 기운까지 짓눌렀다. 그 음울함은 『동아일보』에 2월 25일부터 27일까지 사흘에 걸쳐 실린 김지하의 글에서도 흘러나왔다. 그가 출옥하고 열흘 후에 기고한 「고행… 1974년」이라는 제목의 글이었다. 첫번째 글은 흑산도에서 체포되어 고향인 목포항에 수갑을 찬 모습으로 도착할 때까지의 심경을 그리고 있고, 두번째 글은 그가 심문을 받은 정보국 6국의 '기이한 빛깔의 방' 묘사를 통해 빛 한점 들어오지 않는 권력의 음습한 밀실을 햇빛 아래 드러낸다. 세번째 글에서는 감옥에서 우연히 이루어진 정치범과의 대화를 들려줌으로써 인혁당 사건의 진실을 보여준다.

잿빛 하늘 나직이 비 뿌리는 어느날, 누군가 가래 끓는 목소리로 내 이름을 부르더군요. 나는 뺑끼통(감방 속의 변소)으로 들어가 창에 붙어 서서 나를 부르는 사람이 누구냐고 큰 소리로 물었죠. 목소리는 대답하더군요. "하재완입니더." "하재완이 누굽니까?" "인혁당입니더.""인혁당, 그것 진짜입니까?""물론 가짜입니더.""그런데 왜 거기 갇혀 계슈?""고문 때문이지러.""고문을 많이 당했습니까?""말 마이소! 창자가 다 빠져나와버리고 부서져버리고 엉망진 창입니더. 즈그들도 나보고 정치문제니께로 쬐끔만 참아달라고 합디더."

공간을 서로 달리하는 이야기들이 제각기 독자적인 그림을 그리면서 더 큰 그림 속으로 흘러들어가는 듯한 김지하의 글을 읽으면서 스물한살의 나는 표현하기 힘든 감정 속으로 빠져 들어갔다. 그 글로 인해 김지하가 출감 27일 만인 3월 14일 반공법 위반으로 다시 구속되었을 때 나는 책상 서랍에 보관해놓은 2월 17일자 『동아일보』를 꺼내 격려광고 가운데 색연필로 표시해둔 곳을 오랫동안 들여다보았다.

― 국민 여러분 우리 손자에게 아빠를 돌려주셔서 감사합니다. 박경리

『동아일보』 광고가 끊기기 시작한 것은 1974년 12월 중순부터였다. 광고주들에 대한 중앙정보부의 협박 때문이었다. 몇몇 회사들이 버티기는 했으나 1975년 1월 23일까지 광고의 98퍼센트가 떨어져나갔다.

유신정권은 언론을 철저히 통제했다. 민청학련 사건과 인혁당 재건위 사건에서 고문을 통해 범죄를 조작하여 사형과 무기징역을 무더기로 선고해도 언론은 침묵했다. 민청학련에 대한 검찰의 구형이 있던 7월 9일, 김지하의 어머니 정금성이 육군본부 근처에 있

는 집들의 문을 두드리며 "죄 없는 학생들이 사형 구형을 당했다" 면서 눈물로 호소한 것은 언론이 암흑 속에 있었기 때문이다.

이에 대한 기자들의 조직적 저항이 1974년 10월 24일 『동아일보』 기자들의 「자유언론실천선언」이었다. 그날 이후 『동아일보』 지면은 눈에 띄게 달라졌다. 국제인권단체 '프리덤 하우스'는 11월 20일 "언론통제에 맞서 자유언론의 실천으로 불의에 반대하고 민주주의를 지지하는 『동아일보』에 경의를 표한다"는 내용의 전문을 『동아일보』에 보내왔다. 유신정권은 그것을 보고만 있지 않았다. 세계 언론사에 유례없는 광고 탄압을 감행한 것이다.

기자들이 저항의 표현으로 백지광고를 싣자 수많은 국민과 단체들이 성금을 기탁했고, 해가 바뀌면서 격려광고 형태로 변화했다. 하지만 권력의 압력과 재정난에 위기를 느낀 동아일보사 경영진은 1975년 3월 8일 경영합리화를 이유로 기자 17명을 해고했다. 이에 기자들은 3월 12일 제작 거부에 들어갔고 일부 기자들은 단식투쟁을 시작했지만 3월 17일 경영진은 보급소 직원들과 정체불명의 괴한 200여명을 동원해 기자들을 회사 밖으로 끌어냈다. 거리로 쫓겨난 기자들은 대량 해고되었고, 중앙정보부 등의 수사기관에 수시로 연행되는 고초를 겪었다.

1975년 4월 9일 유신정권이 형 확정 열여덟시간 만에 하재완을 비롯한 인혁당 관련자 8명의 사형을 집행하자 세상은 어둡고 깊은 우물처럼 느껴졌다. 그 깊은 우물 속에서 희우를 다시 만난 것이었다. 그때 나는 학교 도서관 앞 벤치에 앉아 김지하의 시를 되뇌고 있었다.

1974년 1월을 죽음이라 부르자
오후의 거리, 방송을 듣고 사라지던
네 눈 속의 빛을 죽음이라 부르자

1974년 1월은 긴급조치 1호와 2호를 선포한 달이다. 유신헌법에
대한 일체의 비판과 논의를 금지하며, 위반한 자를 처벌하는 비상
군법회의를 설치한다는 내용이었다.

모두들 끌려가고 서투른 너 홀로 뒤에 남긴 채
먼 바다로 나만이 몸을 숨긴 날
낯선 술집 벽 흐린 거울 조각 속에서
어두운 시대의 예리한 비수를
등에 꽂은 초라한 한 사내의
겁먹은 얼굴
그 지친 주름살을 죽음이라 부르자

지친 주름살…… 나는 중얼거리며 하늘을 올려다보았다. 구름
한점 없는 하늘은 거울 같았다. 눈을 감았다.

그토록 어렵게
사랑을 시작했던 날
찬 바람 속에 너의 손을 처음으로 잡았던 날

두려움을 넘어
너의 얼굴을 처음으로 처음으로
바라보던 날 그날
그날 너와의 헤어짐을 죽음이라 부르자

　눈을 떴다. 흐린 시야 속으로 희우의 얼굴이 들어왔다. 그녀는 봄 햇살 속에서 환히 웃고 있었다. 너무나 환해 눈이 부셨다. 꼼짝할 수 없었다. 조금만 움직이면 빛나는 얼굴이 사라질 것 같았다. 사라지면 안되는 얼굴이었다. 알 수 없는 슬픔이 가슴에 고이고 있었다. 영등포교도소 앞에서 그녀와 시선이 마주쳤을 때 느꼈던 슬픔과는 달랐다. 처음의 슬픔은 투명했다. 그래서 아침 이슬처럼 금방 사라졌다. 그러나 두번째 슬픔은 금방 사라지지 않았다. 슬픔은 입안에 맴돌고 있던 죽음이라는 시어(詩語)와 섞이면서 검은 물결처럼 일렁였다. 검은 물결이 눈에 보이는 듯했다.
　간신히 일어난 나는 그녀가 있는 곳과 반대 방향으로 걸었다. 거의 무의식적인 행동이었다. 어디로 가는지 몰랐다. 가능한 한 그녀와 멀리 떨어진 곳으로 가야 한다는 생각뿐이었다. 정신을 차리고 보니 학교 뒷산 연못에 와 있었다. 풀밭에 앉아 햇살에 반짝이는 수면을 멍하니 보았다. 시간이 흐르면서 무의식적인 상태에서 차츰 벗어나기 시작했다. 조금 전에 일어난 일들이 현실처럼 느껴지지 않았다. 꿈속에서 일어난 일 같았다. 꿈을 깨면 꿈속의 모든 것들은 사라진다. 그녀가 사라지는 것이다. 그래서 슬픔을 느꼈던 것일까. 그런데 왜 나는 그녀를 피해 여기에 앉아 있을까. 검은 물결처럼 일렁이는 슬픔이 그녀에게 닿을까봐?

이해가 되지 않았다. 모든 것들이 처음이었다. 그녀를 본 순간에
느꼈던 슬픔과 슬픔이 사라진 흔적에 따뜻한 햇살 같은 것이 고이
는 듯한 느낌, 웃는 얼굴이 너무 환해 눈이 부신 느낌과 조금이
라도 움직이면 사라질 것 같은 느낌이, 죽음이라는 시어가 살아 움
직이는 듯한 느낌과 검은 물결처럼 일렁이는 슬픔이 모두 처음이
라 생경했다. 나는 벌떡 일어나 그녀가 있는 곳으로 거의 뛰듯이
걸었다. 도서관 앞이 너무나 멀리 느껴졌다. 아예 뛰고 싶었지만 누
군가 보는 것 같아 뛸 수도 없었다. 가슴속에서 등불 하나가 흔들
리고 있었다.

그녀는 도서관 앞 벤치에 없었다. 아까 내가 앉았던 맞은편 벤치
에 그녀가 앉아 있었는지 아니면 걸어가고 있었는지 알 수 없었다.
벤치에 앉아 있었다면 혼자였는지 누군가와 함께 있었는지, 걷고
있었다면 혼자 걸어갔는지 누구와 함께 걸어갔는지도 몰랐다. 내
가 기억하는 것은 햇살 속에서 웃고 있던 그녀의 눈부신 얼굴뿐이
었다.

도서관으로 들어갔다. 학생들이 갈 수 있는 곳은 다 뒤졌지만 그
녀는 보이지 않았다. 도서관을 나와 근처 건물의 학과사무실과 강
의실을 살폈으나 그녀는 없었다. 도서관을 중심으로 주위를 뱅뱅
돌았다. 어느덧 해가 서녘으로 기울고 있었다. 다리가 아팠고, 몸은
땀에 젖어 있었다. 벤치에 털썩 앉았다. 그녀가 다른 학교 학생일지
도 모른다는 생각이 들었다. 친구를 만나러 왔을 수도 있고, 그밖에
다른 일로 왔을 수도 있다. 그렇다면 그녀를 다시 만나는 것은 거

의 불가능하다는 생각이 들었다. 괴로웠다. 괴로움이 온몸을 둘러쌌다. 공기가 희박해지면서 숨 쉬는 것도 힘들어졌다. 목이 조이는 듯했다. 얼마나 시간이 지났을까. 기척이 느껴졌다. 고개를 드니 그녀가 있었다. 그녀는 눈을 반짝이며 나를 내려다보고 있었다. 누군가의 꿈속으로 들어와 있는 것 같았다.

"왜 저를 찾고 계세요?"

투명한 목소리가 먼 곳에서 들려오는 것처럼 아득했다.

5

지금도 희우의 그 목소리가 귓전을 울리는 것 같다. 그것이 나의 삶에 얼마나 커다란 축복이었는지, 그때는 제대로 알지 못했다. 희우는 자신과 시선이 마주치자 다급한 걸음걸이로 사라지더니 다시 돌아와 주변을 뱅뱅 도는 내 모습이 하도 이상해 멀리서 지켜보고 있었다고 했다. 처음에는 어디선가 본 듯한 얼굴이라는 느낌이 들었는데, 이윽고 영등포교도소 앞에서 자신을 주시하던 남자임을 기억해내자 무슨 이유로 저러는지 궁금해졌다는 것이었다. 그녀가 내 마음을 꿰뚫어 본 것은 내가 목이 조이는 듯한 괴로움을 느꼈을 때였다. 그러니까 우리의 사랑은 내가 목이 조이는 듯한 괴로움을 느끼고 있을 때 시작된 것이다.

그해 봄이 유난히 아름다웠던 것은 희우와 함께 있었기 때문이다. 희우는 어둡고 깊은 우물 속 같은 내 마음을 봄날의 햇살로 이

끌었다. 사랑은 밝음이었고, 기쁨이었고, 희망이었고, 꿈이었다. 내가 꿈의 세계에 빠져 있는 동안 꿈의 바깥에서는 많은 일들이 일어났다.

4월 11일 서울대학교 축산과 4학년 김상진이 「양심선언문」과 「대통령에게 드리는 공개장」을 남기고 과도로 자신의 배를 찔러 자살했다. 그는 「양심선언문」에서 "유신헌법의 잔인한 폭력성을, 합법을 가장한 모든 부조리와 악을, 일체의 정치적 자유를 질식시키는 공포의 병영국가가 도래했음을 민족과 역사 앞에 고발한다"고 했고, 「대통령에게 드리는 공개장」에서는 "각하가 영광의 퇴진을 위한 숭고한 결단을 한다면 각하는 민족의 가슴속에 각하가 이룩해놓은 업적과 더불어 참된 지도자로 새겨질 것이며, 역사는 이를 높이 평가할 것"이라고 했다.

김상진은 유신체제의 암흑을 언어로 드러내는 동시에 자신의 희생으로 유신체제의 중심을 타격했다. 당황한 유신정권은 아들을 땅에 묻기를 간절히 원했던 어머니의 마음을 짓밟고 시신을 무력으로 탈취해 벽제에서 화장해버렸다.

4월 30일에는 남베트남이 패망했다. 그날 이후 유신정권은 김상진의 죽음으로 촉발된 민주화 시위 열기를 덮으려 반공안보궐기대회를 거의 매일 열었다. 그리고 5월 13일, 유신정권은 마침내 유신헌법을 부정하거나 반대하는 행위는 물론 이를 보도하는 것조차 금지하는 긴급조치 9호를 선포했다. 그 선포로 일년 이상의 징역을 각오하지 않으면 시위를 할 수 없었다. 그럼에도 우리는 시위를 계획했다.

김상진의 죽음은 환영이 아니었다. 그 죽음이 우리의 머릿속에서 환영처럼 떠돈 것은 긴급조치 9호의 위력이었다. 김상진의 죽음은 긴급조치 9호라는 절벽 너머에 있었다. 그 절벽을 우리가 뛰어넘지 않으면, 뛰어넘어 죽음을 진혼하지 않으면 우리는 우리의 삶을 경멸하게 될 것이었다. 김상진 진혼식은 그만큼 우리에게 절실했다.

당시 학내 시위 주동은 운동가로 살아가겠다는 결단의 표현으로 받아들여졌다. 하지만 내가 시위 주동자의 한사람이 된 것은 그런 결단의 표현이 아니었다. 시인으로 살아가겠다는 결단의 표현이었다.

유신정권은 '시인의 말'을 허용하지 않았다. 허용되지 않은 시인의 말은 어둠속을 유령처럼 떠돌거나, 시체가 되어 검은 땅 속에 묻혀 있었다. 시인으로 살아가기 위해서는 유신정권을 무너뜨려야 했다. 그것은 또하나의 꿈이었다. 희우와 함께하겠다는 꿈과, 시인으로 살아가겠다는 꿈은 충돌하지 않았다. 두개의 꿈은 서로에게 거울이 되어 서로를 빛나게 했다.

5월 22일 정오 학교 광장에서 북소리와 함께 징, 꽹과리, 장구 소리가 울려퍼졌다. 그것은 평소에 듣던 소리와 많이 달랐다. 수업이 다 끝난 늦은 오후에나 들을 수 있는 소리인데다가, 흐름이 빠르고 격정적이었다. 학생들은 시위를 시작한다는 신호임을 직감했다. 학생들도 놀랐지만 그들보다 더 놀란 이들은 학교에 상주하던 사복형사들이었다. 긴급조치 9호가 선포된 지 열흘도 채 되지 않아 시위가 일어나리라고는 생각하지 못한 것이었다.

학생들은 플래카드가 펄럭이는 광장으로 몰려들었다. 흰옷을 차려입은 학생이 고 김상진 학우의 장례식을 거행한다는 말과 함께 제문을 읽기 시작하는데 사복형사들이 들이닥쳤다. 학생들과 사복형사들이 몸싸움을 벌이는 동안 조사(弔辭)가 낭독되었다.

── 그토록 어렵게, 그토록 숨 막히게 죽음으로 그대는 사랑을 완성했다. 척박한 이 터전에 붉디붉은 한점 피로써 그대는 사랑하는 법을 가르치고……

── 우리네 기다리던 사람들, 그리워하며 굶주렸던 우리들에게 죽음과 맞바꾼, 생애로써 말하는 그 피투성이의 말, 부릅뜬 사랑은……

사랑이라는 말이 가슴에 아프게 박히고 있었다. 죽음과 사랑이 등가가 되는 공간은 십자가의 공간이다. 박정희 정권하에서 우리에게 십자가의 공간을 최초로 보여준 이는 전태일이었다.

── 나는 돌아가야 한다. 꼭 돌아가야 한다. 불쌍한 내 형제의 곁으로, 내 마음의 고향으로…… 내 이상의 전부인 평화시장의 어린 동심 곁으로. 생을 두고 맹세한 내가, 그 많은 시간과 공상 속에서 내가 돌보지 않으면 아니 될 나약한 생명체들. 나를 버리고 가마, 나를 죽이고 가마.

그날의 시위는 나에게 고통스러우면서도 아름다운 춤이었다. 그 춤의 율동 속에서 나는 하늘이 열리고 땅이 평평해지는 세상을 꿈꾸었다. 황홀한 꿈이었다. 꿈에서 깨어나니 감옥이었다. 감옥살이는 나에게 꿈을 현실의 시간으로 직조하기 위한 수련의 시간이었다. 수련의 시간은 길면서도 짧았다. 감옥에서 시간은 늪이기도 했고, 강물이기도 한 것이었다.

일년 사개월 만에 감옥에서 나오니 강제징집이 나를 기다리고 있었다. 1976년 4월이었다. 입영열차가 떠나는 용산역에서 희우와 작별했다. 그녀는 눈물을 글썽이며 잘 다녀오라고 했다. 열차가 덜컹이며 떠나기 시작하자 눈을 감았다. 닫힌 눈꺼풀 너머 눈물에 젖은 희우의 얼굴이 어른거렸다. 흐린 별처럼 아련히 보이다가도, 바로 눈앞에 있어 손을 뻗으면 닿을 듯했다.

당신을 향한 저의 그리움을 제발 비웃지 마세요. 당신이 비웃는다고 생각하면 가슴이 에여요. 저도 알고 있어요, 너무나 늦은 그리움임을. 쉰넷의 여자가 쉰여섯의 남자에게 품기에는 너무나 뜨거운 그리움인 것도 알고 있고요. 염치가 없나요? 그래요, 당신을 버린 여자가 품기에는 너무나 염치없는 그리움일 거예요. 그럼에도 저는 지금 당신을 그리워하고 있어요. 한때 당신이 저를 그리워했듯이 저는 지금 당신을 그리워하고 있는 거예요. 당신, 지금 화를 내시나요? 화를 내셔요. 당신을 버린 여자가 그리움의 깊이를 어찌 알겠어요. 그땐 몰랐어요. 당신이 얼마나 절 그리워했는지를. 젊은 당신의 그리움이 얼마나 아름다웠는지 전 까맣게 몰랐어요.

지금 제가 있는 곳은 정릉의 옛집이에요. 당신도 몇번 왔었죠. 어머닌 당신을 참 좋아하셨어요. 당신을 사윗감으로만 보시지 않았어요. 그 이상이었지요. 이제야 밝히지만 어머닌 당신에게서 아들을 느끼셨어요. 저에겐 당신이 모르는 오빠가 있었어요. 제가 열두

살 때 교통사고로 죽은…… 그때 오빠는 열일곱살이었어요. 맙소사, 어떻게 그런 나이에 죽을 수 있어요! 그런 거짓말 같은 죽음이 실제로 일어난 거예요. 오빠가 어머니의 가슴속에 영원히 살 수 있는 것은 죽음이 불가능해 보이는 나이에 죽었기 때문일 거예요. 그렇게 오빠를 영원히 품은 어머니는 작년 4월에 돌아가셨어요. 일흔여섯이었으니, 빠른 죽음도 늦은 죽음도 아니지요.

그분이 돌아가셨구나. 나는 두 손으로 얼굴을 쓸었다. 희우는 병영에서 보낸 내 편지를 그녀의 어머니에게 보여주곤 했다. 심지어 편지를 받으면 모녀가 함께 개봉해 읽기도 했다. 희우 어머니가 한번도 보지 못한 나에게 호감을 가진 것은 단정한 나의 글씨체와 진심이 느껴지는 편지의 내용 때문이었음을 제대 후에 들었다. 언젠가 희우는 어머니가 내 편지를 보고 딸에게 질투를 살짝 느끼는 것 같다면서 웃었다.

어머니 빈소는 쓸쓸했어요. 생전에 어머닌 외로운 분이었지요. 남편을 일찍 떠나보낸데다 아들까지 잃었으니 삶이 외로울 수밖에요. 삶이 쓸쓸하면 죽음의 자리도 쓸쓸한 모양이에요. 어머니의 죽음이 사무쳤던 것은 제가 몹쓸 딸이었기 때문이었어요. 그래요, 전 어머니에게 몹쓸 딸이었어요. 그런 저에게 어머니는 커다란 선물을 남기셨더군요. 어머니의 죽음 이후 전 처음으로 눈물을 쏟았어요. 그 선물을 보기 전까지 제 눈은 바짝 말라 있었어요. 바짝 마른 눈에서 눈물이 쏟아지는데…… 제 몸 안에 그토록 많은 눈물이 고여 있는 줄 정말 몰랐어요.

　어머니가 저에게 준 선물이 무언지 궁금하지 않으세요? 저희 집에 오세요. 당신을 초대할게요. 제가 당신에게 드릴 선물도 준비되어 있어요. 전화번호를 편지 아래에 적어놓을게요. 전 지금 간절히 빌고 있어요. 저의 초대를 당신이 기쁜 마음으로 받아주시기를.

당신을 그리워하는 희우가

2장
폐사지에서

.

1

희우의 편지를 읽은 다음 날 아침, 이층 창밖에는 눈이 내리고 있었다. 흰빛으로 뒤덮인 북한산이 시리게 보였다. 창가에 서서 바람에 흩날리는 눈을 응시했다. 머릿속이 텅 빈 듯했다. 전날밤 창가에 앉아 술을 마시면서 그녀의 편지를 읽고 또 읽었다. 아무리 읽어도 그녀가 편지 한장만 남긴 채 사라진 후 다시 편지가 올 때까지 이십칠년이라는 세월이 필요한 까닭을 알 수 없었다.

희우에게서 작별을 통고하는 편지를 받았을 때 나는 감옥에 있었다. 편지의 내용은 짧고 건조했다. 그 짧고 건조한 편지가 나에게 가한 타격은 엄청났다. 무엇이든 먹는 즉시 토했다. 먹고 싶어도 먹을 수 없었다. 교도관이 단식투쟁으로 오해할 정도였다.

그전에는 수정과 족쇄에 묶여 먹방에 갇혀 있을 때도 음식을 먹었다. 개처럼 엎드려 입으로 먹었다. 모순을 직시하는 사상의 희디흰 뼈가 먹으라고 속삭였다. 먹지 않을 수 없었다. 개가 뼈를 핥듯, 사상의 흰 뼈를 핥았다. 힘겨운 수배생활과 무자비한 고문을 견딜 수 있었던 것은 사상의 희디흰 뼈가 칠흑 같은 어둠을 밝히고 있었기 때문이었다. 하지만 희우의 작별 편지는 그토록 견결한 뼈를 단숨에 꺾어버렸다. 허물어진 정신은 생명을 거부했다. 정신병동이 있는 교도소로 이감되었을 때 내 몸은 참혹하게 말라 있었다.

눈송이가 굵어지고 있었다. 눈 내리는 소리가 들리는 듯했다. 눈앞에 어른거리는 것이 있었다. 흰 길이었다. 아무도 걷지 않은, 허공에 걸려 있는 듯한 희디흰 길이 어른거렸다. 그 길 속에서 안개 같은 눈보라를 헤쳐나가는 남자의 뒷모습이 보였다. 김준일이었다. 그는 길의 고요한 결을 따라 움직이고 있었다. 그의 몸은 길을 닮아가면서 점차 흐려져갔다. 나는 알고 있었다. 그가 길 너머로 사라져갈 것임을. 마당 한쪽에 있는 창고로 들어가 야영 장비를 챙기기 시작했다.

희우의 작별 편지를 받은 지 한달 후인 1986년 11월, 감옥에서 나오자마자 희우의 집을 찾았다. 희우는 없었고, 희우 어머니가 홀로 집을 지키고 있었다. 그녀는 얼마나 고생했기에 이렇게 야위었느냐고 하면서 눈물을 글썽였다. 내 눈에도 눈물이 맺히고 있었다. 그녀는 희우가 공부를 다시 하려고 프랑스로 떠났으니 잊으라고 했다. 잊는 것이 서로에게 좋다고 했다. 그러면서 희우가 없어도 먹고 가라면서 밥상을 차려주었다. 나는 꾸역꾸역 밥을 다 먹고 일어섰다. 희우 어머니는 내 손을 잡으며 몸을 잘 돌보라고 울음 섞인 목소리로 말했다. 내가 정말 묻고 싶었던 것들을 하나도 묻지 못하고 희우의 집을 나왔다.

나는 희우 어머니 말대로 희우를 잊으려 했다. 잊기 위해 안간힘을 썼다. 하지만 아무리 잊으려 해도 잊히지 않았다. 그녀를 잊는다는 것은 불가능했다. 잊지 못할 바에야 미워하기라도 하자고 마음먹었다.

상처는 깊었다. 깊은 상처에서 미움을 만들어내는 것은 어렵지 않았다. 정말 어려운 것은 그다음이었다. 미움 뒤에 그리움이 밀려왔다. 막으려 해도 소용이 없었다. 미움이라는 감정은 그리움이라는 감정을 끌어들이는 것 같았다. 미워한 만큼 그리움이 생기니 온전한 미움이 아니었다. 더욱이 상처가 처음의 형태대로 있지 않다. 시간의 흐름과 함께 끊임없이 변했다. 상처는 내 안에 깃든 독자적 생명체였다. 가슴속에는 내 의지가 닿지 않는 생명체가 숨 쉬고 있었다. 그것은 슬픔이기도 했고, 경이이기도 했다. 그 슬픔과 경이가 새로운 사랑을 만들고 있었다. 시간과 공간에서 벗어난 사랑이었다. 현실의 사랑이 아닌 꿈의 사랑이었다. 얼굴에 주름살이 생기고 머리가 희끗희끗해졌어도 여전히 나는 목마른 청년이었다. 목마른 청년에게 진실은 현실 속에 있지 않았다. 꿈속에 있었다. 희우는 꿈의 존재였다. 세월이 흘러도 청년의 모습이 조금도 변하지 않은 것은 꿈의 존재가 변하지 않았기 때문이었다.

늙어버린 나는 청년을 통해 꿈의 존재를 엿보곤 했다. 그 순간 내 늙은 눈은 청년의 눈이 되었다. 내 늙은 뼈는 청년의 뼈가 되었고, 내 늙은 피는 청년의 피가 되었다. 술에 취해 청년의 얼굴을 물끄러미 들여다보기도 했다. 청년은 타인이면서 타인이 아니었다. 나이면서 내가 아니었다. 희우의 편지를 읽는 이는 머리가 희끗희끗한 나이기도 했고, 청년의 나이기도 했다. 때때로 두 존재가 뒤섞인 상태에서 편지를 읽었다.

희우는 편지에서 나를 초대했다. 정릉 옛집으로. 그녀가 사라진 후 정릉 옛집은 꿈의 집이 되었다. 그러니까 나는 꿈의 공간으로 초대받은 것이었다. 이십칠년 동안 어두컴컴한 복도에 갇혀 있다가 갑자기 문이 열리는 듯한 느낌이었다. 문 뒤에 어떤 풍경이 있을는지 설레기도 했지만 점점 더 두려워졌다. 설렘보다 두려움이 더 큰 것은 그녀가 꿈의 존재이기 때문이었다. 어쩌면 내가 늙었기 때문이었는지도 모른다.

2

영동고속도로를 타고 강원도 양양 읍내로 들어갔을 때는 앞이 안 보일 정도로 눈이 내리고 있었다. 속초로 가는 7번 국도를 따라 조심스럽게 차를 몰았다. 속초공항 방향으로 좌회전하여 십여분쯤 가니 오른쪽에 석교리 마을로 들어가는 길이 보였다. 진전사 터 아랫마을에 도착했을 때는 오후 2시가 조금 넘어 있었다. 마을에 자동차를 두고 눈보라를 헤치며 진전사 터로 올라갔다. 신라 헌덕왕(809~826) 때 창건되어 16세기에 폐사된 것으로 알려진 진전사는 도의선사, 염거선사, 보조선사, 일연선사 등 고승들의 숨결이 서린 사찰이었다.

"사찰이 우주만물을 품으려면 제 몸을 둘러싸고 있는 울타리를 허물어야 해."

김준일의 목소리가 귀에 들리는 듯했다. 그의 말이 맞다면 폐사지는 우주만물을 품고 있는 완전한 사찰이다. 탑이 서 있는 폐사지의 벌판은 고요한 눈의 바다였다. 고요한 눈의 바다에 나는 혼자 가지 않았다. 내 안의 청년을 데리고 갔다. 그에게 희우의 편지에 대해 묻고 싶은 게 많았다. 청년도 나에게 묻고 싶은 게 많을 것이었다. 우리가 대화를 하려면 고요가 필요했다. 시간의 흐름을 넘어서는 깊은 고요가.

벌판 한 귀퉁이에 텐트를 치고 찻물을 끓였다. 뜨거운 차를 마시며 산죽 숲에 눈이 내려앉는 소리에 귀를 기울였다. 눈 무게를 이기지 못해 가지 꺾이는 소리가 먼 곳에서 들려왔다.

눈이 그친 것은 해가 지고 있을 때였다. 새벽 1시가 넘어서자 달빛이 벌판으로 쏟아져내렸다. 달빛은 어둠이 지운 사물의 윤곽을 자신의 방식대로 되살리고 있었다. 태양빛이 드러내는 윤곽과는 다르다. 달빛은 사물이 지닌 선과 형상의 많은 부분을 버린다. 단순한 버림이 아니다. 버림으로써 새로운 선과 형상을 드러낸다. 그것은 사물이 갖고 있는 또다른 모습이다. 사물의 또다른 모습은 그전과는 다른 교감의 통로를 만든다. 이 내밀한 교감의 통로 속으로 들어가는 것은 경이로운 경험이다. 나는 내 안의 청년과 함께 달빛에 싸인 폐사지 벌판을 걷기 시작했다.

다음 날 폐사지에서 내려온 나는 다시 7번 국도를 타고 강릉으로 들어섰다. 내가 찾은 곳은 대관령 옛길이었다. 구불구불한 길은 눈으로 덮여 있었다. 눈꽃나무들로 눈이 시렸다. 인적이 없는 눈길을 오래 걸었다. 내 안의 청년이 간혹 말을 걸어오곤 했다. 해가 질 무렵 경포대로 향했다. 바닷가 모래사장도 눈에 덮여 있었다. 끊임없이 솟구쳐오르는 파도의 흰 포말을 보면서 소주를 마셨다. 그날 밤은 경포대 앞 작은 여관에서 잤다.

다음 날 아침 차를 몰고 오대산 소금강 입구로 갔다. 소금강 앞에는 청학동이라는 이름이 붙는다. 청학은 지상에 존재하지 않는 상상의 새다. 날개가 여덟이고 다리가 하나이며 얼굴이 사람처럼 생겼다는 이 새가 울면 천하가 태평해진다는 말이 전해져온다. 그러니까 청학동은 인간의 오욕칠정으로 얼룩지지 않은 청정의 세계다. 계곡 이름도 무릉이다.

등산화로 갈아 신고 산을 올랐다. 무릉 속으로 깊숙이 들어가고 싶었다. 내 안의 청년과 함께. 청년은 나보다 앞서 걸었다. 나는 그의 뒷모습을 보면서 묵묵히 따라갔다. 그가 걸음을 멈춘 곳은 무릉 계곡이 끝나는 지점이었다. 계곡은 안개로 자욱했다. 청년의 몸이 안개에 묻혀 희미하게 보였다.

산에서 내려와 늦은 점심을 먹고 월정사를 찾았다. 밤이 되자 월정사는 달빛에 싸였다. 월정사의 달빛 속에서 나는 폐사지의 정적을 생각했다. 폐사지에서 내려와 월정사까지 온 것은 내가 아니었다. 내 안의 청년이었다. 나는 청년을 따라왔을 뿐이다. 따라오지 않을 수 없었다. 상처를 입은 이는 내가 아니라 청년이었다. 나는 다만 상처의 심연을 들여다볼 뿐이다. 상처 속으로 흘러들어가는 고요와 함께.

그날밤 월정사 앞 여관에서 오랜만에 깊은 잠을 잤다. 눈을 뜨니 날이 밝아 있었다. 과일과 김밥을 사서 배낭에 넣고 적멸보궁에 올랐다. 새의 날개처럼 하늘을 이고 있는 적멸보궁 처마가 눈에 들어왔을 때 희우의 얼굴이 어렴풋이 떠올랐다. 적멸보궁에서 내려와 영동고속도로와 중부고속도로, 경부고속도로를 거쳐 통영대전중부고속도로로 들어섰다. 단성 톨게이트를 빠져나와 지리산 자락에 있는 차혜림의 집 앞에 도착했을 때 해가 지고 있었다.

양지 바른 남향의 산 아래 자리 잡은 그녀의 집 마당에 서면 섬진강과 그 너머 백운산이 보인다. 흙으로 지은 집으로, 방 두개에 툇마루가 있고, 마당 한쪽에 오두막 같은 별채가 있다. 나는 별채에 있는 골방을 좋아한다. 골방 뒷문을 열면 지리산의 첩첩한 산 주름이 눈에 들어온다. 불을 끄고 누우면 계곡물 흘러가는 소리가 아련히 들린다.

차혜림이 서울을 떠나 지리산 마을로 들어간 것은 현수가 두살 때인 1988년 봄이었다. 현수를 서울에서 키우고 싶지 않았다는 말을 훗날에 들었다. 그녀는 자신이 현수를 선택한 것이 아니라 현수가 자신을 선택했다고 생각했다. 임신 사실은 물론 현수를 낳을 때에도 김준일에게 숨겼던 이유는 자신이 현수를 선택한 것이 아니었기 때문이라는 것이다. 자신이 선택했다면 김준일에게 임신 사실을 알리고 그가 원하는 대로 했을 거라며, 김준일은 자신을 사랑하지 않았다고 차혜림은 말했다. 자신을 여동생을 바라보는 오빠의 눈빛으로 바라보았다는 것이다. 그럼에도 김준일을 사랑한 것은 술집 접대부인 자신을 진심으로 존중해주었기 때문이라고 했다. 김준일을 통해 자신이 소중한 존재임을 처음으로 깨닫게 되었다면서, 그런 남자를 사랑하지 않을 수 없었다고 차혜림은 눈물을 글썽이며 말했다.

지리산 마을에서 차혜림이 처음 한 일은 텃밭농사와 찻잎 따기였다. 그늘진 땅에는 버섯을 키웠다. 시골에서 태어나고 자란 그녀는 농사일에 익숙했다. 식생활에서 쌀 이외에 모든 것을 자급자족했다. 찻잎을 따던 그녀가 어느 해부터는 차를 만들기 시작했다. 그것은 중노동이었다. 찻잎을 따고 덖고 비비고 말리는 과정 하나하나가 엄격한 노동을 요구했다. 언젠가 찻잎 찌는 과정을 본 적이 있다. 엄청나게 큰 무쇠 가마솥을 썼다. 땀을 뻘뻘 흘리는 그녀를 돕고 싶었으나 내가 도울 수 있는 건 현수와 놀아주는 일밖에 없었다.

두 살 때부터 지리산에서 자란 현수의 마음은 자연과 가까웠다. 비가 오면 새들을 걱정했고, 나무 벨 일이 있으면 나무에게 미안하다고 말했다. 그냥 하는 말이 아니었다. 표정과 목소리에 진심이 담겨 있었다. 김준일의 어머니는 손자를 보기 위해 지리산 나들이를 자주 했다. 어릴 적부터 뭐든지 만드는 것을 좋아했던 현수가 대안학교를 졸업하고 목수가 된 것은 지극히 자연스러운 모습이었다.

내가 마당으로 들어서자 툇마루에 앉아 섬진강을 내려다보고 있던 차혜림이 나를 보며 활짝 웃었다.

"강 보면서 무슨 생각 했어요?"

나는 툇마루에 앉으며 물었다.

"임 생각을 했어요."

"어떤 임이지요?"

"봄이라는 임."

지리산 마을의 봄은 매화꽃으로 시작해 벚꽃과 배꽃 천지를 이룬다. 모두가 흰빛이다.

"음, 좋은 생각을 하고 계셨군요. 저에게도 임 생각이 나게 술 좀 주세요."

"지금?"

"네, 여기 툇마루에 앉아 저문 강을 내려다보며 술잔을 기울이면 임이 떠오를 것 같아요."

나를 물끄러미 바라보던 차혜림이 마루에서 일어나 부엌으로 들어갔다. 잠시 후 그녀는 상을 들고 나왔다. 직접 담근 더덕주에 안주로 감자전과 곶감이 놓였다.

"얼굴이 안 좋아 보이네요."

그녀는 나를 물끄러미 보며 말했다.

"상처가 생각보다 오래가네요."

"우리가 거쳐야 할 과정이라 생각하면 안될까요."

"그건 지난 오년으로 충분하다고 생각했어요."

"저도 그렇게 생각했는데, 그렇게 생각하지 않는 사람들이 많으니 어떡하겠어요."

"어떤 사람들을 말씀하시나요?"

"우리 이웃 사람들이지요."

"그건 그러네요."

나는 쓴웃음을 지으며 말했다.

"세상이 희망대로 바뀐다면 얼마나 좋겠어요."

차혜림의 목소리는 쓸쓸했다.

"형수님은 어느 때가 제일 힘들었어요?"

물으면서도 참 바보 같은 질문이라고 생각했다.

"현수가 급성폐렴에 걸린 적이 있어요. 여기 온 지 얼마 되지 않았을 때예요. 밤새 숨이 끊어질 듯 기침을 하는데…… 열이 사십도가 넘어가면서 작은 몸이 축축 늘어지고 눈빛도 흐려지고…… 아이가 금방이라도 죽을 것 같았어요. 한밤중인데다 산골마을이라 병원에 갈 수도 없었어요. 지금도 그때를 생각하면 아득해져요. 그 후로 전 모든 것에 감사하며 살아요. 죽지 않고 살아난 현수에 감사하고, 현수가 죽지 않도록 해준 어떤 인연에 감사하고, 그 인연으로 제가 기쁜 마음으로 살아가는 것에 감사하고…… 감사할 일이 참 많아요."

"현수가 독립했는데 쓸쓸하지 않아요?"

작년 봄 현수는 하동 읍내에 목공소를 열었다. 개업하는 날, 김준일과 차혜림을 사랑하는 남자 넷이 내려가 목공소에서 잔치를 했다.

"전 늘 쓸쓸했어요. 오빠가 곁에 있었을 때도 쓸쓸했고, 세상을 떠난 후에도 쓸쓸했어요. 오빠 아이를 가졌을 때도 쓸쓸했고, 아이를 낳은 후에도 쓸쓸했어요. 현수를 키우면서 함께 살 때도 쓸쓸했고, 현수가 독립해서 제 곁을 떠난 지금도 무척 쓸쓸해요. 오빠가 저에게 준 기쁨은 말로 표현 못해요. 현수가 저에게 주는 기쁨 역시 말로 표현할 수 없어요. 그 기쁨들과 쓸쓸함들이 저에게는 일란성쌍둥이처럼 느껴져요. 어느 한쪽이 없으면 다른 쪽이 존재할 수 없는 그런 관계 말이에요. 그래서 전 쓸쓸함을 아주 소중히 생각해요."

"형수님 얼굴이 맑은 이유를 알겠네요."

"제 얼굴이 맑다면 오빠와 현수 덕분이겠지요."

그녀는 미소를 지으며 말했다. 김규환이 그녀를 사랑하는 것은 저런 표정 때문일 것이다. 늙고 어두운 가슴을 환하게 하는.

"이 편지 읽어봐줄래요?"

나는 가방에서 희우가 보낸 편지를 꺼내 그녀에게 내밀었다. 차혜림은 나와 희우의 관계를 잘 알고 있었다.

희우 어머니가 차려준 밥을 꾸역꾸역 먹고 희우 집에서 나온 나는 정처 없이 걷다가 주점에 들어갔다. 술을 얼마나 마셨는지 알 수는 없지만, 주인아주머니가 마음껏 울라고 하면서 등을 두드려주었다. 나도 모르게 울음소리를 낸 모양이었다.

다음 날 아침 눈을 떴을 때 내가 차혜림의 방에 누워 있다는 사실을 받아들이지 못했다. 주점에서 언제 나왔는지, 어디로 가서 무엇을 했는지, 정릉에서 어떻게 쌍문동까지 왔는지, 아무리 기억을 더듬어도 생각나지 않았다. 몇 개의 단편적인 장면들과 그 장면들이 품고 있는 소리와 느낌들만 희미하게 떠오를 뿐이었다. 불 꺼진

미용실 문에 기대어 성냥을 하염없이 긋던 기억, 성냥불을 켜면 나타날 것만 같았던 희우의 얼굴, 마지막 성냥의 불꽃이 꺼지는 순간 구름 사이로 흘러내리던 달빛, 나의 울음소리와 금방이라도 눈물이 떨어질 듯한 차혜림의 검은 눈, 그녀의 따뜻한 살의 감촉, 좁고 어두운 복도에서 어린아이처럼 울고 있는 나의 모습, 복도의 닫힌 문 너머에 누군가가 있을 것 같은 느낌……

차혜림이 하월곡동 홍등가를 나온 것은 1977년 가을이었다. 마포에 있는 미용실에 들어가 허드렛일을 하면서 눈동냥 귀동냥으로 기술을 익혀 1982년 서울 변두리 동네인 쌍문동에 미장원을 차렸다. 그녀의 잠자리는 미장원 한 귀퉁이에 있는 작은 방이었다. 그 작은 방에 내가 누워 있었던 것이다. 당황해서 어쩔 줄을 몰라 하는 나에게 차혜림은 미소를 지으며 해장국을 만들고 있으니 먹고 가라고 말했다.

차혜림이 희우에 대해 물은 것은 해장국을 먹고 있을 때였다. 조심스러운 목소리였다. 전날밤 내가 그녀에게 희우를 찾아달라고 말했다는 것이다. 얼굴이 뜨겁게 달아올랐다. 부끄러움 때문에 고개를 들 수 없었다. 나는 희우가 편지 한통을 남기고 프랑스로 떠났다고 더듬거리며 말했다. 그녀는 편지를 언제 받았느냐고 물었고, 한달 전이라는 나의 대답에 그때쯤 희우가 자신을 찾아온 적이 있다고 하면서 말간 눈으로 나를 보았다. 가슴속에서 무엇이 덜거덕거리는 것 같았다.

차혜림이 미장원을 열었을 때 일손이 필요할 것 같아 희우를 데리고 갔다. 그후 희우가 머리하러 두세번 미장원에 간 적은 있지만 차혜림과 친밀한 사이는 아니었다. 희우가 프랑스로 떠나기 직전 무슨 이유로 차혜림을 찾아갔는지 궁금할 수밖에 없었다. 하지만 차혜림의 이야기를 다 들어도 궁금증은 조금도 해소되지 않았다. 오히려 더 커질 뿐이었다.

해가 질 무렵 손님이 없어 의자에 앉아 음악을 듣고 있는데, 꽃다발을 든 희우가 불쑥 들어왔다. 지나가다가 들렀다고 했다. 차혜림은 희우의 얼굴이 변한 듯한 느낌을 받았다. 어떻게 변한 것 같았느냐는 나의 물음에 차혜림은 막연한 느낌이기는 하지만 몹시 힘든 일을 겪은 것처럼 보였다고 말했다. 그래서 그것과 관련된 말이 나올 줄 기대했는데, 미장원에 머문 이십여분 동안 그런 말을 하지 않았다고 했다. 미장원은 잘 되는지, 미용사로서 힘든 게 무엇인지, 하루 중 가장 즐거운 때가 언제인지, 앞으로의 계획이 무엇인지 등 자신에 대한 질문만 자꾸 해서 무척 혼란스러웠다. 말을 할 때 눈을 자주 내리떴는데, 자신의 마음을 숨기려 한다는 느낌을 받았다.

희우가 차혜림에게 한 마지막 말은 '안녕히 계세요'였다. 평범한 인사말인데도 차혜림의 가슴이 뭉클해진 것은 목멘 소리와 금방이라도 눈물이 쏟아질 것 같은 표정 때문이었다. 희우가 가고 나서야 나에 대해 한마디 말도 하지 않았다는 사실을 깨닫고는 무척 마음에 걸렸다고 차혜림은 말했다.

희우의 편지를 다 읽은 차혜림은 말없이 섬진강을 내려다보았다. 표정이 슬퍼 보였다.

"저 강을 내려다보고 있으면요……"

그녀의 목소리는 가라앉아 있었다.

"시간이 느껴져요. 아득히 먼 곳, 제가 알 수 없는 아득히 먼 곳에서 흘러나와 저를 낳게 한 곳을 맴돌다 어린 시절과 소녀 시절을 거쳐 지금 여기까지 흘러온 시간 말이에요. 시간이 흐르는 소리에 귀를 기울이고 있으면 오빠가 보여요. 어느 굽이에서 저를 만나 제 몸을 적시면서 안으로 흘러들어와 저로 하여금 새로운 생명을 낳게 하고는 어디론가 사라져버린…… 간혹 캄캄한 밤의 강물 위를 날아가는 새 한마리가 보이기도 해요. 그러면 저는 꿈을 꾸지요. 새가 되어 날아가는 꿈 말이에요. 희우씨 편지를 읽으니……"

그녀는 나를 물끄러미 보았다.

"제 꿈이 생각났어요."

강이 노을에 잠기고 있었다.

"언젠가는 날아가겠지요. 꿈속의 새처럼."

그날밤 별채 골방에서 계곡물 흐르는 소리를 듣다가 잠이 들었다. 먼 곳에서 나를 향해 날아오는 새의 날개 치는 소리가 잠결에 어렴풋이 들려왔다.

3

희우에게 전화한 것은 차혜림의 집에 다녀온 다음 날 늦은 오후였다. 전화벨 소리가 아득했다. 나는 못 박힌 듯이 서서 아득한 소리에 귀를 기울였다. 그것은 꿈의 존재를 향하는 소리였다. 현실의 소리가 꿈의 존재에 닿을 수 있는가. 터무니없는 일이었다. 꿈과 현실은 동시에 존재할 수 없다. 그동안 내가 머뭇거린 것은 꿈의 상실에 대한 두려움 때문이었다.

"여보세요."

밝고 투명한 목소리가 흘러나왔다. 희우가 아닌 것 같았다. 목소리가 지나치게 밝았다. 그러면서도 희우일지도 모른다는 생각이 얼핏 든 것은 그녀의 흔적이 어렴풋이 느껴졌기 때문이었다.

"번호가 맞는지 모르겠군요."

나는 거의 중얼거리듯 말했다.

"누굴 찾으세요?"

상냥한 목소리에는 상대에 대한 호기심이 묻어 있었다.

"강희우 씨와…… 통화하고 싶습니다."

나는 잠시 머뭇거리다가 빠르게 말했다.

"윤성민 선생님이세요?"

여자의 목소리가 약간 높아졌다.

"그렇습니다만……"

"전 강희우 씨의 딸입니다. 이름은 영서예요."

"아, 그렇군요. 반가워요."

나는 당황했으나, 애써 침착하게 말했다.

"선생님 전화, 많이 기다렸어요."

"그럼 이 전화번호는……"

"제 휴대폰 번호예요. 선생님 전화 잘 받으라고 엄마가 신신당부

하셨어요. 엄마의 초대, 승낙하시는 거예요?"

그녀의 목소리에는 묘한 울림이 있었다. 목소리가 그저 밝지만은 않았다. 밝은 목소리 안에 우수 같은 것이 느껴졌다.

"초대한 곳이 정릉 집이더군요. 언제 가는 게 좋을지……"

"엄만 선생님이 바쁘시지 않는 날에 오시길 원해요."

"요즘은 바쁘지 않으니까 희우씨가 원하는 날짜에 가면 되겠군요."

"이번 주 금요일은 어떠세요? 사흘 후 말이에요."

"괜찮아요. 몇시가 좋을까요?"

"저녁 여섯시에 오세요."

"그때 갈게요."

"저…… 이런 질문을 드려도 될지 모르겠네요."

"뭐든지 해요."

"철없는 질문 같아서……"

"철없는 질문이 뭔지 궁금해지네요."

"선생님은…… 결혼하셨어요?"

"좋아했던 사람이 있었는데…… 헤어졌어요."

"왜 헤어지셨어요?"

"아, 그러니까……"

윤하의 얼굴이 떠올랐다. 슬픔으로 흐려진 얼굴이었다.

"내가 잘못한 탓이지요."

"괜한 질문을 했나봐요."

"그렇지 않아요. 괜찮습니다."

"선생님의 전화, 무척 반가웠어요. 은근히 불안했거든요. 전화가 오지 않으면 어떡하나, 하고요. 엄마가 기뻐하실 거예요. 사흘 후에 뵐게요. 안녕히 계세요."

머릿속이 몽롱했다. 희우 딸과의 통화가 현실로 느껴지지 않았다. 거실을 서성거리다가 차혜림이 준 탄자니아산 커피를 꺼냈다. 탄자니아에서 몇년간 살다온 지인이 가져온 것이라고 했다. 원두를 갈아 진하게 내렸다. 커피잔을 들고 거실 창가의 안락의자에 앉았다. 저문 빛이 창으로 스며들고 있었다. 입에 머금은 커피에서 흙냄새가 희미하게 났다. 선생님이 유령처럼 느껴질 때가 있어요. 윤하의 목소리가 귓전을 맴돌고 있었다.

3장

윤하

1

윤하를 만난 것은 사진 전시회장에서였다. 1995년 11월이었으니, 내 나이 마흔살 때였다. 그날 세찬 바람이 불고 비가 내렸다. 나뭇잎들이 우수수 떨어졌다. 가을이 저물고 있었다. 날씨가 좋지 않아서인지 전시회장은 한산했다. 관람객 중에 유독 종묘 사진 앞에 오래 서 있는 여자가 눈길을 끌었다. 보이지 않는 무엇을 찾으려는 듯 집요하게 사진을 들여다보고 있었다. 윤하였다.

종묘는 산 자를 위한 공간이 아니다. 죽은 자를 위한 공간이다. 그러므로 죽은 자를 위한 길이 필요하다. 신로(神路)이다. 신로는 종묘의 핵심 공간인 정전(正殿)으로 이어진다. 정전의 출입구인 신문(神門)은 신여(神輿)가 드나드는 문이다. 신여는 죽은 자의 영혼을 태우는 가마다. 윤하가 오랫동안 뚫어지게 보고 있던 것은 종묘 정전 사진이었다.

종묘 정전을 찍은 것은 1994년 12월 옛 친구들과 함께 지리산 마을로 내려가 김준일의 백일 탈상제에 참여한 다음 날이었다. 그동안 매달 초하루와 보름날에 현수는 상주가 되어 제사를 지냈다.

"아버님 영전에 삼가 고합니다. 세월이 흘러 어느덧 아버님이 돌아가신 지 백일이 되었습니다. 이제 아버님의 혼을 분묘에 모시겠으니, 강림하시어 맑은 술과 음식을 흠향하십시오."

현수가 축문을 읽는 동안 차혜림의 낮은 울음소리가 들렸다. 제사는 혼을 모시는 자리다. 내가 김준일의 혼을 느낀 것은 차혜림의 슬픔과 그리움을 통해서였다. 김준일의 혼은 그녀의 슬픔과 그리움에서 흘러나오고 있었다. 그날 우리는 창으로 새벽빛이 스며들 때까지 술을 마셨다. 늙은 시인은 취기 속에서 김민기의 노래 「친구」를 시를 읊듯 불렀다.

검푸른 바닷가에 비가 내리면 어디가 하늘이고 어디가 물이오
그 깊은 바다 속에 고요히 잠기면 무엇이 산 것이고 무엇이 죽었소
눈앞에 떠오르는 친구의 모습 흩날리는 꽃잎 위에 어른거리오
저 멀리 들리는 친구의 음성 달리는 기차 바퀴가 대답하려나

다음 날 우리는 뿔뿔이 흩어졌다. 서울로 올라온 나는 집으로 가는 대신 종묘로 향했다. 평일인데다 날씨가 춥고, 해가 서녘으로 기

울어지는 시각이라 관람객이 거의 없었다. 한개의 문을 통과했을 뿐인데 거리의 소음이 씻은 듯이 사라졌다. 가만히 섰다. 길이 보였다. 돌로 이루어진 길은 눈에 덮여 있었다. 햇살처럼 흰 눈이었다. 길옆에는 숲이 있었다. 엷은 안개에 싸인 겨울나무들이 길을 굽어보고 있었다.

오후의 어스름 속에서 지상으로 솟아오른 혼령의 집은 푸르스름한 빛에 싸여 있었다. 푸르스름한 빛은 눈 쌓인 지붕의 흰빛 속으로도 스며들었다. 지붕 후면의 나무들도 푸르스름했다. 그러나 처마 아래는 어두웠다. 기둥도 툇간도 문짝도 어둠에 묻혀 있었다. 처마 아래로 떨어지는 그림자는 깊었다. 내가 보고 싶은 것은 뒤틀린 문짝이었다. 뒤틀린 문짝의 틈으로 혼령이 드나든다고 했다. 뒤틀린 문짝을 보려면 묘정을 건너 월대(月臺)로 올라서야 한다. 월대는 천상으로 이어지는 공간이다. 그곳으로 오르는 계단 소맷돌에 구름을 새긴 것은 천상의 세계임을 알리기 위함이다.

월대는 고요했다. 깊은 고요였다. 고요가 몸에 닿았다. 김준일의 혼 앞에 절할 때도 그랬다. 삶과 죽음이 뒤섞일 때 세계가 잠시 침묵하는지도 모른다. 고요가 몸 안으로 스며들었다. 몸 안으로 스며드는 고요는 물처럼 흘렀다. 김준일의 혼은 물의 고요로 차오르고 있었다. 물의 고요 속에서 웃음소리가 들렸다. 김준일의 웃음소리였다. 웃음소리는 고요를 깨뜨리지 않았다. 고요를 더욱 깊게 했다. 깊은 고요 속에서 종묘 정전의 뒤틀린 문짝을 찍었다. 전시회장에서 윤하가 오랫동안 들여다본 것은 그 뒤틀린 문짝이었다.

한참 후 사진에서 눈을 뗀 그녀가 갤러리 직원에게 다가가 말을 건넸고, 직원이 나에게로 왔다. 그녀가 작가를 만나고 싶어한다는 것이었다. 나는 그녀에게로 갔다.

"여기에 뭐가 있어요?"

그녀는 사진을 가리키며 불쑥 물었다. 미묘한 질문이었다. 듣기에 따라 불쾌한 질문일 수도 있지만 조금도 불쾌하지 않았다. 오히려 가슴이 설렜다. 그녀의 목소리 때문이었다. 그녀의 반짝이는 눈동자와 목소리는 오랫동안 잊으려고 애쓰던 희우를 떠오르게 했다.

"왜 그 사진 속에 무엇이 있다고 생각해요?"

나는 목이 조이는 듯한 느낌 속에서 물었다.

"이 사진을 보면……"

그녀는 사진을 비스듬히 들여다보았다.

"아주 강한 존재감이 느껴져요. 근데 그게 뭔지 모르겠어요."

"그래서 뚫어지게 보고 계셨군요."

"뭔가 있는 것 같은데 잘 보이지 않으니까 그러죠."

"저기에 뭐가 있냐면……"

"네."

"혼이 있어요."

"혼?"

그녀는 눈을 크게 떴다. 몹시 놀란 표정이었다.

"네, 사람의 혼."

"제 눈에는 안 보이는데요."

"혼이 보일 턱이 없죠. 샤먼이라면 모를까."

"그럼 작가님은 샤먼이세요?"

"아뇨."

"그런데 어떻게 혼을 사진에 담아요?"

"마음으로 담았죠."

나는 김준일을 생각하며 말했다.

2

윤하는 건축가였다. 그녀가 종묘 사진을 유심히 본 것은 건축가의 호기심에서였다. 그녀는 건축을 공부하면서 사물을 유심히 바라보는 습관을 갖게 되었다. 사물로부터 강한 느낌을 받으면 바라보는 시간이 길어진다. 그녀가 종묘 사진을 오랫동안 본 것은 사진으로부터 강한 느낌을 받았기 때문이었다. 그런데 왜 강한 느낌이 드는지 사진을 아무리 들여다보아도 알 수 없어 나를 찾은 것이었다. 그녀가 나에게 기대한 것은 명료한 대답이었다. 하지만 나의 대답은 명료하지 않았다. 그녀를 오히려 더 큰 의문 속으로 빠뜨렸다.

건축은 머릿속에 그린 추상적 개념을 건물이라는 물질로 구체화하는 행위다. 그런데 종묘 사진은 종묘라는 건물을 통해 혼이라는 추상적 존재를 표현한다. 이 대조에서 윤하는 건축의 본질과 연관된 중요한 무엇이 들어 있을지도 모른다는 느낌을 받았다고 했다. 종묘 사진에 대한 윤하의 질문은 길어질 수밖에 없었다.

종묘는 조선왕조가 한양으로 도읍을 옮긴 지 두달 후인 태조 3년(1394년) 12월에 착공하여 이듬해 9월 완공했다. 나의 종묘 사진은 종묘의 중심인 정전의 뒤틀린 문짝에 초점을 맞추고 촬영한 것이었다.

조선의 장인들이 문짝을 뒤틀어놓은 것은 틈을 만들어 혼이 드나들 수 있도록 하기 위함이었다. 뒤틀린 문짝은 혼이 존재한다는 믿음이 없다면 만들어질 수 없는 건축 형태인 것이다. 관람자가 뒤틀린 문짝을 어떤 마음으로 바라보는가에 따라 생각의 방향이 달라진다. 혼의 존재를 믿는 사람은 뒤틀린 문짝을 실체적 형태로 받아들일 것이며, 혼의 존재를 믿지 않는 사람은 상징으로 받아들일 것이다. 어떤 쪽을 믿든 종묘는 건물의 형태를 통해 생명체와 다르게 존재하는 혼을 표현한 것이다.

하지만 윤하가 본 것은 종묘라는 건축물이 아니라 그것을 찍은 사진이었다. 실재 건축물인 종묘와 사진 속의 종묘는 다른 존재다. 사진에는 피사체에 대한 작가의 마음이 투영되어 있다. 그러니까 내 마음이 스며듦으로써 변화된 종묘인 것이다. 윤하가 종묘 사진에서 강한 느낌을 받았다는 것은 종묘 정전의 뒤틀린 문짝으로 스며든 내 마음에서 강한 느낌을 받았음을 뜻한다. 윤하가 나에게 물은 것은 뒤틀린 문짝으로 스며든 내 마음의 실체였다.

김준일의 백일 탈상제를 지낸 후 새벽까지 술을 마시고, 술이 채 깨기도 전에 다섯시간 동안 쉬지 않고 차를 몰아 종묘로 간 이유를 지금도 설명하기가 쉽지 않다.

나는 혼의 존재를 믿는다고 말할 수 없다. 그것을 믿기에는 이성의 힘이 지나치게 강하다. 그렇다고 믿지 않는다고 말할 수도 없다. 어쩌면 혼이 있을지도 모른다는 생각이 간혹 들기 때문이다.

백일 탈상제를 지내면서 내가 김준일의 혼을 느낀 것은 차혜림의 슬픔과 그리움을 통해서였다. 김준일에 대한 그녀의 슬픔과 그리움이 내 마음으로 스며들면서 김준일의 혼이 자연스럽게 느껴졌다. 보이지도 않고 만질 수도 없는 혼의 존재를 그토록 생생히 느낀 적은 처음이었다.

다음 날 아침 차혜림의 집을 떠날 때 김준일의 혼은 내 안에서 여전히 숨 쉬고 있었다. 나는 숨 쉬는 혼과 함께 서울로 차를 몰았다. 김준일은 나에게 말을 걸었고, 나 또한 그에게 말을 걸었다. 서울에 도착하기까지 조금도 지루하지 않았다. 하지만 그가 나에게서 곧 떠날 것임을 알고 있었다. 그를 향하는 내 슬픔과 그리움은 차혜림의 감정에 비하면 턱없이 부족했을 것이다. 어디론가 떠날 그를 생각하면 못 견디게 쓸쓸했다. 나를 종묘로 이끈 이는 어디론가 떠날 김준일의 혼이었는지 모른다.

"선생님이 말씀하신 혼은……"

윤하는 눈을 깜박이며 잠시 말을 멈추었다. 무언가를 생각하는 표정이었다.

"그러니까 김준일이라는 분의 혼이군요."

나는 고개를 끄덕였다.

"어떤 분이셨어요?"

"……"

"제가 어려운 질문을 했나요?"

나는 다시 고개를 끄덕였다.

"어렵더라도 대답해주셔야 해요."

"왜요?"

"제 눈에는 아직 혼이 안 보이니까요."

"왜 혼을 보아야 하나요?"

"저를 사로잡았으니까요."

"그렇군요."

"칸이라는 건축가를 아세요?"

"그쪽 분야에 문외한이라……"

"근현대 건축사에서 수많은 건축가들이 등장하지만 스승의 반열에 오른 사람은 손으로 꼽을 정도예요. 그런 거장들 중의 한분이 칸이에요. 그분이 건축가가 된 것은 세살 때 입은 화상 때문이었어요. 어느날 난로의 불꽃을 보고 있었는데, 남빛으로 타야 할 석탄이 초록빛으로 활활 타고 있었대요. 아이의 눈에 그것이 너무 아름다웠어요. 자신의 것으로 하고 싶은 마음에 집게로 초록빛 발광체를 집어 앞치마에 담는 순간 불이 나면서 얼굴과 손에 큰 화상을 입었어요. 얼굴의 화상 흉터는 친구들의 놀림거리가 되었고, 그것이 칸을 깊은 자의식 세계로 빠뜨렸어요. 예술의 가장 큰 자양분인 고독을 일찍부터 체험했던 거예요. 저도 칸처럼 아름다운 것을 보면 붙잡고 싶어져요."

"무슨 뜻인가요?"

"선생님의 사진이 아름답다는 뜻이에요."

윤하는 나를 말끄러미 보며 말했다.

내가 윤하에게 김준일에 대해 이야기한 것은 전시회가 끝난 다음 날이었다. 인사동의 작은 음식점에서였다. 그녀가 정한 곳이었다. 이야기 듣는 값으로 저녁을 사겠다고 했다. 그녀는 술을 좋아했다. 술은 맛있는 음식이라고 하면서, 맛있는 음식을 오래 즐기려면 조금씩 천천히 먹어야 한다고 말했다. 나는 그녀와 함께 술을 조금씩 천천히 나눠 마시며 김준일에 대해 이야기했다.

3

김준일을 생각하면 강변에 걸린 작은 등불이 떠오른다. 등불을 보고 있으면 마음이 환해지면서 슬퍼진다. 그는 사람 앞에서 따뜻하고 섬세했다. 하지만 진실 앞에서는 얼음처럼 차가웠다.

"진실은 고정되어 있지 않다. 끊임없이 움직인다. 그러므로 진실을 응시하려면 끊임없이 움직여야 한다. 부패와 타락은 움직이지 않음으로써 생긴다. 세계는 인간을 고정시킨다. 역할에 고정시키고, 영역에 고정시키고, 계급에 고정시키고, 집단에 고정시키고, 이데올로기에 고정시킨다. 인간의 꿈조차도 고정의 대상이다. 고정된 인간은 고정된 얼굴을 갖는다. 세계는 고정된 인간의 얼굴을 끊임없이 찍어낸다. 고정된 얼굴은 생명의 얼굴이 아니다. 죽음의 얼굴이다. 세계가 거대한 묘지로 느껴지는 이유가 여기에 있다. 이 묘지 사이를 바람처럼 질주하는 이들이 있다. 시인이다. 시인의 존재성은 끊임없는 변신에 있다. 시인은 고정된 얼굴을 거부한다. 고정된 얼굴을 거부하는 시인이야말로 세계에 대한 근원적 혁명가다. 세계가 그들을 두려워하고 적대하는 것은 필연이다."

유신체제는 거대한 묘지 위에 세워진 기괴한 세계였다. 박정희라는 한 사람을 위해 모두가 어릿광대가 되어야 하는. 그런 기괴한 세계에서 시인이 되려면 먼저 전사가 되어야 했다. 전사가 되기를 두려워하는 자는 시인이 될 수 없었다. 김준일은 치열한 전사였다. 전사로서 서야 할 자리에는 아무리 두렵더라도 섰다. 그의 청년 시절 대부분이 감옥살이와 수배생활로 점철된 것은 그가 시인이기 때문이었다.

1979년 10월 26일 박정희의 죽음으로 유신체제가 붕괴되면서 권력의 격랑이 시작되었다. 박정희의 카리스마에 의존하고 있던 집권세력은 물론 저항세력들도 대통령 피살이라는 돌연한 사태에 당혹해했다.

권력의 공백 상태에서 군부의 태도는 조심스러웠다. 그것은 머뭇거림이기도 했고, 기다림이기도 했다. 군부의 조심스러움은 권력의 공백에도 불구하고 정치세력 간의 미묘한 균형을 이루는 데 일정한 역할을 하고 있었다. 이 균형을 허물어뜨린 것이 영남 군벌을 주축으로 한 소장 군인들의 12·12 반란이었다. 반란의 주역인 전두환 당시 보안사령관은 박정희의 근위장교였다. 반란의 목표는 육군 참모총장이자 계엄사령관인 정승화였다. 군 인사권을 쥐고 있던 정승화는 전두환을 견제하고 있었다. 전두환은 정승화를 제거하지 않으면 권력을 잃을 것이라는 사실을 잘 알고 있었다.

목숨을 건 반란이 성공하자 그들이 욕망한 것은 그들의 정치적 아버지인 박정희의 자리였다. 하지만 욕망을 성급히 드러내지 않았다. 야당과 재야, 학생들의 움직임을 주시하면서 권력기반을 차근차근 다져나갔다. 그들이 가장 힘을 기울인 것은 여론조작이었다. 민주개혁과 계엄령 해제를 요구하는 야당과 재야 학생세력들의 주장을 보도에서 축소 삭제하는 한편, 북한의 위협을 강조하면서 그들의 민주화 요구를 국가안보를 저해하는 행위로 몰아갔다. 그러면서 안으로는 무력 사용을 준비하고 있었다.

1980년 2월 18일 육군본부는 폭동진압교육훈련인 충정훈련 강화에 관한 특별지시를 내렸다. 훈련 강도가 가장 높은 공수특전부대는 충정훈련에 집중했다. 지휘관들은 날로 과격해져가는 학생시위가 국가안보를 위태롭게 한다면서 틈만 나면 충정훈련의 중요성을 강조했다. 부대원을 두 그룹으로 나누어 한 그룹은 폭도, 다른 그룹은 방어부대 역할을 하게 했다. CS탄과 헬기는 물론 장갑차까지 동원했다. 폭도 역할 그룹은 500MD 헬기에서 눈처럼 하얗게 쏟아지는 최루탄을 고스란히 맞았다. 최루가스 속에서 그들은 쓰린 눈을 홉뜨며 학생들을 증오했다. 밤에는 정신교육과 출동준비군장을 꾸렸다가 해체하는 훈련이 매일 계속되었다. 늘 배가 고팠고, 잠이 모자랐다. 우리가 이렇게 고생하는 것은 데모하는 학생놈들 때문이라는 말이 병사들 사이에서 공공연히 오갔다.

김준일은 신군부의 은밀한 움직임을 보안사 내부를 통해 듣고 있었다. 그런 상황에서 김대중과 김영삼을 두 축으로 하는 야당세력은 분열로 치닫고 있었다. 그들의 분열은 재야세력 분열은 물론 국민의 정서까지 분열시키고 있었다. 김준일은 양김세력에 그들의 분열이 얼마나 위험한가를 알리는 데 혼신의 힘을 쏟았다. 그들은 김준일의 호소를 경청했으나 그것을 실천하기에는 자신들의 진영

논리에 너무 깊이 빠져 있었다. 김준일은 포기하지 않았다. 그것은 포기할 수 있는 일이 아니었다. 그들이 스스로 하지 않으면 외부의 힘으로 그들이 하지 않을 수 없도록 해야 했다. 외부의 힘은 운동 조직력을 갖춘 유일한 전위부대인 학생세력이었다.

당시 학생세력 안에서는 신군부의 쿠데타 시도를 막기 위해 투쟁의 목표를 계엄령 해제로 집중했고, 그것에 대한 압박으로 대규모 가두시위가 필요하다는 의견을 끊임없이 제기했다. 그러나 정치권과 사회운동권이 민중의 호응을 받는 투쟁에 나설 준비가 갖춰져 있지 않은 상태에서 가두시위는 쿠데타의 빌미가 될 수 있다고 지도부는 주장했다. 김준일은 지도부의 의견을 정면으로 반박했다.

"양김의 분열로 흐트러져가는 반유신세력을 결집시키려면 강력한 중심운동이 필요하다. 주변의 모든 것을 끌어당겨 중심을 이루게 함으로써 에너지를 극대화하는 것이 중심운동이다. 운동은 누구나 할 수 있다. 하지만 중심운동은 아무나 못한다. 반유신세력 가운데 유일하게 중심운동을 할 수 있는 세력은 그룹 이권에서 가장 자유로운 학생들이다. 학생세력에게 운동의 핵심은 가두시위이다. 이 시위가 중심운동이 되려면 운동의 생명력을 최대한 확장시킬 수 있는 시간과 공간이 필요하다. 정치 사회의 중심지인 서울이 중심적 공간임을 누구나 다 알 것이다. 문제는 시간이다. 빨라도 안되지만 늦어도 안된다. 지금이 빠르다고 생각하는 분들에게 호소한다. 분열되어가는 민주세력을 결집하지 않으면 유신세력과 싸우려해도 싸울 수 없게 된다. 지금 우리에게 가장 필요한 것은 중심운동이다."

5월 13일 밤 서울 시내 6개 대학 2500여명의 학생들은 지도부와 상의 없이 가두시위를 단행했다. 그동안 머뭇거리고 있었던 학생 지도부는 다음 날 새벽 마침내 전면적인 가두시위를 결의했다. 그 날 21개 대학 7만여명 학생들이 거리로 나가 정치군부의 퇴진을 요구했다. 15일에는 10만여명의 학생들이 서울역 광장에 집결했다.

그날 각계 인사 134명은 학생들의 주장을 지지하는 성명서를 발표했다. 양김은 긴급회동을 갖고 협력을 다짐하면서 즉각적인 비상계엄 해제를 건의하기로 했다. 공화당은 긴급 당무회의를 열어 최규하 정부에게 계엄령 해제 시기를 밝힐 것을 요구하기로 했다. 기자협회는 불법적인 보도 검열을 거부하여 자유언론을 실천하기로 결의했다.

절정은 전환의 기점이다. 전환을 어떻게 하느냐에 따라 역사는 새로운 시간을 맞기도 하고, 퇴보의 수렁으로 빠져들기도 한다. 5월 15일 오후 김준일은 그룹 모임에서 중심운동이 역사의 새로운 시간을 견인하기 위해서는 창조적 도약이 필요하다고 하면서, 다음 날 시위 때 방송국 등 서울의 주요 기관 점거를 제안했다. 신군부와 팽팽히 유지되고 있는 힘의 균형을 깨뜨리기 위해서는 그들의 예상을 뛰어넘는 정치적 행동이 필요하다는 것이었다. 김준일의 제안을 놓고 격렬한 토론이 벌어지고 있을 때 학생지도부에 의한 시위중단 결정 소식이 벼락처럼 떨어졌다. 얼굴이 새하얗게 된 김준일은 서울역으로 달려갔다. 우리가 도착했을 때 서울역 광장은 텅 비어 있었다.

효창운동장과 잠실운동장 부근에 군 트럭과 장갑차가 집결했다는 제보를 접한 학생지도부가 "그동안 학생들의 의사가 충분히 전달되었으니 정부의 조속한 단안을 기다리겠다"면서 시위중단을 결정한 것이다. 일부 학생들은 서울역을 지켜야 한다고 필사적으로 호소했으나 썰물처럼 빠져나가는 학생들을 막을 수는 없었다.

"성민아······"

한동안 말이 없던 김준일은 나를 불렀다.

"우리는 다시 동굴에 갇히게 됐다. 그 캄캄한 동굴에."

그는 밤하늘을 올려다보았다.

"싸워야 할 때 싸우지 않았으니······ 피를 흘려야 할 때 흘리지 않았으니······"

들릴 듯 말 듯한 목소리였다.

"몇배의 싸움과 몇배의 유혈이 우리를 기다리고 있겠구나."

울음이 그의 목소리로 스며들고 있었다.

4

텅 빈 서울역 광장에서 김준일이 한 말은 정확했다. 학생지도부의 시위중단 결정은 신군부의 무력 사용에 결정적인 힘을 실어준 것이다.

두려움은 신군부에게도 있었다. 12·12 반란은 육군 참모총장 한 사람만 체포하면 되었지만, 10만여명의 학생시위 앞에서는 목표물이 보이지 않았다. 진압 과정에서 상황이 그들의 의도와 다른 방향으로 흘러갈 수도 있었다. 시위 현장은 서울 중심부였다. 상황이 악화되면 미국의 태도가 바뀔 가능성이 있었다. 최규하 대통령이 허수아비이긴 하나 자발적 허수아비가 아닌 것도 문제였다. 신군부가 군사권을 갖고 있지만 법적인 통치권자는 대통령이다. 상황에 따라 대통령이 신군부를 대상으로 통치권을 행사할 가능성도 배제하지 못했다. 이런 걱정거리들이 학생들의 시위중단으로 일거에 해소되었다. 10만명의 학생들이 연기처럼 사라지면서 공격의 목표물이 신군부의 시야에 명료하게 나타났던 것이다.

신군부는 5월 17일 24시를 기해 비상계엄을 확대하면서 주요 대학 학생회 간부와 운동권 주요 인물에 대한 검거령을 내리는 한편, 밤 10시를 전후하여 정치인과 재야인사들을 소요배후조종 혐의로 체포했다. 5월 18일에는 계엄포고령 10호를 발효해 모든 정치활동을 금지시켰다. 군부독재의 암흑이 다시 산하를 뒤덮고 있었다. 그 암흑 속에서 유일하게 횃불을 피워올린 도시가 있었다. 남녘 도시 광주였다.

5월 18일 정오 무렵, 서울을 비롯한 전국이 신군부의 쿠데타에 숨죽이고 있을 때 800여명의 학생들이 광주 도청 앞에서 외로운 시위를 하고 있었다. 서울의 10만 학생들이 신군부가 무력을 행사하기도 전에 스스로 물러난 상황에서 광주 시위는 신군부를 예민하게 만들었다. 시위대 규모는 보잘것없었지만 더 큰 시위의 불씨가 될 가능성이 있었다. 신군부는 7공수여단을 광주 도심에 투입했다.

백주 대로에서 군인들이 자행한 폭력은 상상을 초월했다. 시위

학생이든 아니든 눈앞에 보이는 젊은 남자들은 피투성이가 되었다. 그들의 폭력을 말리거나 방해하는 이들도 피투성이가 되었다. 도심의 거리는 아비규환이었다. 충정훈련의 고통을 견뎌왔던 그들에게 폭력은 허락된 카니발이었다.

5월 17일 김준일과 나는 기약 없는 도피생활을 시작했다. 짧은 포옹 후 우리는 헤어졌다. 나중에 알았지만, 김준일은 5월 18일 밤 광주지역 활동가인 윤상원에게서 광주의 상황을 전화로 들었다. 다음 날 오전 김준일은 서울 AP통신원 K. C. 황을 만나 광주로 갈 수 있는 방법을 상의했고, 5월 21일 아침 AP통신 기자 테리 앤더슨, 『타임스』 사진기자 로빈 모이어와 함께 광주로 향했다. 그들이 광주 시내로 들어간 것은 자정 무렵이었다. 윤상원과 감격의 재회를 한 김준일은 그동안의 상황을 상세히 들었다.

짓밟으면 꺼질 줄 알았던 광주의 불씨는 짓밟을수록 더 커지고 있었다. 인간의 존엄성을 갈기갈기 찢는 야만적 폭력은 공동체 의식이 강한 광주 시민에게 윤리적 분노를 불러일으켰고, 윤리적 분노는 수많은 광주 시민을 시위대로 변화시켰다. 그 결과 시위 진압을 시작한 지 사흘째인 5월 20일 신군부는 도저히 믿을 수 없는 두 가지 상황에 직면해 있었다.

3개 여단 3000여명의 특전사 병력과 1만 8000명의 폭동 진압 경찰관이 시위대에게 밀리고 있는 상황과 수만 인파가 무정부 상태에서 도시를 휩쓸고 다녔음에도 비정치적 범법행위는 거의 발생하지 않는 불가사의한 상황이 그것이었다.

5월 21일 오전 10시 조금 넘어 이희성 계엄사령관은 "광주사태는 불순분자·간첩·폭도들이 일으킨 것으로, 시민들은 냉철한 이성으로 불순한 책동에 현혹되어 국가적 파탄을 자초하는 일이 없도록 당부"한다는 내용의 담화문을 발표했다. 광주에 대한 정부의 첫 공식 담화문이자, 언론에 보도된 첫 광주 기사였다.

오후 1시, 네 방향으로 설치된 도청 옥상 스피커에서 애국가의 선율이 흘러나왔다. 도청 앞에는 10만명이 넘는 시민들이 모여 있었다. 느닷없는 음악 소리에 시민들이 의아해하고 있는데, 귀를 찢는 듯한 총소리가 났다. 계엄군의 집단 발포였다. 그것을 기점으로 시위대를 향한 정조준 사격이 시내 곳곳에서 일어났다. 이날 계엄군의 발포로 최소한 54명이 사망했고, 500명 이상이 부상당했다.

"신군부의 쿠데타는 집권을 위한 수단이었어. 그들이 시위대를 죽이기 위한 목적으로 발포명령을 내리지 않았을 거라고 추정하는 이유는 여기에 있어. 그렇다고 두려움을 심기 위해서라고 생각하기에는 살육의 규모가 너무 컸어. 왜 그랬을까? 당시 신군부가 가장 우려한 것은 봉기의 확산이었어. 만약 서울이나 경상도의 어느 도시에서 광주에 호응하는 봉기가 일어나면 신군부에게 치명적이니까."

철저한 언론통제로 광주를 은폐하려고 노력했지만 광주는 이미 세계 주요 언론의 주목 대상이었다. 봉기 확산을 막는 유일한 길은 신속한 진압이었다. 하지만 십만이 넘는 시민을 적으로 하는 군사작전은 무모할 뿐 아니라, 명분도 없었다.

"이 지점에서 발포의 목적은 시위대를 총기로 무장시키기 위해서였다는 분석이 가능해져. 시위대가 무장한다면 십만이 넘는 시민들 속에서 소수 강경파들이 자연스럽게 노출되면서 군사작전의 명분이 생겨나거든. 무장 시위대의 모습은 국가 질서를 깨뜨리는 폭도임을 선전하는 데 대단히 효과적이니까."

계엄군의 집단 발포로 인한 참상은 시위대로 하여금 자신들이 갖고 있는 무기가 얼마나 쓸모없는 것인가를 깨닫게 했다. 시위대 일부는 무장을 위해 광주를 빠져나갔다. 광주 경찰서와 예비군 무기고는 당국의 조치로 이미 텅 빈 상태였다. 이상한 것은 교통 통제와 검문을 위해 광주 외부 도로에 배치되었던 계엄군들이 전혀 보이지 않았다는 점이었다. 광주와 화순의 경계인 너릿재 터널 부근에서는 더 이상한 일이 벌어졌다. 도로 양편에 계엄군이 매복해 있음에도 시위대 차량이 지나가는데 총 한번 쏘지 않았다. 화순경찰서 무기고에서 카빈 80여정을 싣고 광주로 돌아올 때도 마찬가지였다. 계엄군들은 시위대 차량에 실린 총을 빤히 보고만 있었다.

시간이 지나자 광주를 빠져나간 시위대들이 무기를 싣고 속속 들어왔다. 무기고와 탄약고가 거의 무방비 상태인데다가 지역민들의 적극적인 협조로 손쉽게 무기를 확보할 수 있었다. 광주로 유입된 무기 가운데 총기와 실탄은 오후 3시경부터 시민들에게 분배되었다. 시민군이라는 이름의 새로운 무장 집단이 탄생하고 있었다.

오후 4시 30분 신군부는 광주 외곽의 부대를 재배치하고 20사단을 투입하여 광주를 완전히 봉쇄하기로 결정하면서, 먼저 광주 시내에 주둔한 공수부대를 철수시켰다. 텅 빈 도청으로 들어간 시민군들은 계엄군의 퇴각을 기뻐하며 서로를 껴안고 기쁨의 눈물을 흘렸다. '해방광주'의 새로운 공동체가 이루어지는 순간이었다. 그 해방의 땅이 2만여명의 군 병력에 둘러싸인 절해고도의 도시임을 그들은 미처 깨닫지 못하고 있었다.

해방광주 시민들이 가장 두려워한 것은 계엄군과의 전면 전쟁이었다. 공수부대의 만행을 생생히 경험했던 그들에게 전면 전쟁은 광주를 다시 피바다로 만드는 것이었다. 계엄군과의 협상은 불가피했다. 신군부는 시민군의 모든 무기를 자진 회수하여 계엄사로 반납하면 무력 진압을 하지 않겠다고 했다. 무기를 반납한다는 것은 시민군의 정당성을 스스로 부인하는 행위이면서 신군부에게 정치적 명분을 제공하는 결과를 낳는 것이었다. 신군부의 입장에서는 가장 이상적인 씨나리오였다.

많은 사람들은 광주가 다시 피를 흘리지 않기 위해서는 굴욕을 느낄지라도 무기를 반납해야 한다고 생각했다. 하지만 일부 사람들에게 일방적인 무기반납은 그동안 광주 시민이 흘린 피를 팔아 목숨을 구걸하는 행위로 비춰졌다. 광주 공동체는 무기반납이라는 계엄사의 조건을 둘러싸고 분열하기 시작했다. 분열이 극에 달했을 때는 서로에게 총을 겨누기까지 했다. 삶과 죽음의 경계선에서 삶과 죽음의 무게를 어떻게 느끼는가에 따라 입장은 그렇게 달라지고 있었다. 분열이 멈춘 것은 해방광주의 마지막 날인 5월 26일 저녁이었다. 그날 오후 3시에 열린 제5차 민주수호범시민궐기대회에서 윤상원이 이끄는 항쟁지도부는 해방광주를 끝까지 지키겠다고 선언했다.

대회가 진행 중인 오후 5시 계엄사는 무기반납을 더이상 기다릴 수 없다는 통고와 함께 오늘 자정을 기해 작전을 시작하며, 자정 이후 도청에 남아 있는 사람은 예외 없이 폭도로 간주한다고 했다. 대회가 끝날 무렵 항쟁지도부는 그 사실을 시민들에게 알렸다. 그 날 저녁 수많은 사람들이 도청을 떠났다. 도청에 남은 사람들은 해방광주와 함께 죽음을 선택한 이들이었다. 그들에게 도청은 죽음의 거처였다.

"역사에서 개인의 실존을 느낀다는 것은 거의 불가능해. 권력의 실존만 확인될 뿐이지. 개인의 실존을 끊임없이 삼킴으로써 생명력을 확장해나가는 것이 역사이니까. 5월광주는 이 불가능성을 역류하고 있었어. 개인의 실존이 권력의 실존을 삼키고 있었던 거야. 그 힘의 원천은 순결이었어. 개인이 역사와 맞설 수 있는 유일한 무기가 순결임을 나는 5월광주에서 확인했어."

김준일은 예감하고 있었다. 그의 생애에서 5월광주의 순결한 실존을 두번 다시 만날 수 없음을. 그 순결한 실존 속으로 기쁘게 투신하고 싶었다. 하지만 그의 희망은 이루어지지 않았다. 윤상원 때문이었다. 윤상원이 말하길, 죽음은 역사가 자신들에게 부여한 역할이라고 했다. 김준일의 역할은 자신들이 왜 죽음을 선택했는지를 세상에 알리는 일이라고 해맑은 표정으로 말했다. 그 해맑음을 거스를 힘이 김준일에게는 없었던 것이다.

윤상원과 작별하고 도청을 떠난 것은 자정 무렵이었다. 열흘 동안 광주 변두리 성당에 숨어 있다가 서울로 올라온 김준일은 81년 4월 체포될 때까지 광주항쟁의 실체를 국내외에 알리는 데 혼신을 다했다.

해방광주의 심장부 도청이 3공수여단 특공조에게 점령된 시각은 5월 27일 새벽 5시 20분경이었다. 계엄사는 진압작전 중 민간인 17명이 사망했다고 발표하면서, 무기 내놓기를 거부한 자들이라고 했다. 윤상원이 복부에 총상을 입고 절명한 것은 여명이 서서히 밝아올 무렵이었다.

도청에서 살아남은 이들은 사망자 수가 철저히 조작된 것이라고 훗날 증언했다. 계엄군에 붙잡혀 사형선고를 받고 복역하던 중 1982년 12월에 석방된 시민군 상황실장 박남선은 당시 도청 안에는 500명에서 600명 남짓 있었다고 증언했고, 진압작전을 지휘했던 전교사사령관 소준열은 360여명이 있었다고 증언했다. 5월 27일 새벽, 도청에서 포로로 붙잡힌 시민군은 200명이었다. 겹겹이 에워싼 계엄군의 포위망을 뚫고 도청을 빠져나간다는 것은 불가능했다.

"두사람의 증언에 따르면 도청에서의 사망자만 백육십명에서 사백명 사이가 돼. 이에 비해 도청 탈환작전을 수행했던 3공수 특공조의 사망자는 세명이었어. 전투력의 차이가 아무리 크더라도 이해가 안되는 결과야. 하지만 그들이 도청에 왜 남았는지를 생각하면 이해가 돼."

전투 초기에 시민군들은 적극적으로 사격했다. 특공조가 어둠에 몸을 은폐하고 있었기 때문이다. 어둠을 향해 무작정 총을 쏜 것이었다. 방어선이 무너지고 특공조가 건물로 접근하면서 상황은 달라졌다. 표적의 실체가 눈에 보이자 차마 방아쇠를 당기지 못했다.

시민군 가운데 총을 처음 만져본 이들이 적지 않았고, 총기 조작에 능숙한 군 제대자라 할지라도 인간을 표적으로 하는 사격은 낯설었다. 한 생명을 죽인다는 것은 그만큼 어려웠다. 그들이 총을 든 것은 승리하기 위함이 아니었다. 승리를 믿었던 이는 아무도 없었다. 계엄군을 죽이기 위함도 아니었다. 그들이 총을 든 것은 무너져가는 해방광주와 함께하기 위함이었다.

그들이 죽음을 통해 드러낸 것은 신군부의 정체였다. 쿠데타에 반대하는 국민을 가차 없이 학살하는 신군부의 행위는 세계의 지식인들을 경악시켰다. 그들의 행위는 독재의 반인륜성과 함께 민주주의의 가치를 일깨움으로써 인류가 오랜 세월에 걸쳐 획득한 보편적 진실의 소중함을 다시 생각하도록 했다. 세계의 언론이 해방광주를 주시한 까닭이, 신군부가 해방광주를 두려워한 까닭이 여기에 있었다. 시민군의 전투 능력은 계엄군에 비하면 참으로 초라했다. 그럼에도 그들이 해방광주를 지키려고 한 것은 진실이라는 무기가 있었기 때문이다.

"변혁운동을 하는 동안 끊임없이 나를 괴롭혀온 것은 역사와 꿈의 격절 상태였어. 역사란 권력이 끌고 다니는 수레에 불과할 수도 있다는 생각이 들면 눈앞이 캄캄해지곤 했어. 그런 나에게 5월광주는 역사와 꿈이 만날 수 있음을 보여주었어."

해방광주가 피워올린 진실의 불꽃은 80년대를 통과한 젊은 혼들을 격동시켰다. 격동된 혼의 전사들은 5공정권과 치열하게 싸웠다. 피의 정권, 진실의 무덤 위에 세운 부도덕한 정권과의 타협은 불가능했다. 젊은 혼들의 무기는 윤리적 분노와 '살아남은 자의 슬픔'

이었다.

유신체제 칠년 동안 주요 대학교의 제적학생은 786명이었다. 그런데 1980년 5월부터 1983년 말 복교 허용조치 때까지 삼년 반 동안의 제적학생은 1363명이었다. 수많은 학생들이 투옥되었고, 스스로 노동자가 되었다. 자기희생의 결단 없이는 불가능한 선택이었다.

5

1985년 6월 말 김준일과 나는 지명수배되어 도피생활에 들어갔다. 헤어지기 전 서울 변두리 시장통 식당에서 선짓국과 함께 소주를 마셨다. 해가 지고 있을 때였다. 식당을 나왔을 때 비가 부슬부슬 내리고 있었다.

수배생활은 감옥살이와는 형태가 다른 유형의 시간이다. 길을 걷다가 우연히 부딪치는 눈길과 버스 안 승객의 무심한 표정 하나도 수배자를 긴장시킨다. 전국 어디에나 붙어 있는 수배 포스터 속에서 자신의 얼굴이 자신을 빤히 쳐다보곤 한다. 어둠속에 몸을 누이면 불길한 상상이 꿈속으로까지 파고든다. 수배자는 가장 먼저 수배 예상 범위를 그려 가족, 친척, 친구, 동지 등의 연고지 안으로 한발자국도 들어가서는 안된다. 수배자는 갈 곳이 없다. 그러나 어디에선가 잠을 자야 하고, 때가 되면 먹어야 한다. 수배자가 가는 길은 어둠의 동굴과 이어져 있다. 이 유형의 시간을 김준일은 시인의 시간이라고 말했다.

내가 정보경찰에게 체포된 것은 그로부터 두달이 채 못된 8월 중순이었다. 체포되는 순간 고문이 나를 기다리고 있음을 알았다. 손에 수갑이 채워졌을 때 하늘을 올려다보았다. 구름 한점 없는 하늘은 눈부시게 파랬다. 입술을 깨물고 그들의 차에 탔다. 옆에 앉은 이가 잠바로 머리를 덮어씌우고 짓눌렀다. 울컥했다.

차에서 내릴 때도 잠바를 덮어쓴 채였다. 어딘가로 들어갔다. 계단을 오를 때 발을 헛디뎠다. 몸이 휘청거렸다. 속에서 쓴 물이 올라왔다. 어두운 복도를 걸었다. 발밑에서 쿵쿵, 소리가 났다. 구둣발 소리 같기도 했고, 내 심장 소리 같기도 했다. 나를 버려야 한다고 생각했다. 나를 버리지 않으면 한없이 비루해질 것이었다. 그렇게 생각하면서도 나를 버릴 수 있을까, 하는 불안과 두려움에서 헤어나지 못하고 있었다.

덮어씌운 잠바가 치워진 것은 냉기가 느껴지는 방으로 들어가고 나서였다. 눈앞이 뿌옜다. 서리 낀 창 너머를 보는 것 같았다. 옷을 벗으라고 했다. 경멸이 담긴 목소리였다. 옷을 벗었다. 아무리 다짐해도 마음은 공기가 빠지는 풍선처럼 쪼그라들었다. 벽 앞에 서라고 했다. 벽 앞에 섰다. 벽으로 올라가라고 했다. 혼란스러웠다. 그들을 향해 고개를 돌리는 순간 어깨에 둔중한 통증이 일었다. 누군가가 몽둥이를 휘두르고 있었다. 육신은 다급한 경련을 일으켰다. 나는 벽으로 올라가려고 애를 썼다. 손가락 끝이 불타는 듯했다. 벽을 타고 오르는 내 모습이 허공에 어른거렸다. 몽둥이찜질을 견디지 못하고 쓰러지자 그들은 구둣발로 나를 한참 동안 지근지근 밟더니 무릎을 꿇으라고 했다. 무릎을 꿇었다. 김준일의 소재를 묻는 목소리가 들렸다. 모른다고 했다. 두 사내가 내 양팔을 잡고 비틀면서 칠성판에 눕히고는 밑에 깔린 담요로 내 몸뚱이를 둘둘 말아 밧줄로 묶었다. 희우를 생각하려고 애썼다. 하지만 희우의 얼굴이 제대로 떠오르지 않았다. 윤곽이 분명하지 않거나 다른 사람의 얼굴과 뒤섞여 일그러진 모습으로 나타났다. 물이 코와 입으로 쏟아져 들어왔다. 숨이 막히면서 위를 갈퀴로 긁는 것 같은 고통이 일었다. 고통은 저항하는 나를 어디론가 끌고 가고 있었다. 죽음이었다. 죽음의 육신이 눈에 보였다. 내 모든 것을 아귀처럼 삼키는 괴물이었다. 공포가 밀려왔다. 정신은 죽음의 공포 앞에서 무력했다. 나는 벌벌 떨면서 나를 죽음과 마주하게 한 신적 존재에게 김준일이 찾아갈 만한 사람을 모두 말했다. 그때는 모두 말했다고 생각했다. 하지만 말하지 않은 사람이 있었다. 차혜림이었다. 내가 그녀를 잊고 있었을 리 없었다. 나의 무의식은 의식이 찾을 수 없는 가장 깊은 곳에 숨겨놓은 것이었다.

내 의식이 차혜림을 찾아낸 것은 전기고문을 당하면서였다. 이글이글 타오르는 불속으로 던져진 몸뚱이는 죽음을 간절히 원했다. 죽음이 유일한 희망이었다. 삶을 증오한 나는 살과 뼈가 타는 악취 속에서 깊은 어둠속에 숨어 있는 차혜림을 찾아내어 입 바깥으로 토해냈다. 김준일이 체포된 것은 사흘 후였다.

5공정권이 김준일에게 요구한 것은 폭력혁명주의자임을 인정하는 진술서였다. 그가 요구를 거부함으로써 겪은 고문은 몸과 정신을 회복이 불가능한 지점까지 끌고 갔다. 그는 죄책감에 사로잡혀 있는 나를 걱정했고, 그 마음을 변호사를 통해 나에게 알렸다. 거의 부서진 몸으로 법정에 나온 그가 나에게 지은 환환 미소를 영원히 잊지 못할 것이다.

김준일은 자신이 겪은 고통에 갇히지 않았다. 고통을 응시했다. 고통을 응시하려면 고통과의 거리가 필요하다. 고통을 자신으로부터 떼어놓아야 하는 것이다. 그가 고통에서 자유로울 수 있었던 것은 이런 과정을 통해 자신의 고통을 객관화해나갔기 때문이었다. 그의 환한 미소는 자유에서 흘러나온 것이었다.

김준일을 이야기하면서 자주 길을 잃었다. 그의 삶에 얼마나 많은 미로가 있었는지, 윤하에게 이야기하면서 아프게 깨달았다. 특히 그가 죽음으로 닿는 길에서는 이야기의 걸음이 무척 더뎠다. 때때로 걸음을 멈추고 멍하니 허공을 보곤 했다. 윤하는 그런 나를 가만히 지켜보며 내가 다시 걸음을 옮길 때까지 기다렸다.

김준일의 죽음에 대해서는 이야기하고 싶지 않았다. 김준일을 전혀 모르는 윤하에게 그의 죽음을 제대로 전달하기 쉽지 않았을 뿐만 아니라 제대로 전달한다 해도 윤하가 그것을 올바르게 받아들일 수 있을지 걱정스러웠기 때문이었다. 하지만 그것은 부질없는 걱정이었다.

윤하와 함께 종묘에 간 것은 그로부터 사흘 후였다. 그녀가 가고 싶어했다. 늦가을 숲은 아름다웠다. 노랗게 물든 나뭇잎들이 눈부셨다. 윤하는 신로를 따라 느리게 걸었다. 간혹 걸음을 멈추고 신로를 물끄러미 내려다보기도 했다. 그곳은 산 자의 공간이 아니었다.

보이지 않는 존재가 흔적도 없이 걸어가는 공간이었다.

"저 건물이 혼령의 집이군요."

윤하는 가을햇살에 잠긴 정전을 보며 속삭이듯 말했다. 기와지붕이 눈처럼 희었다. 처마 아래는 그림자에 잠겨 어슴푸레했다. 지붕이 하늘에 떠 있는 것처럼 보이는 것은 그림자 때문이었다. 윤하는 오랫동안 혼령의 집을 응시했다. 몸의 움직임이 전혀 없었다. 언제까지라도 그렇게 서 있을 것 같았다. 적막이 윤하의 몸을 에워싸고 있었다. 윤하의 목소리가 들린 것은 그림자 속을 떠도는 희미한 빛을 보고 있을 때였다.

"엄마는 잘 있나 모르겠네……"

중얼거리는 듯한 윤하의 목소리는 그림자 속을 떠도는 희미한 빛과 뒤섞이고 있었다. 무슨 뜻으로 하는 말인지 알 수 없었지만 목소리가 슬펐다. 그녀의 눈에는 눈물이 어려 있었다.

"돌아가신 엄마가 생각나서요. 엄만…… 제가 일곱살 때 돌아가셨어요."

윤하의 눈가에 가느다란 주름이 잡히고 있었다.

"툇마루에 놓인 엄마의 빈소를 잊을 수 없어요. 하얀 천으로 둘러싸인 그곳에 엄마가 있다고 외할머니가 저에게 말했어요. 하지만 제 눈에는 엄마가 보이지 않았어요. 그때 제 꿈은 보이지 않는 엄마를 찾는 거였어요. 꿈은 그림자처럼 늘 저를 따라다녔어요. 그 꿈을 들여다보면……"

윤하는 뭔가를 더 말할 듯하다가 침묵했다. 그녀의 시선은 다시 혼령의 집을 향하고 있었다.

4장
정릉 옛집

1

어스름에 싸인 골목은 적막했다. 나뭇가지가 적막 속에서 소리 없이 흔들렸다. 길이 꺾이는 곳에 화분 두개가 놓여 있었다. 목련나무가 보이는 집 앞에 섰다. 자주색 벽돌담은 변함이 없었다. 등나무 덩굴이 드리워진 창을 올려다보았다. 희우의 방이었다. 여기에 서서 창을 올려다보면 서리가 가슴에 쌓이는 듯했다.

흰색 나무문은 열려 있었다. 가슴이 두근거렸다. 심호흡을 한 후 살며시 안으로 들어갔다. 나무와 꽃들이 어우러진 정원이 보였다. 감나무와 회양목, 목련과 붓꽃이 시선에 걸렸다. 회양목 아래에는 평상이 있었고, 평상 위에는 꽃무늬가 새겨진 흰색 찻잔이 놓여 있었다. 방금 누군가가 찻잔을 살며시 올려놓은 것 같았다. 희우 냄새가 나는 듯했다. 오랫동안 그리워한 냄새였다.

"오셨어요?"

고개를 드니 검은색 투피스를 입고, 머리를 뒤로 빗어 단정히 묶은 젊은 여자가 서 있었다. 크지도 작지도 않은 키에, 몸은 약간 말라 보였다.

"제가 영서예요, 전화로 통화한."

영서의 얼굴은 희우와 달랐다. 희우의 눈은 큰 데 비해 영서의 눈은 길쭉했다. 희우의 얼굴은 동그스름한데, 영서의 얼굴은 길면서 야위어 보였다. 그럼에도 영서의 얼굴에는 희우의 모습이 깃들어 있었다. 깊이 들어간 눈과 넓은 이마 때문인 것 같았다.

"반갑습니다."

내가 미소를 지으며 말하자 약간 긴장하고 있던 영서가 활짝 웃었다. 치아가 희고 가지런했다.

"안으로 들어오세요."

영서를 따라 현관을 지나 거실로 들어섰다. 거실은 그전보다 넓어 보였다. 전에는 없던 통유리창 때문인 듯했다. 창 너머로 정원이 한눈에 들어왔다. 커피 냄새가 거실을 은은히 떠돌고 있었다.

"커피 향기가 좋은데요."

"프랑스식으로 로스팅했어요. 쓴맛이 조금 강할 거예요."

영서는 탁자에 놓인 노란색 잔에 커피를 따랐다. 영서의 옆모습이 희우와 닮아 보였다.

"아주 맛있어요."

나는 한모금 마신 후 말했다.

"내가 좋아하는 맛이에요."

영서의 입가에 미소가 어렸다.

"선생님 저한테 말 놓으세요. 선생님에게 높임말 듣는 거 불편해요."

"어, 그래요? 그럼…… 편하게 할게요. 편하게 할게……"

"네, 한결 편해요. 저거, 선물이에요?"

영서는 내가 들고 온 것을 눈으로 가리키며 물었다. 나는 고개를 끄덕였다.

"봐도 돼요?"

"그럼요, 그럼."

나는 액자에 끼운 사진을 영서에게 보여주었다. 눈 덮인 폐사지를 찍은 사진이었다.

"선생님 작품이네!"

영서의 얼굴이 환해지고 있었다.

"내가 사진쟁이라는 걸 어떻게 알았어?"

"작년 가을 엄마랑 선생님 작품 전시회장에 갔는걸요."

"희우씨가……"

가슴이 철렁했다.

"엄만 한번만 간 게 아니에요. 여러번 갔어요, 선생님 몰래."

"희우씬 프랑스에 있지 않아?"

"몇년 전부터 한국에 자주 왔어요. 아주 돌아온 건 작년 9월이고요."

"희우씬 프랑스에서 무슨 일을 했어?"

"엄만 의사였어요."

"오, 뜻밖인데."

"왜 뜻밖이에요?"

"희우씬 프랑스문학을 전공한 문학도였거든."

"아, 그래서 엄마가 글을 잘 쓰는군요."

"글을…… 아주 잘 썼지. 근데 희우씬……"

나는 영서를 물끄러미 보았다.

"엄마를 찾으세요?"

"아직 나타날 때가 안되었나?"

나는 애써 쾌활하게 말했다.

"선생님이 엄마를 만나시려면 '별들의 강'을 건너셔야 해요."

"별들의 강?"

"은하수 말이에요."

"그럼 내가 견우인가?"

"눈치가 빠르시네. 전 선생님에 대해 궁금한 게 많아요. 제 물음에 잘 답변해주시면 별들의 강을 무사히 건널 수 있을 거예요."

영서는 생긋 웃었다.

"어떻게 하면 사진을 잘 찍을 수 있어요?"

"그건 비밀인데……"

"제가 알고 싶은 건 그 비밀이에요."

"난 사진을 찍을 때 내 시선이 상대의 시선과 마주칠 때까지 기다려. 시선과 마주친다는 것은 마음과 마주친다는 것인데, 이게 쉽지 않아."

"사물이나 풍경에도 마음이 있어요?"

"음, 어려운 질문이네. 일상에서 우리는 대개 자신의 관점에서 상대를 바라봐. 자신과 상대와의 관계에서 중심을 자신의 마음에 두는 거지. 관계의 중심이 자신의 마음속에 있으면 상대의 마음을 제대로 볼 수 없어. 보려고 하지 않거나, 없다고 생각해. 우리가 사물이나 풍경에 마음이 없다고 생각하는 건 관계의 중심을 자신의 마음속에 두기 때문이야."

"마음속에 있는 관계의 중심을 바깥으로 옮기면 사물이나 풍경의 마음이 느껴진다는 말씀이군요."

"맞아."

"그것을 어떻게 옮겨요?"

"음, 글쎄…… 혹시 종교가 있어?"

"가톨릭이에요."

"그럼 기도를 하겠네."

"그럼요, 자주 하지는 않지만."

"기도는 신 앞에 자신을 한없이 낮춤으로써 비로소 이루어진다고 생각하는데, 맞아?"

"네, 맞아요."

"상대 앞에서 자신을 한없이 낮추면 관계의 중심이 절로 옮겨지는 것 같아."

"그렇구나…… 어렵지만 선생님 설명이 마음에 쏙 들어와요. 보답으로 선물을 드릴게요."

영서는 거실에 있는 작은 서랍장을 열고 무언가를 꺼냈다.

"받으세요. 이건 엄마가 선생님께 드리라고 한 편지예요."

영서는 연두색 봉투를 탁자에 놓고 거실을 조용히 나갔다.

2

너무나 그리운 당신

마침내 당신이 정릉 집에 왔군요. 당신을 그리워하며 편지를 썼던 이곳에 말이에요. 편지를 쓰다가 당신이 너무 그리워 수화기를 들었다 놓은 적이 한두번이 아니었어요. 언젠가는 마지막 번호까지 누른 적이 있었어요. 수화기에서 당신 목소리가 흘러나오자(제 귀는 당신의 목소리를 기억하고 있답니다. 소리의 색채까지도) 수화기를 내려놓았어요. 눈물이 줄줄 흘러내리더군요.

어머니가 저에게 남긴 선물을 보기 전까지 저는 당신을 그리워하지 않았어요. 저에게 당신은 과거의 흐릿한 그림자에 불과했어요. 시간의 바람에 쓸려 어디론가 사라져버린다 해도 애틋할 것이 없는…… 그러던 중에 어머니의 선물이 저를 벼락처럼 내려친 거예요. 아, 표현이 마음에 안 들어요. 제가 받은 충격과 놀라움, 그 고통과 슬픔과 벅찬 희열을 어떻게 표현해야 할지 모르겠어요. 당신은 무척 궁금하실 거예요, 어머니의 선물이 뭔지.

저는 한국을 떠나면서 제 안의 어떤 부분을 버렸어요. 버린다고 그냥 버려지는 것이 아니었지만, 아무튼 전 모질게 버렸어요. 그러고는 이십몇년 만에 정릉 옛집으로 돌아왔어요. 자주색 벽돌담을 두른 낡은 양옥으로 말이에요. 이십몇년 동안 어떻게 정릉 집을 한 번도 찾지 않았느냐고 당신은 묻고 싶겠지요. 제가 프랑스로 떠난 지 몇달 후 어머닌 정릉 집을 팔고 경기도 안성으로 이사했어요. 이모가 있는 수녀원 근처 동네였어요. 제 이모가 수녀인 것, 당신 아시죠? 어머닌 십삼년을 거기서 살다가 2000년 봄에 정릉의 작은 빌라로 살림을 옮겼어요. 옛집과 그리 멀지 않은 곳이지요. 그러다가 삼년 전 옛집 주인이 집을 내놓은 것을 알고 다시 샀던 거예요. 어머닌 옛집이 많이 그리웠던가봐요.

정릉이 많이 변했더군요. 들쑥날쑥 솟아오른 고층 아파트 때문에 동네가 많이 흉해졌어요. 그런 모습이 무척 낯설었어요. 하지만 집이 가까워지면서 낯익은 풍경이 보였어요. 우리 집으로 가는 길목에 경사가 급한 돌층계가 있었잖아요. 그것이 고스란히 있었어요, 난간이 바뀌긴 했지만. 제가 정말 놀란 건 집에 들어와서였어요. 제 방은 옛날 그대로였어요. 제가 쓰던 책상도, 붙박이장도, 벽 위에 걸린 시계도, 다락방으로 오르는 낡은 나무 계단도 모두 그대로였어요. 어머니가 딸의 방을 복원해놓은 거예요.

다락방에는 갖가지 물건들이 있었어요. 낡은 앨범들과 칠이 벗겨진 소반, 고장난 축음기와 녹슨 기타, 노끈으로 묶어놓은 누런 책들과 다리 하나가 부러진 우단 의자. 모두가 낯익은 물건이었어요. 일찍 돌아가신 아버지 물건들도 보였어요. 어머닌 오래된 물건에 대한 집착이 유난히 강했지요. 그런데 낯익은 물건들 속에 낯선 것이 하나 있었어요. 녹슨 기타와 우단 의자 사이에 있는 그것은 부피가 제법 나가는 종이 상자였어요. 저는 호기심에 그 상자를 끌어당겼어요. 무엇이 들었는지 모르지만 생각보다 무거웠어요. 풀어보니 편지봉투들이 차곡차곡 쌓여 있었어요. 당신이 저에게 보낸 편지였어요. 저는 한동안 넋을 놓고 있었어요. 누군가가 마법을 부린 것 같았어요. 맞아요, 그건 어머니가 저에게 남긴 마법의 선물이었지요. 이것을 설명하려면 이십몇년 전으로 거슬러올라가야 해요.

그때 전 조용히, 소리 없이 한국을 떠날 준비를 하고 있었어요. 알릴 수밖에 없는 몇몇 사람들을 제외하고는 철저히 숨겼어요. 당신에게도 알리지 않았지요. 그때 제가 해야 할 일 가운데 하나가 물건 분류였어요. 세종류로 분류했어요. 가져갈 물건과 버릴 물건, 가져갈 수는 없지만 버릴 수도 없는 물건으로요. 분류하는 과정에서 제 마음을 착잡하게 한 물건이 있었어요. 당신이 저에게 보낸 편지였어요. 당신, 기억하세요? 당신이 저에게 얼마나 많은 편지를 보냈는가를······

그랬다. 나는 희우에게 끊임없이 편지를 썼다. 군 막사에서, 감옥에서, 수배생활을 하면서. 편지를 쓰는 동안에는 나를 짓누르는 암울한 현실을 잊을 수 있었다. 한 여자를 사랑한다는 것은 캄캄한 어둠속에서 빛을 찾는 행위였다. 그 빛은 늘 눈부셨다. 군사독재 체제가 불러일으키는 절망과 적개심 속에서 그것은 형언할 수 없는 축복이었다.

우리들이 만나고 있었을 때는 물론, 당신이 감옥에 들어간 후에도 당신은 끊임없이 편지를 보냈어요. 1985년 여름 당신이 체포된 후로는 전 모질게도 답장을 한번도 하지 않았지요. 언제부턴가는 당신 편지를 읽지도 않았어요. 당신을 잊고 싶어했으니까요. 정확하게 말하자면, 제 안의 어떤 존재를 잊고 싶었어요. 그 어떤 존재 속에 당신이 깃들어 있었어요. 그러니 당신을 잊어야 했던 거예요.

저는 당신의 편지를 버리기로 했어요. 당신은 잊어야 할 사람이었으니, 당신의 편지도 버릴 수밖에 없었지요. 저는 당신의 편지를 종이 상자 안에 넣고는 버리는 물건들이 쌓인 곳에 놓았어요. 버려야 할 물건들이 참 많았어요. 제가 잊고자 한 제 안의 어떤 존재와 연관된 물건이 많았던 게지요. 그러고는 프랑스로 떠났어요. 하지만 전 당신을 쉽게 잊지 못했어요. 편지는 쉽게 버릴 수 있었지만 제 안에 깃든 당신의 존재는 쉽게 버려지지 않았어요. 아무튼요, 당신의 편지를 다락방 안에서 보았을 때 그것이 저에게 얼마나 소중한 선물인지 몰랐어요. 단지 전 어머니가 당신을 좋아했기에 당신의 편지를 차마 버리지 못했구나, 하는 생각만 했어요. 그것을 다시 버리기에는 세월이 너무 지나 있었고, 저에게는 버릴 힘이 남아 있지 않았어요. 이십몇년 전에는 버릴 힘이 있었지요. 당신을 버린다는 것은 과거를, 추억을 버리는 거예요. 그것을 감당할 만한 에너지 없이는 불가능한 행위지요. 그때 제가 간절히 원한 것은 예리한 칼이었어요. 과거를, 추억을 단숨에 끊어버리는 칼 말이에요.

저는 당신의 편지에 손도 대지 않았어요. 그것을 버릴 힘도 없었지만, 추억의 흔적을 다시 들여다보고 싶은 마음도 없었어요. 지금 편지를 쓰면서 다시 생각해보니 두려움 때문이었던 것 같아요. 제가 모질게 버린 당신을 다시 그리워할지 모른다는 것에 대한 두려움 말이에요.

제가 당신의 편지를 읽게 된 건 우연이었어요. 그날따라 어머니가 없는 집안이 너무 허전했어요. 어머니를 보내드린다는 것이 얼마나 어려운지, 그날 절감했어요. 어머니의 삶 속에 제 삶이 똬리를 틀고 있었는데, 그게 쉬울 리 없지요. 참 많이 울었어요. 이제 울음이 멎었구나, 생각했는데 다시 울음이 나오고……

그렇게 울다보니 기운이 하나도 없었어요. 누군가가 손으로 톡 건드리기만 해도 쓰러질 것 같았어요. 이불을 펴고 누웠으나 잠이 오지 않았어요. 다락방으로 올라갔어요. 작은 창으로 스며드는 햇살이 희미했어요. 희미한 햇살 위로 몸을 죽 펴고 누웠어요. 어디론가 사라져버린 어머니가 떠올랐어요. 어머닌 저를 보고 미소를 짓고 있었어요. 쓸쓸한 미소였어요. 쓸쓸한 미소에서 어머니 생애가 번져나오는 것 같았어요. 그 생애를 생각하면 가슴이 막혀와요.

아무리 딸이라지만 제가 아는 어머니는 극히 일부분일 거예요. 어머니 생애 속에는 저에게 보여주지 않은, 제가 볼 수 없던 것들이 얼마나 많았을까요. 제가 알 수 없는 그 생애들이 어머니의 쓸쓸한 미소 속에 잠겨 있는 것 같았어요. 그 미소 안을 들여다보고 싶었지만, 저에게 그런 눈이 없다는 사실이 슬펐어요.

그러다가 잠이 들었어요. 아주 얕은 잠이었나봐요. 몸에 무언가가 닿는 소리를 느꼈어요. 처음에는 무슨 소리인지 몰랐어요. 시간이 지나면서 소리가 점차 보이기 시작했어요. 이상한 표현이지만 정말이에요. 책장 넘기는 소리가 보였어요. 동전 구르는 소리도 보였어요. 소녀의 한숨 소리가 보였고, 뭐라고 중얼거리는 소리도 보였어요. 현악기 소리가 보이는가 하면 바람 소리도 보였어요. 빗물 떨어지는 소리도, 꽃이 지는 소리도 보였어요. 그런 소리들이 어슴푸레한 다락방을 떠돌고 있었어요. 그 소리에 싸인 저의 몸은 빛나고 있었어요. 제 몸이 가장 아름다울 때의 모습이었어요. 그 눈부신 몸으로 다가오는 이가 있었어요. 당신이었어요.

당신, 기억하시나요? 우리가 처음 키스한 곳이 어디였는지를. 여기 이 다락방이었어요. 불빛이 희미하게 비치는 다락방에서 당신은 저에게 눈을 감아보라고 했어요. 당신의 입술이 제 이마에 닿았어요. 따스하고 부드러운 감촉이 온몸으로 퍼져나갔어요. 제가 눈을 떴을 때 당신은 눈을 감고 있었어요. 눈을 감고 있는 당신의 얼굴이 발갛게 부풀어 있었어요. 전 발갛게 부푼 당신의 볼에 제 입술을 대었어요. 그러곤 다시 눈을 감았지요. 눈을 감고 당신이 눈을 뜨기를 기다렸어요. 왜 그런 줄 아세요? 키스를 하고 싶었기 때문이에요. 전 당신과 키스하는 것을 수없이 상상했었어요. 당신의 연인이 되고 싶었던 거예요. 그때 저는 키스를 연인의 표징으로 생각했어요.

영서가 이 사실을 알면 기가 막혀 할 거예요. 당신을 만난 지가 언제인데 그때까지 키스조차 하지 않았느냐고 하면서 말이에요. 그랬어요, 우리는 학교 교정에서 다시 만난 지 사년이 되도록 키스 한번 하지 않았어요. 누구의 잘못이라고 생각해요? 저의 잘못이기도 하고, 당신의 잘못이기도 해요. 하지만 우리는 변명할 수 있어요. 사년 동안 우리가 만날 수 있었던 시간은 고작 몇개월뿐이었어요. 당신은 몹쓸 정권과 싸우느라 눈코 뜰 새 없이 바빴어요. 게다가 당신은 수시로 감옥에 갔고, 강제징집을 당했어요. 키스할 수 있는 시간을 너무 많이 빼앗겼던 거예요.

얼마나 시간이 지났는지 모르겠어요. 당신의 입술이 제 입술에 닿았어요. 아주 살며시…… 그 느낌을 어떻게 표현해야 할지 망설여져요. 몸 안에 작은 등잔이 켜진 느낌이었어요. 기다란 그림자를 만드는, 따뜻하면서도 어두운 빛 말이에요.

눈을 감고 있는 희우의 얼굴이 떠올랐다. 오랜 시간이 지났음에도 희우의 얼굴이 눈앞에 있는 것처럼 선명했다. 손을 뻗으면 만질 수 있을 것 같았다. 눈시울이 뜨거워지고 있었다. 희우의 몸 안에서 작은 등잔이 켜지고 있을 때, 내 몸은 투명해지고 있는 듯한 느낌이었다. 투명한 몸을 감싸고 있는 것은 희우의 향기였다. 정결하면서도 감미로운 향기는 내 몸을 물결처럼 부드럽게 흔들면서 몸 안에 있는 무언가를 일깨우고 있었다. 관능이었다. 관능은 투명한 내 몸 안에서 한송이 꽃처럼 피어올랐다.

우리가 키스했던 그날이 언제인지 당신도 기억할 거예요. 그날 저녁 7시 45분경 독재자 박정희가 피살되었지요. 어린 여성노동자가 경찰의 시위 진압 과정에서 숨지고, 야당 총재가 국회에서 의원직 제명을 당하고, 부산과 마산에서 심상치 않은 시위가 일어나고 있었지만, 무소불위의 권력자가 그런 장소에서 그런 방식으로 죽음을 맞게 될 줄은 아무도 몰랐을 거예요.

어떻게 생각하면 세상의 모든 일들은 우연이에요. 제가 여자로 태어난 것이 필연인가요? 제 어머니가 절 낳은 것이 필연인가요? 당신을 만나 사랑하고 헤어진 것도 필연인가요? 모든 것이 우연이라면 삶이 허망하겠지요. 사람들이 우연을 필연으로 만드는 까닭은 삶의 허망 속으로 빠져들지 않기 위해서라고 저는 생각해요. 키작은 독재자의 몸이 피투성이가 되었을 때 우린 사랑을 나누고 있었어요. 훗날 저는 종종 상상해보곤 했어요. 독재자의 피투성이 몸과, 사랑으로 빛나고 있던 우리의 눈부신 몸을…… 또 다른 상상도 했어요. 독재자의 죽음 앞에서 통곡하는 아낙네와, 감옥에 있는 우리 아들을 이제는 만날 수 있다면서 덩실덩실 춤을 추는 아낙네를…… 참으로 쓰디쓴 우연의 겹침이지요.

나는 멍한 상태 속에 있었다. 그날이 박정희가 피살된 날이었다면 내가 모를 리 없다. 하지만 아무리 생각해도 기억나지 않았다. 희우가 잘못 알고 있을 가능성은 희박했다. 내가 잊고 있음이 분명했다. 희우가 잊지 않는 것을 나는 왜 잊고 있었을까. 희우와의 추억들이 떠올랐다. 저문 하늘 아래 풍경처럼 모든 것이 고요하고 아련했다. 고요하고 아련한 풍경은 비현실적인 광채에 싸여 있었다.

나는 고개를 끄덕였다. 희우와의 추억과 정치적 기억은 서로 다른 시공간에 있었다. 희우와의 추억이 저쪽의 세계라면, 정치적 기억은 이쪽의 세계였다. 이쪽의 세계와 저쪽의 세계는 만날 수도, 오갈 수도 없다. 이쪽의 세계가 저쪽의 세계를 변화시킬 수도 없다. 저쪽의 세계가 이쪽의 세계를 변화시킬 수 없듯이. 희우와 키스한 날 저녁과 박정희가 피살된 날 저녁은 다른 시공간이어야 했다.

'기억조작'이라는 심리학 용어가 있다. 자신이 겪은 과거 사건들을 자신에게 유리하거나 필요한 쪽으로 변형해 기억하는 상태를 말한다. 나의 경우는 기억조작이 아니다. 무의식적 본능이 희우와의 추억과 정치적 기억을 다른 시공간으로 분리시켰을 것이다. 정치적 기억 속의 내 젊은 시절은 군사독재 정권 치하의 고통과 치욕 속에서, 고통과 치욕이 만들어내는 분노와 적의 속에서 실존적 갈등과 선택을 끊임없이 해야 하는 시간이었다. 내 마음 깊은 곳에서는 희우와의 추억이 그런 시간들과 뒤섞이는 것을 원하지 않았을 것이다. 정치적 기억은 잊고 싶었지만 희우와의 기억은 잊고 싶지 않았으니까. 정치적 기억 속에 들끓고 있는 수많은 사람들과 희우는 다른 존재이니까. 정치적 기억은 지상의 시간이지만, 희우와의 추억은 별들의 시간이니까. 그 별들이 그리는 궤적은 눈을 감지 않으면 볼 수 없으니까.

그해 10월이 저에게 유난히 아름다운 시절로 기억되는 것은 그때가 당신이 제대하고 난 후 처음으로 맞는 가을이었기 때문일 거예요. 우리는 가을이 펼치는 아름다운 자연을 만끽했어요. 저문 들판에서 아련히 피어오르는 연기를 바라보았고, 강변에서 억새풀 서걱거리는 소리에 귀를 기울였어요. 시골집 장독대 앞에 쪼그리고 앉아 가을빛 속에 피어 있는 맨드라미를 들여다보았고, 감들이 탐스럽게 열린 나무 아래서 사진을 찍었어요. 당신은 사진을 정말 잘 찍었어요. 같은 풍경을 찍더라도 내가 찍은 사진과 당신이 찍은 사진은 확연히 달랐어요. 당신에게 말은 안했지만, 은근히 샘이 나속상할 정도였어요. 그렇지만 당신이 사진작가가 될 줄은 까맣게 몰랐어요. 당신도 그랬을 거예요. 당신의 꿈은 시인이었으니까요.

모두가 아득한 날들의 이야기이지요. 다시는 돌아갈 수 없는…… 그 아득한 날들의 풍경이 저를 사로잡고 있었어요. 전 스르르 일어나 흰 상자로 다가갔어요. 그리고 당신의 편지를 읽기 시작했어요. 창으로 스며드는 희미한 햇살 속에서.

당신이 저를 얼마나 사랑했는지, 얼마나 그리워했는지, 편지를 읽기 전에는 몰랐어요. 제가 당신의 연인이었을 때조차도 저를 향한 당신의 사랑과 그리움의 깊이를 알지 못했어요. 그뿐이 아니에요. 당신의 사랑이 당신에게 요구했던 슬픔과 외로움을, 전 까맣게 몰랐어요.

당신의 전시회에 갔던 날의 기억이 아프게 떠올라요. 당신의 사진 곳곳에 슬픔과 외로움이 묻어 있었어요. 당신이 사랑하고 그리워한 그때의 저는 어디로 갔을까요? 당신이 그리워한 만큼 저도 제가 그리워요. 제 표현이 이상해요? 저에겐 조금도 이상하지 않아요. 당신의 기억 속에 있는 저는 제가 버리고 싶어했던, 그리고 버렸던 존재예요. 그래요, 전 희우를 버렸어요. 제가 버린 그녀가 얼마나 아름다운 존재였는지, 당신의 편지를 보고 알았어요. 그 아름다운 존재를 전 지금 사무치게 그리워하고 있는 거예요. 오래전 당신이 그랬듯이……

저도 제가 그리워요. 전 희우를 버렸어요. 이 문장들을 반복해서 읽었다. 입안에서 중얼거리기도 했다. 편지를 쓰고 있는 희우는 과

거의 존재를 지금과 분리하고 있었다. 자신을 얼마든지 분리할 수 있다. 시간이 우리를 끊임없이 변화시키기 때문이다. '지금의 나'와 '지난날의 나'는 다른 존재로 생각할 수 있는 것이다. 그럼에도 '분리된 나'는 '나'의 존재 범주 안에 있다. 이것은 부정할 수 없는 사실이다. 그런데 희우가 쓴 문장은 '부정할 수 없는 사실'을 강하게 부정하는 듯한 느낌이 들었다. 다시 읽어도 느낌은 달라지지 않았다.

어머니가 당신의 편지를 버리지 않았던 것은 당신의 편지가 저에게 얼마나 큰 선물인지 알았기 때문이에요. 그래서 옛집을 사놓고 제가 오기를 애타게 기다린 거예요. 하지만 전 어머니가 세상을 떠난 후에야 돌아왔어요. 어머니에게 돌이킬 수 없는 불효를 저지른 거지요.

눈물이 편지지를 적셔 잠시 누웠다 방금 일어났어요. 어머니 이야기를 하다가 감정이 복받쳤어요. 지금 전 다락방에서 편지를 쓰고 있어요. 소반이 책상 역할을 해요. 작은 스탠드도 갖다놓았어요.

어머니가 저에게 어떤 선물을 주셨는지 이제 아시겠지요. 어머니의 선물을 보여드렸으니 제가 준비한 선물을 보여줄 차례가 되었군요. 저의 선물은 맛있는 밥상이에요. 밥상은 당신이 먼저 차려주었지요. 1985년 6월의 어느날에. 당시 저는 바슐라르의 문예이론을 주제로 박사학위 논문을 쓰고 있었어요. 당신도 기억할 거예요, 프랑스문학을 공부하던 시절 제가 얼마나 바슐라르를 좋아했는지를. 지금 고백하자면, 바슐라르를 좋아하게 된 가장 큰 이유는 제

유년기의 상처 때문이었어요.

바슐라르의 부인은 딸 쉬잔을 낳은 지 칠개월 만에 세상을 뜨고 말아요. 바슐라르는 혼자서 딸을 키우면서 교사생활을 해요. 그후 부모님마저 세상을 떠나고 쉬잔을 돌보아줄 사람이 없게 되자 다섯살 난 쉬잔을 데리고 학교로 가요. 쉬잔은 그가 수업하는 교실에서 혼자 놀았어요. 바슐라르는 수업하다가 짬이 나면 쉬잔에게 다가가 다정하게 말을 걸었어요. 평생을 외롭게 살았던 바슐라르에게 쉬잔은 보석 같은 존재였지요.

바슐라르를 알고부터 전 자주 쉬잔이 되곤 했어요. 아버지를 모르고 자란 저에게 바슐라르는 제 몽상 속에서 아버지가 되었던 거예요. 앞머리에 '내 딸에게'라고 쓰인 바슐라르의 책을 읽으면 저를 향해 몸을 기울이면서 글을 쓰는 바슐라르의 모습이 떠오르곤 했어요. 제가 몽상 속의 아버지와 영혼의 여행을 하고 있을 때 당신은 인천의 공장에서 노동자 생활을 하고 있었어요. 당신이 그랬지요. 세계를 변혁하려면 세계의 끄트머리에 서야 한다고. 당신에게 노동자가 된다는 것은 세계의 끄트머리에 서는 행위였지요.

그날 전 당신이 사는 데를 처음 가보았어요. 대낮에도 불을 켜야만 하는 지하 쪽방이었어요. 화장실에 들어가는데, 맙소사! 허리를 절반으로 꺾지 않으면 들어갈 수 없었어요. 냄새는 또 얼마나 지독하던지…… 그런 화장실을 다섯세대가 같이 쓴다고 당신은 태연하게 말했지요. 제가 정말 놀란 건, 당신이 그런 쪽방에 산다는 걸 행복해한다는 사실이었어요. 밤에 얼마나 잠이 잘 오는지 모른다고 말할 때 당신의 얼굴에는 행복이 가득했어요.

눈을 감았다. 청년의 얼굴이 떠오르고 있었다. 청년의 시선은 밤 하늘을 밝히는 별을 향하고 있었다. 별빛은 그가 가야 할 길을 비추었다. 그 길 위에는 먼저 간 이들이 완성된 죽음의 형태로 누워 별빛 속에서 꽃처럼 빛나고 있었다. 그들의 죽음은 살아남은 자들을 대신한 죽음이었다.

정치권력의 혹독한 폭력 속에서 삶과 죽음은 마주 보고 있었다. 내가 살아남은 것은 나를 대신한 죽음이 있었기 때문이었다. 죽음을 품고 있는 묘지가 생명을 잉태하는 산모였다. 그때는 그랬다. 청년은 잠을 자면서 꿈꾸지 않았다. 깨어 있는 상태에서 꿈꾸었다. 청년의 얼굴에 행복이 가득했던 까닭은 깨어 있는 상태에서 꿈을 꾸었기 때문이다.

그 쪽방에서 당신은 밥상을 차렸어요. 그 밥상, 기억나세요? 김이 모락모락 나는 김치찌개가 생각나요. 참 이상해요. 여기 이 다락방에 앉아 있으면 기억이 아주 잘 나요. 그동안 까맣게 잊고 있었던 것들이 홀연히 떠올라요. 그리움이 기억을 끌어당기는 것 같아요.

김치찌개 다음으로 떠오르는 건 따뜻한 쌀밥이에요. 무김치와 멸치볶음도 떠오르네요. 전 밥을 맛있게 먹었어요. 정말 맛있었어요. 당신에게 다음에는 제가 밥상을 차리겠노라고 약속했지요. 세상에서 제일 맛있는 밥상을 말이에요. 당신은 생각만 해도 침이 넘어간다고 했어요. 우린 아무도 몰랐지요, 그때가 우리의 마지막 만남이 되리라는 사실을.

당신에게 세상에서 제일 맛있는 밥상을 차리겠노라고 말하던 그녀는 지금 어디 있을까요? 간혹 꿈에 보이곤 했어요. 당신을 위해 밥상을 차리는 그녀의 모습이 말이에요. 그래서 생각한 게 영서예요. 세상에서 저와 가장 닮은 존재가 영서예요. 그런 영서가 밥상을 차리면, 세상에서 제일 맛있는 밥상은 아닐지라도 무척 맛있는 밥상이 될 거예요. 영서가 원하기도 했고요. 당신, 싫지 않죠? 영서와 함께 저녁 식사 맛있게 하세요.

당신의 희우

3

"제가 밥상 차리는 거, 괜찮아요?"

영서는 생글거리며 말했다.

"물론 괜찮지. 그런데……"

"또 엄마를 찾으세요?"

영서의 눈이 가느스름해졌다.

"은하수 서쪽에 닿으려면 아직 멀었어요. 그러니 밥을 드셔야 해요. 속이 든든하지 않으면 별들의 강을 건너기가 힘들어져요."

"아, 그렇다면 먹어야지."

나는 어색하게 웃으며 말했다.

"그동안 고민을 많이 했어요. 선생님에게 어떤 밥상을 차려드려야 하는지. 제가 맞이한 손님 가운데 가장 중요한 손님이거든요. 전

요리사도 아니고, 그렇다고 요리에 취미가 있는 것도 아니에요. 그러니 고민할 수밖에요. 고민 끝에 제가 가장 잘할 수 있는 요리를 선택했어요. 프랑스 만찬이에요. 순서를 다 갖춘 정식은 아니고 약식이에요."

"영서는 프랑스에서 태어났을 텐데 한국말을 정말 잘하네."

"전 한국에서 태어났어요. 제가 프랑스에 간 건 열살 때였어요."

"희우씬 한국을 떠난 후 프랑스에 계속 있지 않았어?"

"그건 엄마가 말씀드릴 거예요."

영서는 상냥하게 웃으며 말했다. 프랑스로 떠난 후의 희우에 대해 아는 것이 하나도 없다는 사실이 아프게 환기되었다.

"약식 만찬의 첫번째는 전식이에요. 포도주 좋아하세요?"

"좋아해."

"선생님의 표정을 보니 정말 좋아하시는 것 같아요. 반가워요. 저도 좋아하거든요. 잠깐 기다리세요."

영서는 소파에서 일어나 주방으로 갔다. 거실 유리창 바깥이 어두워지고 있었다. 희우는 집에 없는 것 같았다. 영서에게 나를 맞이하게 하고 식사까지 함께하도록 한 희우의 의도가 궁금했다.

"오세요."

영서의 높은 목소리가 들렸다.

"앉으세요."

연보라색 식탁보가 깔린 식탁 앞에 앉았다.

"이건 프랑스식 양파수프예요."

영서가 음식이 담긴 도자기 그릇을 식탁에 놓으며 말했다.

"서민적인 애피타이저예요. 양파와 치즈, 바게뜨가 주재료라 맛이 담백하고 몸을 따뜻하게 만들어주어요."

"먹어보지는 못했지만 정성이 많이 들어가는 음식이라는 말은 들었어."

"그럼요, 양파 볶는 데만 거의 한시간이 걸렸어요. 그럼에도 제가 이 수프를 준비한 건 엄마의 추억이 담긴 음식이기 때문이에요."

영서는 포도주 병을 따면서 말했다.

"어떤 추억이야?"

"엄마한테 들으세요. 제가 선생님께 드리는 첫 음식이 양파수프라는 걸 엄만 알고 계시니까요."

"영서한테 들으면 안되나?"

"그건 엄마의 프라이버시예요. 제가 함부로 말할 순 없죠."

"궁금하지만…… 알았어."

"오늘은 저에게 뜻깊은 날이에요. 그전부터 선생님을 만나고 싶었거든요."

"왜?"

"엄마가 그리워한 분이니까요."

영서는 붉은 포도주를 잔에 따르며 말했다.

"건배해요."

"무엇을 위해 건배할까?"

"아마데우스를 위해."

"아마데우스?"

"제가 빠리에서 키우던 고양이 이름이에요. 아주 예쁜 녀석이에요. 한국으로 오기 전 친구에게 맡겼어요."

"영서는 한국에 언제 왔지?"

"할머니가 돌아가시기 보름 전쯤 왔어요."

"편지에는 희우가 어머니 임종을 지키지 못했다고 하던데……"

"할머니가 돌아가신 날, 엄만 아프리카에 계셨어요. 거기에 꼭 가셔야 할 일이 있어 제가 먼저 한국에 온 거예요. 엄만 할머니가 그렇게 빨리 돌아가실 줄 몰랐어요."

"그럼 영서가 할머니의 임종을 지켰겠네."

"네."

"할머니와 친했어?"

"할머닌 엄마가 절 빠리로 데려갈 때까지 키워주셨어요."

"음, 그랬구나. 빠리에는 언제 돌아가?"

"당분간 한국에 있을 거예요. 한국문화재보호재단 계약직 연구원에 지원해볼까 해요."

"영서에 대해 내가 아는 게 하나도 없구먼."

"빠리4대학에서 고고학을 전공했어요. 석사과정은 마쳤는데, 박사과정으로 들어가야 할지 아직 모르겠어요. 일단 한국에서 일을 해보고 결정하려고 해요."

"고고학을 전공한 이유가 궁금하네."

"조지 루카스 아세요?"

"「스타워즈」를 만든 영화감독?"

"그 사람이 고고학과를 졸업했어요. 멋있지 않아요?"

"멋있긴 한데……"

"아마 땅 밑의 컴컴한 세계가 궁금했던가봐요."

영서는 눈을 내리깔며 말했다. 얼굴이 그늘져 보였다.

"희우씬 아프리카에 왜 갔지?"

"선생님, 수프 식어요."

영서는 나무라듯 말했다.

"어, 미안해. 자, 건배. 아마데우스의 안녕을 위해."

"감사해요. 아마데우스가 정말 보고 싶어요."

"영서는 모차르트를 좋아하는 모양이네."

"제 친구가 지은 거예요. 엑스 출신의 예쁜 친구예요."

"엑스?

"엑상프로방스를 그렇게 불러요. 프랑스 남쪽 도시예요."

"쎄잔의 고향?"

"맞아요, 근데…… 선생님의 눈빛을 보니 엑스를 잘 아시는 것 같아요."

영서는 눈을 반짝이며 말했다. 얼굴의 그늘이 싹 사라졌다.

"거기서 하룻밤 묵은 적 있어."

"언제요?"

"그때가……"

나는 기억을 더듬었다.

"98년이니까…… 벌써 십오년이 지났네. 가을이었어."

"엑스에 혼자 가시진 않았죠?"

영서는 생글생글 웃으며 말했다.

"내 얼굴에 그렇게 쓰여 있어?"

"그럼요."

"어떤 건축가와 같이 갔어."

"그분이 혹시 좋아했었다는 분 아니에요?"

"영서를 못 속이겠군."

"아, 제 직감이 맞네요. 그분이 건축가이시구나. 근데 엑스는 왜 가셨어요?"

"르또로네(Le Thoronet) 수도원이 보고 싶다고."

르또로네 수도원은 엑상프로방스에서 자동차로 가면 한시간 조금 넘게 걸리는 곳에 있다.

"르또로네 수도원요?"

영서가 눈을 동그랗게 떴다.

"응."

"엄마가 정말 좋아하는 수도원이에요. 여름휴가 때 저도 엄마 따라 몇번 갔어요."

"희우씬 의사인데……"

나는 혼잣말하듯 중얼거렸다. 낯설었다. 희우가 의사라는 사실도, 윤하가 찬탄한 그 건축물을 희우가 좋아한다는 사실도. 편지에서 희우가 고백한 것처럼 영서가 말하는 희우는 내 안의 희우와 다른 사람인 듯했다.

"의사는 수도원을 좋아하면 안되나요?"

"아, 그런 뜻은 아니고……"

나는 겸연쩍게 웃으며 손을 저었다.

4

윤하가 집을 짓고 싶다고 말한 것은 경복궁 근처 음식점에서 저녁 반주를 하고 있을 때였다. 1998년 9월의 어느날이었다. 건축가가 집을 짓겠다는 건 당연한 일인데, 표정과 목소리가 무겁게 잠겨 있는 것 같았다.

"그런데 말이에요……"

윤하는 나를 빤히 보며 말꼬리를 늘어뜨렸다.

"그 집을 지으려면 특별한 영감이 필요해요."

"특별한 영감?"

"제가 짓고 싶은 집은 아주 특별하거든요."

"무슨 집인데?"

나는 그녀의 빈 잔에 술을 따르며 물었다.

"그건 나중에 말씀드릴게요. 지금 저한테 가장 큰 문제는 특별한 영감이에요. 선생님이 도와주세요."

"그건 내가 도울 수 있는 일이 아닌 것 같은데."

"도울 수 있어요."

"어떻게?"

"라뚜레뜨(La Tourette) 수도원을 아세요?"

"프랑스 리옹 근교에 있는 도미니크회 수도사들의 수도원?"

"어머, 아시네요."

"내가 아는 사진작가가 그 수도원에 빠져 있어. 건축 미학이 불러일으키는 감동이 놀랍다고 하더군."

"그 수도원을 만든 건축가도 아시겠네요."

"응, 알아. 스위스 출신의 건축가…… 갑자기 이름이 생각 안 나네."

"르꼬르뷔지에(Le Corbusier)예요."

"맞아, 르꼬르뷔지에. 그가 세운 이론이 건축가들에게 전범(典範)으로 받들어지고 있다고 들었어."

"그분은 단순한 건축가가 아니었어요. 건축의 경계를 넘어서서 시대를 견인한 예언적 지식인으로 평가받고 있으니까요. 건축가 입장에서 존경하지 않을 수 없죠. 그분이 만든 경이로운 건축물이 바로 라뚜레뜨 수도원이에요. 현대건축의 성서적 존재라는 표현까지 나오니까요."

"엄청난 찬사로군."

"르또로네 수도원은 아세요?"

"그건 잘 모르겠는데."

나는 머리를 긁적였다.

"씨또(Citeaux)회 수도사들이 1160년부터 삼십년 동안 프랑스 남부 프로방스 지방의 산속에 지은 수도원이에요. 도미니크파 수도원장 꾸뛰리에 신부는 르꼬르뷔지에에게 라뚜레뜨 수도원 설계를 의뢰하면서 르또로네 수도원에 가보기를 권했어요. 새로 짓는 수도원에 옛 수도원의 정신을 담아주기를 원한 거지요."

르또로네 수도원에서 엄청난 감동을 받은 르꼬르뷔지에는 사진작가에게 촬영을 의뢰해 1957년 『진실의 건축』이라는 제목의 사진집을 발간했다고 윤하는 말했다.

"책의 서문에서 르꼬르뷔지에는 '어떤 것도 여기에 더해질 수 없다. 이 엄청난 조우를 기뻐하고 축복하며 반기자'고 했어요. 만약 르꼬르뷔지에가 르또로네 수도원을 보지 않았다면 지금과 같은 라뚜레뜨 수도원은 탄생하지 못했을 거예요. 르또로네 수도원은 라뚜레뜨 수도원의 근원이에요. 그렇다고 라뚜레뜨 수도원을 모방 건축물이라고 비난하는 사람은 아무도 없어요. 르꼬르뷔지에의 가장 아름다운 창조물로 찬사 받고 있지요."

"그러니까 르꼬르뷔지에는 르또로네 수도원에 영감을 받아 라뚜레뜨 수도원을 창조한 거군."

나는 특별한 영감이 필요하다는 윤하의 말을 떠올리며 말했다.

"맞아요."

윤하는 고개를 끄덕였다.

"윤하도 영감이 필요하다 했는데……"

"제가 머릿속에 그리는 집을 제대로 지으려면 르꼬르뷔지에로 변신할 수 있는 상상의 공간이 필요해요."

"윤하가 르꼬르뷔지에로?"

"네."

"그 상상의 공간이 어딘데?"

"르또로네 수도원이에요."

"그렇다면 내가 도울 일이 없네."

"있어요."

"뭔데?"

"그곳에 같이 가주시는 것."

"왜 내가 가야 하지?"

"제가 짓고 싶은 집과 관련이 있으니까요."

"무슨 집인데 나랑 관련이 있어?"

"선생님이 살 집이에요."

"내가 살 집?"

"네."

"난 집이 있어."

"선생님 집은 너무 낡았어요. 불편하기도 하고요."

"알아. 하지만 난 이사할 생각이 전혀 없는걸."

돌아가신 아버지에게 물려받은 우이동 집은 어릴 적부터 살던 곳으로 추억이 서려 있었다.

"이사 안하셔도 돼요. 고칠 거니까요."

"윤하가?"

"네."

"왜?"

"제가 하고 싶으니까요."

다시 왜,라고 묻고 싶었으나 물을 수 없었다. 윤하의 마음을 다치게 할 것 같았다.

"고마워. 그런데 우이동 집이 뭐 대단하다고 윤하가 르꼬르뷔지에로 변신까지 해야 해?"

"그건 건축가가 지니는 마음의 미로예요. 저도 의외였어요, 미로 속에서 르또로네 수도원과 마주칠 줄은."

"그렇담 내가 가지 않을 수 없겠네."

윤하의 얼굴이 밝게 빛났다. 윤하의 뺨에 살며시 입을 맞추자 간지러운 듯 그녀의 눈썹이 살짝 올라갔다.

5

"엄마에게 르또로네 수도원은……"

영서는 기억을 더듬는 듯 눈을 가느스름하게 떴다.

"아주 특별한 곳이에요. 엄마의 모습이 변하거든요."

"어떻게 변해?"

나는 르꼬르뷔지에로 변신할 상상적 공간이 필요하다는 윤하의 말을 생각하며 물었다.

"엄마의 얼굴이 그림자에 잠겨요. 평소에는 볼 수 없는 그림자가 르또로네 수도원에 가면 나타나는 거예요. 그런 엄마의 모습이 낯설어요. 제가 모르는 엄마의 다른 영혼을 보는 것처럼 느껴져요."

"그런 그림자가 왜 르또로네 수도원에서 나타날까?"

"저도 궁금해요, 왜 그런지."

"엄마에게 물어보지 않았어?"

"네."

"왜?"

"물어보면 안될 것 같았어요."

영서의 얼굴이 어두워지고 있었다.

"아무리 가까운 사이라도 그런 거 있잖아요. 상대가 스스로 말할 때까지 물어서는 안되는 것 말이에요."

"음, 그런 게 있지."

"어쩌면 엄만……"

영서는 무언가를 골똘히 생각하는 표정이었다.

"선생님한테는 말할지 몰라요."

"희우씨가 나에게 그런 이야기를 해줄까?"

눈에 띄게 어두워진 영서의 얼굴을 보며 조심스럽게 말했다. 그
러자 영서는 살짝 웃었다.

"해주실 거예요. 제가 장담해요."

영서의 목소리가 경쾌해지면서 본래의 표정으로 돌아가고 있
었다.

"이번엔 제 차례예요."

"무슨 차례?"

"제가 질문할 차례."

"어?"

"그분 이야기해주세요."

"어떤 분?"

"르또로네 수도원을 보고 싶어한 건축가 분."

"영서는 그 사람에게 관심이 많네."

"엄마와 닮은 분이니까요."

"왜 그렇게 생각해?"

"선생님을 사랑한 분이잖아요."

"……"

"제 생각이 틀렸어요?"

"모르겠어."

"선생님의 얼굴은 제 말을 받아들이는 표정인데요."

"음, 영서가 그렇다면 그렇겠지."

"그분은 왜 선생님과 르또로네 수도원에 가고 싶어했어요?"

영서의 질문이 가시처럼 가슴에 박혀왔다.

"사진을 잘 찍으려면 상대의 마음과 마주쳐야 하듯이 집을 잘 지으려면 그런 마음이 필요하다고 했어. 그 사람이 르또로네 수도원에 간 것은 수도원을 지은 수도사들의 마음을 느끼기 위해서였어."

"그렇다면 혼자 가서도 되잖아요."

"당시 난 오래된 집에 살고 있었어. 마당이 있는 단층 양옥집이었는데, 그 사람은 그 집을 고치고 싶어했어."

"아, 선생님의 집을 고치기 위해 르또로네 수도원을 지은 수도사들의 마음이 필요했군요."

"그렇게 되나……"

나는 혼잣말하듯 중얼거렸다.

6

르또로네 수도원은 어두웠다. 작은 창으로 스며드는 빛이 겨우 존재했다. 겨우 존재하는 빛 속에서 윤하의 몸이 어렴풋이 보였다. 윤하는 느리게 움직이고 있었다. 간혹 걸음을 멈추곤 했는데, 그녀의 시선은 늘 어딘가에 집중되어 있었다. 한없이 높아 보이는 둥근 천장과 작은 창으로 새어들어오는 실낱같은 빛의 가닥을 올려다볼 때는 종묘 정전을 바라보는 그녀의 모습이 떠올랐다.

"여긴 시각을 유혹하는 장식이 하나도 없어요."

윤하는 속삭이는 듯한 목소리로 말했다.

"고대인에게 집이 어떤 의미였는지 아세요?"

"글쎄……"

"신이 머무는 공간이에요. 그런 믿음이 고대 건축의 토대가 되었어요. 아무리 작은 집을 짓더라도 성스러운 힘에 초점을 맞추어 방향을 정했어요. 초점의 대상이 천상이 될 수 있고, 별이 떠오르는 위치가 될 수 있어요. 중세 성당은 고대인의 집을 추구한 것이에요. 그런데 둘 사이에 결정적인 차이가 있어요. 중세인은 성당 건축물에서 자신을 드러냈어요. 신을 향한 자신의 욕망을 드러냈던 거예요. 성당의 화려함은 그런 욕망의 산물이에요. 하지만 고대인은 자신을 드러내지 않았어요. 그들은 아무것도 아닌 존재가 되어 집을 지었어요. 이 수도원은 그런 사람들이 지은 집 같아요. 몸은 중세인인데 정신은 고대인이었던 사람들 말이에요. 저도 이런 집을 지을 수 있을까요?"

윤하는 나를 물끄러미 보며 물었다. 나는 침묵했다. 내가 대답할 수 있는 물음이 아니었다. 게다가 그건 나에게만 해당된 물음이 아니었다. 그녀는 나의 눈에는 보이지 않는 존재에게도 묻고 있었다. 그녀의 표정에서 그것을 어렴풋이 느낄 수 있었다.

우이동 집 공사가 시작된 것은 르또로네 수도원을 다녀온 지 두

달이 조금 지나서였다. 인부들이 담 허무는 광경을 윤하와 함께 보았다. 내가 열살 때인 1966년 아버지가 흙벽돌을 손수 찍어 쌓아올린 담이었다. 녹슨 쇠붙이 대문도 뜯겨나갔다. 며칠 안되어 집은 껍데기와 뼈대만 남았다. 집을 고친다기보다 새로 짓는 것 같았다.

담이 허물어진 자리에 새로운 담이 올라갔다. 벽돌을 쌓아올리면서 군데군데 틈이 만들어졌다. 공기와 바람의 통로였다. 녹슨 쇠붙이 대문 자리에 나무 대문이 들어섰다. 대문에서 현관으로 가는 길에 박석이 깔렸다. 정원이 끝나는 곳에 벽돌담으로 직육면체 형태의 집을 둘렀다. 집 안에 담을 하나 더 만든 것이다. 하지만 바깥 담보다 낮고, 담 사이의 틈이 훨씬 넓어 느낌이 많이 달랐다.

안쪽 담을 따라 집 안으로 들어가면 담은 일층 내실의 벽으로 자연스럽게 이어진다. 일층 내실 중앙은 부엌이고, 양쪽 끝에 방이 하나씩 있다. 부엌에 놓은 진회색 나무 식탁에는 여섯명에서 많게는 여덟명까지 앉을 수 있다. 일층 내실이 어두운 것은 창을 최소화했기 때문이다. 그에 비하면 거실과 침실, 사진 작업실이 있는 이층은 무척 밝다. 가로로 긴 거실 창 앞에 서면 북한산이 환히 보인다. 자연광을 실내로 최대한 끌어들이는 구조이다. 그래서 일층으로 내려가는데도 마치 지하로 내려가는 듯한 느낌이 든다.

옛 친구들을 우이동 집으로 초대한 것은 공사로 어수선해진 세간을 정리하고 나서였다.

"집을 고친 게 아니라 새로 지었구먼."

권기호가 눈을 휘둥그렇게 뜨며 말하자 김규환은 옛집의 흔적이 군데군데 보인다면서 주위를 두리번거렸다.

"감나무는 여전히 담 밖으로 고개를 내밀고 있고, 지붕의 기와도 손대지 않았어. 현관을 오르는 계단 자리도 풀이 우거진 채로 있고…… 옛집의 모습을 남겨두려고 애쓴 흔적이 보여."

"저 박석이 묘해. 여백처럼 보이기도 하고 치장처럼 보이기도 하니……"

장선익은 대문에서 현관 입구까지 깔린 박석을 손으로 가리켰다.

"징검다리처럼 느껴지는 걸 보면 치장은 아닐 듯한데…… 치장이라면 대단히 검박한 치장이야. 아무튼 집의 느낌이 아주 좋아. 잘 지은 절이나 성당에 들어가면 머리가 맑아지고 마음이 고요해지잖아. 사람의 마음을 향하도록 지은 건축물이거든. 여기로 들어오면서 그런 느낌을 받았어. 건축가 선생이 안 계신 게 아쉽구먼. 무슨 이유로 사진작가의 남루한 집을 이런 훌륭한 집으로 변신시켰는지 묻고 싶은데 말이야."

그날 윤하는 친구들이 오기 전에 우이동 집을 떠났다. 일 때문이라고는 했지만 일부러 피한 것 같았다. 윤하는 떠나기 전 우리가 먹을 음식을 마련하고 식탁을 차려놓았다. 마당에서 차를 마시는 동안에도 집 이야기가 이어졌다. 그러는 사이 해가 지면서 어둠이 내려앉기 시작했고, 우리는 저녁이 마련된 일층 내실로 들어갔다. 집 이야기가 다시 시작된 것은 생선회를 안주로 소주를 마시고 있을 때였다.

"여긴 아늑한 무덤 속 같아."

김규환이 느릿한 목소리로 말했다.

"사람이 만든 것에는 그 사람의 꿈이 스며들어 있어. 이 집을 지으면서 건축가 선생이 어떤 꿈을 품었길래 여기가 이렇게 아늑한 무덤 속처럼 느껴지는지 궁금해."

"아늑한 무덤이라……"

권기호는 눈을 가늘게 떴다.

"우린 지금 무덤 속에서 술을 마시고 있네."

"무서워?"

"아니, 아주 편안해. 세상에 아늑한 무덤보다 더 편한 곳이 어디 있을까. 자넨 어때?"

"나도 그래."

권기호의 물음에 장선익은 미소를 지으며 대답했다.

"이층은 빛을 가능한 한 많이 끌어들이고 있는 반면, 여긴 빛이 들어오는 것을 최대한 막고 있어. 게다가 벽지가 없어. 벽돌이 그대로 드러나. 그래서인지 여기 들어왔을 때 고분이 떠올랐어. 고분은 뭔가 차갑고 엄정한 느낌을 불러일으켜. 죽음의 방이니까. 하지만 여긴 그런 느낌이 안 들어. 왜 그럴까 생각해봤는데, 이층 때문인 것 같아."

그러면서 이층으로 오르는 나무 계단을 물끄러미 보았다.

"빛을 가능한 한 차단한 일층이 죽음의 공간이라면 햇빛 가득한 이층은 삶의 공간이라고 할 수 있겠지. 죽음의 공간이 아늑할 수 있는 것은 언제든지 올라갈 수 있는 삶의 공간이 있기 때문이 아닐까."

"그렇게 생각할 수도 있겠네."

김규환은 고개를 끄덕였.

"모든 예술작품은 상징을 품고 있어. 좋은 예술가는 상징을 자연스럽고 아름답게 표현해. 자네 말대로 여기가 죽음의 공간이고 위층이 삶의 공간이라면, 이 집이 품고 있는 상징은 우리의 삶이라고 할 수 있어. 삶은 죽음을 품고 있으니까. 욕망에 허덕이다보니 죽음을 잊고 있을 뿐이지. 그러니까 이 집은 삶의 욕망에 갇혀 죽음을 잊고 사는 우리의 슬픈 불구의 삶을 일깨우고 있어."

"시인다운 해석이군."

장선익은 빙긋 웃으며 말했다.

"집의 바탕은 땅이야. 집을 지을 때 땅이 우리에게 무엇이며, 땅과 연결되어 있는 집이 어떤 의미를 지니는지를 생각해야 하는 까닭은 여기에 있어. 집을 재산의 대상으로 생각하면 땅의 본래 의미는 사라질 수밖에 없어. 황무지가 되는 거지. 황무지 위에 아무리 좋은 집을 지으면 뭐하나. 황무지의 일부일 뿐인데. 이 집이 우리의 마음을 움직이게 하는 것은 땅의 본래 의미가 살아 숨 쉬고 있기 때문이 아닐까 해."

장선익의 말을 듣고 있는 동안 내 머릿속에서 떠오른 것은 윤하가 르또로네 수도원에서 고대인의 집을 이야기하면서 나에게 한 질문이었다.

르또로네 수도원 여행은 윤하와 나에게 정신의 여행이면서 동시에 육체의 여행이었다. 종묘 정전에 함께 간 이후 우리는 지속적으로 만났다. 그럼에도 그녀가 자욱한 안개 속에 있는 것처럼 느껴졌다. 안개는 윤하의 모습을 온전히 드러내지 않았다. 가까이 있는 듯해 다가가면 먼 곳에 있었고, 멀리 있는 것 같아 넋을 놓고 있노라면 어느새 곁에 와 있었다. 희우 때문이었다. 윤하를 생각하는데도 희우의 얼굴이 떠올랐다. 윤하의 얼굴과 희우의 얼굴이 겹쳐져서 윤하도 희우도 아닌 얼굴이 떠오르기도 했다.

윤하의 모습은 희우와 많이 다르다. 희우는 얼굴이 동그스름하고 눈이 크지만 윤하는 얼굴이 길고 눈이 크지 않다. 희우는 피부가 희지만, 윤하는 가무잡잡하다. 희우의 얼굴은 천진하고 밝은 느낌을 주지만, 윤하의 얼굴은 어딘지 모르게 차갑고 어두운 느낌을 불러일으킨다. 목소리도 다르다. 희우의 목소리는 가늘고 높지만, 윤하의 목소리는 조금 더 굵고 낮다. 그럼에도 윤하에게서 희우를 느낀 이유는 무엇이었을까. 그녀의 목소리를 처음 듣는 순간 왜 희우의 목소리가 떠올랐을까. 혹시 희우와 윤하의 영혼이 닮았기 때문은 아닐까. 어쩌면 내 마음속 깊숙이 숨어 있는 희우에 대한 그리움이 윤하에게 희우를 투영시켰는지도 모른다. 그런 내가 윤하의 눈에 어떻게 비쳤을까. 나 역시 자욱한 안개 속에 묻혀 있었던 것은 아닐까. 내가 유령처럼 느껴질 때가 있다는 윤하의 말이 가슴속으로 아프게 파고들었던 것은 그런 나의 자의식 때문이었다.

상대가 유령처럼 느껴진다면 관계는 깨어질 수밖에 없다. 윤하와 헤어진다고 생각하면 무서웠다. 윤하가 르또로네 수도원 이야기를 한 것은 그 말을 한 지 보름이 채 되지 않아서였다. 나는 윤하와의 여행을 통해 그녀에게서 희우의 기억을 벗겨내고 싶었다. 희우의 기억을 벗겨내고 윤하를 자욱한 안개 속에서 끄집어내어 내가 유령이 아님을 보여주고 싶었다.

5박 6일의 여행 일정이 빠듯했던 것은 윤하가 르또로네 수도원

외에도 지중해 해변 마을인 로끄브륀 까쁘 마르땡(Roquebrune-
Cap-Martin)에 가고 싶어했기 때문이다. 니스에서 26킬로미터 떨
어진 까쁘 마르땡에는 르또로네 수도원을 경외했던 르꼬르뷔지에
가 65세가 되던 1952년에 지은 오두막이 있다. 그는 여름에는 빠리
를 떠나 그곳의 오두막에 은둔했는데, 1965년 8월 27일 오전 11시
경 오두막 앞 바다에서 수영하다가 심장마비로 숨을 거두었다. 윤
하가 보고 싶어한 것은 르꼬르뷔지에의 마지막 거소였던 4평 남짓
한 오두막이었다.

오두막은 쥐엄나무 그늘 아래 있었다. 윤하는 오두막 입구에 있
는 쥐엄나무를 유심히 살폈다.

"제가 어릴 적에 외할머니는 쥐엄나무 열매를 자주 달여 드셨어
요. 천식에 좋다면서."

나무를 어루만지며 혼잣말하듯 중얼거리는 윤하의 얼굴은 슬퍼
보였다. 쪽문 같은 출입문을 열자 아주 좁은 통로가 보였다. 통로
벽에는 큐비즘풍의 벽화가 그려져 있었다. 르꼬르뷔지에가 직접
그렸다고 했다. 합판 벽과 목재 가구의 갈색 색조로 둘러싸인 오두
막 안은 한 변이 3.66미터인 정사각형 원룸이었다. 소파 겸용 침대,
붙박이서가, 옷장, 등받이 없는 상자 모양의 의자, 세면대가 따스하
고 어두운 분위기에 잠겨 있었다. 화장실은 정사각형에서 벗어난
실내 구석에 있었다. 변기만 있는 아주 좁은 화장실이었다. 모든 것
이 간소하고 낮았다. 사람이 살 수 있는 최소한의 집이었다. 르또로
네 수도원이 신과 만나는 집이라면, 까쁘 마르땡의 오두막은 죽음
을 품고 있는 집이었다.

5박 6일 동안 나는 그녀에게 내가 유령이 아님을 보여주려고 애를 썼다. 윤하에게 나의 육신은 꿈이었다. 내 육신이 그녀에게 꿈이 될 수 있었던 것은 내가 유령처럼 보였기 때문이다. 육신이 느껴지지 않는 유령에게 품은 윤하의 꿈은 순수할 수밖에 없었다. 윤하의 순수 앞에서 나는 청년이 되었다. 여인의 순수한 꿈이 마흔셋의 남자를 청년으로 변화시킨 것이다.

윤하의 살에서 사과 냄새가 났다. 희우의 입술에서 피어오르던 냄새였다. 그것이 사과 냄새라는 걸 그때는 몰랐다. 윤하의 살은 나에게 그것이 사과 냄새임을 가르쳐주었다. 윤하의 순수한 갈망은 내 육신을 거센 바람을 맞는 돛대처럼 흔들었다. 돛대는 바람에 순응함으로써 배를 나아가게 한다. 스스로 돛대가 된 내 육신은 윤하를 어디론가 알 수 없는 곳으로 나아가게 했다. 바람에 씻겨 헐벗은 존재가 된 내가 저항할 수 없는 힘에 밀려 흘러들어간 곳은 투명한 허공이었다. 투명한 허공 속에서 우리의 육신은 새의 길을 찾고 있었다.

7

"그분이 고친 집은 마음에 들었어요?"
영서는 궁금한 표정으로 물었다.
"마음에 들었어."
"그런데 왜 그분과 헤어졌어요?"

영서의 눈에 호기심이 가득했다.

"그건……"

나는 머뭇거리며 말했다.

"나중에 이야기해줄게."

"제가 질문을 너무 막 하죠? 선생님 마음을 헤아리지 못하고……"

"아니, 그렇지 않아. 근데 양파수프가 바닥났는데 본식은 언제 나와?"

"아참, 깜박했네요. 선생님 이야기가 너무 재미있어서…… 잠깐 기다리세요."

영서는 황급히 일어나 주방으로 갔다.

"본식은 라따뚜이 빠스따예요."

영서가 가져온 둥그런 그릇에는 색깔이 먹음직스러운 채소들과 빠스따가 담겨 있었다.

"라따뚜이?"

"프로방스의 전통 채소스튜예요. 친구한테 배웠어요. 가지, 버섯, 피망, 호박, 파프리카, 토마토 등으로 만드는데 아주 깊은 맛이 나요. 겨울에 입맛을 돋우는 데 좋은 음식이에요. 채소만으로는 허전해서 빠스따와 소고기를 약간 넣었어요. 저 나름대로 애를 많이 썼는데 선생님 입에 맞으면 좋겠어요."

"보기만 해도 먹음직스러워."

나는 포크로 가지 한조각을 입에 넣었다. 씹히는 맛이 담백했다.

"내가 정말 좋아하는 맛인걸."

"어떤 맛인데요?"

"어린 시절의 맛."

"아, 감사해요. 선생님 말씀을 들으니 제가 메뉴를 잘 선택한 것 같아요. 엄만 프랑스 음식 가운데 한국 음식 맛과 가장 가까운 게 라따뚜이라고 했어요."

영서의 눈이 다시 반짝이고 있었다.

"저, 질문 하나 해도 돼요?"

"그럼."

"선생님 사진은 왜 어두워요?"

"음, 그건……"

"제가 또 질문을 막 했나요?"

"아니."

나는 고개를 흔들었다.

"사진이 만들어지는 원리는 눈으로 사물을 보는 것과 똑같아. 대상에서 반사된 빛을 눈이 감지하듯 카메라에서도 반사된 빛을 카메라 쎈서가 감지하는 거지. 그러니까 카메라 쎈서가 렌즈를 통해 들어온 빛을 읽고 저장한 것이 사진이야. 그래서 사진을 빛의 예술, 혹은 빛이 그린 그림이라고 한다는 것, 영서도 알지?"

"네."

"사진은 그림자의 예술이기도 해. 빛이 존재한다는 것은 그림자가 존재한다는 것을 뜻하니까. 내가 사진에서 가장 중시하는 것은 그림자야. 정확히 말하면 그림자의 깊이야. 대상의 마음을 그림자의 깊이를 통해 표현해왔으니까. 영서의 눈에 내 사진이 어둡게 느꺼졌다면 그림자 때문일 거야."

"선생님이 엄마를 찍으시면 제 눈에는 보이지 않는 엄마의 그림자가 잘 보일 것 같아요."

"난 자신이 없는데……"

"제 예감은 좀처럼 빗나가지 않아요."

"영서의 예감을 믿고 싶어."

영서의 표정이 환해졌다.

"그런데 오늘은 아무래도 별들의 강을 건널 수 없을 것 같네."

"별들의 강은……"

영서는 머뭇거리며 말했다.

"엄마의 편지 속에 있는 것 같아요."

나는 영서의 말뜻을 헤아리려고 그녀의 얼굴을 물끄러미 보았다.

"엄마 편지가 하나 더 있어요."

"그래?"

"그건 엄마 방에 있어요. 식사 다 하시고 보세요."

나는 고개를 끄덕이며 포크를 집었다. 가슴이 두근거리고 있었다.

8

희우의 방은 정말 옛날 그대로였다. 이 방에 다시 들어올 수 있으리라고는 생각하지 못했다. 그녀가 사라졌듯이 그녀의 방도 사라진 줄 알았다. 가공의 세계에 들어와 있는 듯했다. 나 자신도 방

금 만들어진 존재처럼 느껴졌다. 거울에 내 얼굴과 전혀 다른 얼굴
이 비친다 해도 조금도 놀라지 않을 것 같았다.

연두색 편지봉투는 책상 위에 놓여 있었다. 오늘 희우는 보지 못
하고 편지만 읽어야 할 것 같았다. 나를 초대해놓고 왜 나를 피하
는지 생각해보았다. 이해할 수 있을 것도 같았다. 내가 두려웠듯이
그녀도 두려웠을 것이다. 이십칠년이라는 시간의 간극이……

사랑하는 당신

식사는 잘 하셨나요? 영서가 만든 음식, 맛있었을 거예요. 음식
의 맛은 마음에서 나온다는 말이 있잖아요. 영서는 제가 당신에게
세상에서 가장 맛있는 밥상을 차려주겠노라고 약속한 것을 알고
있어요. 그 약속을 영서가 대신 했으니 얼마나 정성을 쏟았겠어요.

저는 당신을 사랑했어요. 당신이 없는 삶을 생각할 수 없을 정도
로 사랑했어요. 그런데 전 당신을 떠났어요. 감옥에 있는 당신을 두
고 먼 곳으로 떠났어요. 편지 한장만 남긴 채.

제가 왜 사랑하는 당신을 떠났을까요? 떠나는 이유조차 밝히지
않고…… 그땐 밝힐 수 없었어요. 밝힌다는 게 불가능했어요. 운명
의 망치를 정통으로 맞았으니까요. 그것이 운명인 줄도 모른 채 말
이에요. 전 운명의 모습이 장엄할 줄 알았어요. 장엄하지 않은 것
을 어찌 운명이라 할 수 있겠어요. 젊음의 열정은 운명의 장엄함을
숭배하는 열정이라고 믿었어요. 당신이 인천 쪽방에서 행복해하던
것은 운명의 장엄함을 숭배했기 때문이었어요. 그땐 저도 젊었지
요. 운명의 장엄함 앞에서 기꺼이 무릎 꿇을 준비가 되어 있었으니

까요. 하지만 저를 급습한 운명의 모습은 장엄하지 않았어요. 장엄하기는커녕 통속적이었어요. 끔찍한 통속이었어요. 너무나 끔찍한 통속이었기에 그것이 운명인지조차 몰랐어요. 그러니 눈을 감을 수밖에요. 끔찍한 통속 앞에서.

제가 사복형사 두명에 의해 강제 연행된 것은 당신을 만난 지 한 달이 조금 지났을 무렵이었어요. 햇살이 기우는 늦은 오후였어요. 학교에서 나와 버스정류소로 가는데, 그들이 불쑥 나타났어요. 당신의 이름을 대면서 몇가지 물어볼 게 있다고 하더군요. 무뚝뚝하긴 했지만 위협적이거나, 무례하지는 않았어요. 그래도 불안했어요. 그동안 우린 한번도 못 만났지요. 제가 당신이 일하는 공장으로 두차례 전화를 했으나 연결이 안되었어요. 당신에게서 전화도 없었고요. 그들은 대기시켜놓은 포니 자동차에 절 태웠어요. 경찰서에 도착하는 동안 그들은 쉴 새 없이 떠들었어요. 아들놈 성적이 떨어진다는 둥, 중학생 딸년이 말을 안 듣는다는 둥, 마누라 잔소리가 심해졌다는 둥 대부분 집안 이야기였어요. 그들의 이야기를 듣는 동안 불안이 많이 누그러졌어요. 지극히 일상적인 대화였으니까요. 그들은 어디서나 만날 수 있는 평범한 사람들이었어요.

경찰서 건물 지하로 내려가는 계단이 우중충했어요. 불안이 되살아나더군요. 그들은 조사실 의자에 저를 앉히고는 당신의 거처를 물었어요. 무슨 일인지는 알 수 없으나 당신을 숨겨야 한다는 생각이 들었어요. 우리가 만났을 때만 해도 당신은 수배자가 아니었어요. 그사이에 무슨 일이 있었던 게 분명했어요. 전 모른다고 했어요. 연락이 끊어진 지 오래되었다고 했지요. 그 순간 뺨에 불이 번쩍 했어요. 개쌍년이라는 욕설도 들렸어요. 워낙 순식간의 일이라 정신을 차릴 수가 없었어요. 제가 당황한 목소리로 정말 모른다고 하자 한 형사가 제 머리채를 휘어잡더니 '너 처녀야?' 하고 물었어요. 전 격앙된 목소리로 그렇다고 했어요. 정말인지 확인해보자면서 옷을 벗으라고 하더군요. 제가 꼼짝도 하지 않자 그는 강제로 옷을 벗기기 시작했어요. 조금만 반항해도 주먹이 날아왔어요. 팬티만 입은 채 오들오들 떨고 있는데, 그가 동료에게 물었어요. '저것도 벗길까?' 동료는 대답했어요. '조금 있다가.' 그들은 저를 무릎 꿇게 한 다음 두 팔을 등 뒤로 모으고 수갑을 채웠어요. 제가 당신의 거처를 자백하기까지 겪은 모욕과 고통은 여기에 쓰고 싶지 않아요.

형사들이 다시 들이닥친 건 자백한 지 네시간이 지나서였어요. 그땐 두사람이 아니었어요. 다섯사람이었어요. 그들은 화가 나 있었어요. 한사람은 야구방망이를 들고 있었어요. 전 스르르 주저앉았어요. 숨을 쉴 수가 없었어요. 그년 가랑이에 가시방망이를 쑤셔박아. 그 말이 떨어지자마자 두사람이 덤벼들었어요. 저는 순식간에 발가벗겨졌어요. 팬티조차 없었어요. 야구방망이가 제 몸을 쿡쿡 찔렀어요. 가슴을 가리면 음부를 찌르고, 음부를 가리면 가슴을 찔렀어요. 제가 구토를 시작한 것은 제 몸이 뜯기고 있다는 느낌 때문이었어요. 몸이 뜯기면서 흘러나오는 비린내를 견딜 수가 없었어요. 그것은 낯선 공포였어요. 무엇에 의해서도 훼손될 수 없는 어떤 본질이 훼손당하고 있다는 느낌에서 솟아오르는…… 어떤 생명도 파멸시킬 수 있는 그 공포 앞에서 저는 당신에 관해 있는 말없는 말 다 했어요. 그들에게 말한 것이 아니었어요. 공포에게 말했어요.

저는 하염없이 울었어요. 눈물은 마르지 않고 흘러내렸어요. 눈물과 함께 몸 안에서 무언가가 쉼 없이 빠져나갔어요. 그것이 무엇인지는 알 수 없었지만, 그것 대신 채워지는 게 있었어요. 수치심이었어요. 텅 비어가는 몸 안을 수치심이 채우고 있었어요. 몸이 떨리기 시작했어요. 텅 빈 몸 안으로 흘러들어오는 수치심이 절 춥게 만들었어요. 너무나 추워 몸이 사시나무처럼 떨렸어요. 물 위에 떠 있는 죽은 물고기가 보였어요. 야윈 새의 그림자도 보였고, 아이의 파리한 얼굴도 보였어요. 은화처럼 반짝이는 달이 보였고, 보랏빛 광선에 싸인 나비도 보였어요. 그것을 보면서 가슴이 찢어지는 듯한 고통을 느꼈어요. 너무나 날카로운 고통이라 비명조차 지를 수 없었어요. 벌어진 입에서 꺼멓게 탄 신음 소리가 간신히 새어나왔어요. 시간이 얼마나 지났는지 알 수 없었어요. 추위에 떨다가 잠이 들었는지도 몰라요. 뭔가 이상했어요. 누군가가 제 몸을 마구 헤집는 것 같았어요. 눈을 뜨기가 힘들었어요. 눈꺼풀이 천근처럼 무거웠어요. 겨우 눈을 떴어요. 시커먼 것이 보였어요. 사람이었어요. 사람만이 그 짓을 할 수가 있으니까요. 몸은 몽둥이에 후려맞은 것처럼 늘어져 있는데, 두 손은 묶여 있었고, 그는 엄청난 힘으로 절 짓누르고 있었어요. 저항이 불가능했어요. 이런 고백, 정말 힘들어요. 펜을 몇번이나 놓았어요. 그 사람이 누구인지 지금도 몰라요. 다음 날 오전 그들은 절 풀어주었어요. 어떻게 집으로 갔는지 모르겠어요. 어머니가 아무리 물어도 대답을 못했어요. 아니, 할 수가 없었어요. 말로서는 표현되지 않는 것을 물었으니까요.

창가로 갔다. 밖은 어두웠다. 어둡고 적막한 길 위에서 갈 곳을 찾지 못해 서성거리는 한 청년이 떠올랐다. 내가 도피생활에 들어간 것은 희우를 만난 지 열흘 후였다. 그 전날 김규환이 체포되었다. 그의 체포는 그와 연결된 수많은 동지의 이름이 정보경찰의 수중으로 들어갈 수 있음을 의미했다. 나는 즉각 짐을 쌌다. 도피생활에 들어간다는 것은 자신의 이름을 버리는 행위다. 이름을 버림으로써 이름과 연관된 모든 사람들과의 관계가 단절된다. 단절된 사람들 안에 희우가 있었다. 희우는 그들 안에서 홀로 빛났다. 홀로 빛나는 희우는 사무치게 아름다웠다. 철저한 고립 속에서도 비애와 분노에 사로잡히지 않을 수 있던 것은, 무서운 꿈과 절망에 함몰되지 않을 수 있던 것은 사무치게 아름다운 한사람이 있었기 때문이었다.

집에 들어와 제가 맨 처음 한 일은 목욕이었어요. 살갗에 피가 나도록 문질렀어요. 비누칠은 또 얼마나 했는지 몰라요. 눈물을 흘리며 몸을 씻고 또 씻었어요. 아무리 씻어도 더럽혀진 느낌이 사라지지 않았어요. 영원히 더럽혀진 느낌이었어요. 그것이 얼마나 끔찍한 것인지, 당신은 모르실 거예요. 저를 위해 아무것도 할 수 없었어요. 영원히 더럽혀진 존재를 위해 무엇을 할 수 있겠어요? 음식물조차 못 삼켰어요. 하루 종일 먹지 않아도 배가 안 고팠어요. 먹는 것에 아무런 관심이 없었어요. 어머니가 음식을 먹으려 하면 분노가 치밀어올랐어요. 마지못해 먹게 되면 어머니 몰래 토해버렸어요. 희망이 없었어요. 그토록 눈부셨던 희망의 성채는 깡그리 파괴되어버렸어요. 저는 겨우 숨을 쉬고 있을 뿐이었어요. 그래도 시간은 흘러가더군요. 지옥 같은 하루들이 쌓여 일주일이 되고, 한 달이 되고……

　그러던 어느날이었어요. 정원 곁에 있는 의자에 앉아 있었어요. 하늘에는 구름 한점 없었어요. 햇살은 마당에 물처럼 고여 있었고요. 벌들이 노랗게 핀 산국 주위를 맴돌며 윙윙거렸어요. 바람이 뺨을 살짝 스치며 지나갔어요. 산국의 노란 잎사귀가 느리게 흔들렸어요. 현기증이 났어요. 세상이 멀어지고 있었어요. 멀어져가는 세상이 한폭의 풍경처럼 보였어요. 맞아요, 그건 어슴푸레 빛나고 있는 한폭의 풍경이었어요. 풍경과 저 사이에는 허공이 아득하게 가로놓여 있었어요. 아득한 허공은 풍경을 비현실적으로 보이게 했어요. 꿈속의 풍경처럼 말이에요. 어쩌면 풍경이 꿈을 꾸고 있었는지도 몰라요. 제 말, 이상하게 들려요? 풍경이 꿈속에서 저를 볼 수도 있지 않나요? 제가 누군가를 꿈꾼다면, 누군가는 저를 꿈꿀 수 있지 않을까요? 서로에 대해 꿈을 꿀 수 없다면 그건 정말 아무런 관계가 아닌 거예요. 그런 점에서 장자의 말은 의미심장해요. 우리가 나비를 꿈꾸었다면, 나비도 우리를 꿈꿀 수 있는 거예요. 나비를 신(神)으로 바꾸어보세요. 우리는 신을 꿈꾸는데, 신이 우리를 꿈꾸지 않는다면 우리와 신은 무엇으로 연결되어 있을까요?

　말이 빗나갔네요. 다시 돌아갈게요. 저는 허공 너머에서 어슴푸레 빛나고 있는 풍경을 우두커니 보고 있었어요. 가슴속에서 알 수 없는 기쁨이 차오르기 시작했어요. 제가 기뻐해야 할 아무런 이유가 없었어요. 그럼에도 기쁨이 맑은 이슬처럼 차올랐어요. 어슴푸레 빛나는 풍경은 아름다웠고, 기쁨에 넘친 저는 황홀에 잠겨 있었어요. 저는 저를 잊어버렸어요. 제가 누구인지 알 수도 없거니와, 알아야 할 이유가 전혀 없었어요. 저는 아무것도 아닌 존재였어요. 그러면서 무엇이든 될 수 있는 어떤 존재였어요. 씨앗과 같은…… 그랬어요, 전 하나의 씨앗이었어요. 무한한 가능성을 품고 있는 씨앗이 되어 어슴푸레 빛나는 풍경을 보고 있었어요.

얼마나 시간이 흘렀는지 모르겠어요. 몸 안에서 무언가가 느껴졌어요. 몸의 가장 깊은 곳, 어둡고 어두운 그곳에서. 저는 꼼짝을 하지 않았어요. 숨조차 쉬지 않았어요. 어슴푸레 빛나는 풍경은 사라졌어요. 기쁨도 사라지고, 씨앗 같은 존재도 사라졌어요. 내 몸이 덜덜 떨고 있었어요. 언제부터 떨었는지 알 수 없었어요. 전 겁에 질려 있었어요. 일어날 수도 없고 앉아 있을 수도 없었어요. 소리를 지를 수도 없고 침묵할 수도 없었어요. 울 수도 없고 울지 않을 수도 없었어요. 다시 바람이 불기 시작했어요. 산국이 흔들렸어요. 물매화도 흔들렸어요. 수레국화도 흔들렸어요. 누리장나무도, 고추나무도, 백당나무도, 패랭이꽃도 흔들렸어요. 전 벌떡 일어났어요. 몸이 휘청, 했어요. 뜰을 향해 똑바로 걸어갔어요. 꽃들을 뜯었어요. 가지들을 꺾었어요. 닥치는 대로 뜯고, 닥치는 대로 꺾었어요. 가시에 살이 긁혀도 동작을 멈추지 않았어요.

바람은 멈추었고, 사방이 고요했어요. 말간 햇살 속에서 정원은 흉측하게 변해 있었어요. 당신도 알지요. 어머니가 정원에 얼마나 정성을 기울이는지. 꽃과 나무을 향한 어머니의 애정은 유별났지요. 날씨가 변덕스러운 봄이면 자신이 심은 어린 식물이 죽을까봐 근심 어린 얼굴로 들여다보는 어머니의 모습을 자주 보았어요. 사나운 비바람에 꺾인 푸른빛 수레국화 앞에서 오랫동안 꼼짝도 않고 앉아 있는 모습도 보았어요. 삼십대 젊은 나이에 혼자가 된 어머닌 평생을 홀로 살았어요.

어머니의 생애는 상상력이 결핍된 화가의 단조로운 그림과 흡사했어요. 하지만 예외가 있었어요. 정원이었어요. 정원에서는 어머니의 얼굴이 광채에 싸여요. 정원에서는 어머니의 얼굴이 꿈을 꾸는 듯한 표정을 지어요. 정원에서는 어머니의 얼굴이 애처로워져요. 정원에서는 어머니의 얼굴이 고요해져요. 정원에서는 어머니의 얼굴이 아득해져요. 아득한 어머니의 얼굴이 지금도 눈에 선해요.

늦가을이었어요. 해가 지고 있었어요. 정원에 서 있는 어머니를 우연히 보게 되었어요. 어머니의 얼굴은 아득했어요. 그것은 일상의 아득함이 아니었어요. 어떤 아득함이었을까요. 어쩌면 어머닌 생명과 생명 사이의 아득함을 느끼고 있었는지도 몰라요. 생명과 죽음 사이의 아득함을 느꼈을 수도 있지요. 아니면 별과 별 사이의 아득함이었을까요. 어머니에게 정원은 그토록 특별한 공간이었어요. 그 특별한 공간을 제가 흉측하게 만들어놓은 거예요.

혹 이런 사실을 알고 계시나요? 임신 능력이 있는 강간 희생자 가운데 5퍼센트가 임신을 한다는 사실을 말이에요. 그 5퍼센트 안에 제가 들어간 것은 우연이었지요. 당신의 희우가 가혹한 우연의 심연에 빠져버린 거예요. 다음 날 의사로부터 임신 사실을 확인했을 때 저는 놀라지 않았어요. 전 이미 알고 있었어요. 어머니의 정원 앞에서.

병원에서 나와 버스를 탔어요. 제가 내린 곳은 시외버스 터미널이었어요. 전 매표소 앞에 섰어요. 제가 가고자 했던 곳은 강이었어요. 왜 강으로 가려고 했을까요? 처음에는 저도 몰랐어요. 흐르는 강물이 그냥 떠올랐을 뿐이에요. 버스를 탄 지 한시간 반이 넘어서자 강이 보였어요. 버스에서 내렸어요. 가파른 언덕 아래 강이 있었어요. 강물 흐르는 소리가 나직이 들렸어요. 주위에는 집도 사람도 보이지 않았어요. 가파른 언덕을 조심조심 내려갔어요. 군데군데 커다란 돌이 박혀 있어 내려가는 데 큰 어려움이 없었어요. 강가에 있는 평평한 바위에 앉아 강을 내려다보았어요. 햇살이 사금파리처럼 반짝였어요. 은색의 강물이 머릿속으로 흘러들어오기 시작했어요. 머릿속으로 흘러들어와 몸 안을 돌아다녔어요. 몸 안에서 찰랑거리는 소리가 났어요. 저는 고개를 끄덕였어요. 강에 온 까닭은 몸을 깨끗이 씻기 위함이었음을 비로소 깨달은 거예요.

그랬어요. 전 흐르는 강물에 몸을 깨끗이 씻고 싶었어요. 몸이 깨끗해지려면 오래오래 씻어야 해요. 영원히 더럽혀진 몸이니 영원히 씻어야 해요. 강물 밑으로 가라앉는 몸이 보였어요. 죽음은 그토록 갑자기 제게로 왔어요. 저는 놀라지 않았어요. 그 낯선 손님은 저를 놀라게 할 만큼 흉측하지 않았어요. 흉측한 것은 어머니의 정원이었어요. 강물 안으로 들어갔어요. 물이 차가웠으나 견딜 만했어요. 차갑던 물이 점차 따뜻해지고 있었어요. 다리를 휘감는 물의 감촉이 부드러웠어요. 한발자국 한발자국 안으로 들어갔어요. 두렵지 않았어요. 두렵기는커녕 어떤 설렘 같은 것이 느껴졌어요. 사라짐에 대한 설렘이었어요.

물이 가슴으로 차오르고 있을 때 시선이 느껴졌어요. 누군가가 저를 보고 있었어요. 전 누구인지 본능적으로 알았어요. 아이였어요. 제 몸 안에 있는 아이 말이에요. 그 아이에 대해 어떻게 설명해야 할지 모르겠어요. 제 안에 있으면서 바깥에 있었어요. 아무것도 모르면서 모든 것을 알고 있었어요. 생명 이전의 존재이면서 생명을 넘어서는 존재였어요. 그 아이가 절 내려다보고 있었어요. 아이의 얼굴은 슬펐어요. 눈에서 금방이라도 눈물이 떨어질 것 같았어요. 몸이 균형을 잃으면서 물살 속으로 휩쓸려 들어갔어요.

죽음의 조건은 충분했어요. 그런데 왜 죽지 않았을까요? 아이는 강물에 떠내려가는 저를 보며 눈물을 흘리고 있었어요. 아이가 왜 눈물을 흘리는지 저는 궁금했어요. 너무나 궁금했어요. 아이의 눈물이 궁금하지 않았다면 전 죽었을 거예요. 눈을 뜨니 병원이었어요. 어머니가 수심 어린 얼굴로 절 내려다보고 있었어요.

다음 날 저는 어머니와 함께 병원을 나왔어요. 가벼운 찰과상이 몇군데 있을 뿐 몸이 너무 멀쩡했어요. 어머니는 저를 조심스럽게 대했어요. 딸의 침묵을 억지로 깨뜨리려 하지 않았어요. 어머닌 저의 임신을 알고 있었어요. 의사에게 들었던 거예요. 그동안 숨겼던 일들을 고백하지 않을 수가 없었어요. 충격에 사로잡힌 어머니의 얼굴, 지금도 또렷이 떠올라요. 안색이 창백했고, 무릎 위에 놓인 손이 덜덜 떨리고 있었어요. 어머닌 낙태를 원했어요. 강하게 원했어요. 하지만 전 낙태를 할 수 없었어요. 낙태를 할 수 없었던 이유를 당신은 짐작할 거예요. 그 아이가 영서예요.

영서와 함께 살아가려면 희우라는 존재를 떼어내야만 했어요. 그 존재를 떼어내지 않으면 그녀가 저를 죽이리라는 것을 알고 있었어요. 희우를 떼어내려면 그녀가 사랑하는 당신을 먼저 떼어내야만 했어요. 저는 살고 싶었어요. 징그럽게도 제 안에서는 생에 대한 욕망이 뱀처럼 꿈틀거리고 있었어요. 당신에게 이별의 편지를 쓸 수밖에 없었어요.

당신, 많이 놀랐을 거예요. 당신에게 이런 고백을 한다는 사실이 슬프기도 하고 기쁘기도 해요. 저는 지금 한없는 슬픔과 한없는 기쁨 속에서 편지를 쓰고 있어요. 당신이 없는 제 삶을 상상할 수 없듯이, 영서가 없는 제 삶 역시 상상할 수 없어요. 지독한 모순이지요, 삶이라는 것이.

나는 꼼짝도 하지 않고 편지를 응시했다. 무언가를 생각하려고 애를 썼으나 아무것도 생각나지 않았다. 갑자기 다른 시간 속으로 떨어진 것 같았다. 누군가에 의해 내팽개쳐진 것 같기도 했다. 처음 듣는 얘기였다. 꿈에서조차도 생각한 적이 없는 얘기였다. 희우가 연행되었다는 사실조차 몰랐다. 아무도 이야기해주지 않았다. 희우도, 희우 어머니도 완벽하게 입을 닫았다. 내 존재가 그녀들의 침묵에 의해 지워진 느낌이었다.

화나지 않으셨나요? 당신을 초대해놓고는 모습을 보이지 않았으니 말이에요. 어머니가 보관한 당신의 편지를 본 후 얼마나 당신이 보고 싶었는지 몰라요. 저는 그동안 당신과의 만남을 수없이 상상했어요. 상상 속에서 저는 늘 희우가 되어 있었어요. 젊고 순결한 희우 말이에요. 하지만 상상에서 깨어나면 그녀는 사라지고, 세월에 속절없이 늙어버린 여자가 나타나요. 이상하게도 당신이 늙은 모습은 상상이 안돼요. 젊은 당신 앞에서 어쩔 줄 모르는 늙은 여자만 보여요. 이것만이 아니에요.

당신을 만나면 제가 당신에게서 떠난 이유를 고백하지 않을 수 없겠지요. 제 삶을 파괴한 과거의 사건을 말이에요. 그것을 고백하지 않고 어떻게 당신을 만날 수 있겠어요. 하지만 당신 앞에서 그 이야기를 한다고 생각하면 눈앞이 캄캄해져요. 아무리 마음을 다잡아도 소용이 없어요. 저에겐 불가능한 일로 보였어요. 그래서 생각해낸 것이 편지였어요.

저는 그때의 희우를 그리워하면서 편지를 썼어요. 때로는 너무나 그리워 가슴이 찢어지는 듯했어요. 그런 편지를 모르는 사람을 통해 당신에게 전달하고 싶지 않았어요. 더욱이 어떤 우연으로 당신이 편지를 볼 수 없을지도 모르잖아요. 그래서 당신을 정릉 집으로 초대한 거예요. 이 집은 희우의 추억이 고스란히 남아 있는 곳이에요. 그녀의 숨결이 담긴 편지를 읽기에 더없이 좋은 곳이잖아요. 그래서 제 역할을 영서에게 맡긴 거예요.

이제부터 당신은 견뎌야 해요. 당신이 그리워한 희우는 물론, 당신에게 한마디 말도 없이 그녀를 버렸던 저도 견뎌야 해요. 힘들게 견뎌야 하는 당신을 생각하면 가슴이 에여요. 오늘 초대는 영서가 차린 저녁식사와 저의 편지로 끝나게 될 거예요. 이제 저에겐 당신을 다시 초대할 자격이 없어요. 당신이 저를 초대할지 알 수는 없지만, 당신의 초대를 기다리는 일만 남았어요. 당신의 초대를 받는다면 두렵기도 하겠지만 기쁨이 더 클 것 같아요. 초대 소식은 영서에게 전해주세요.

안녕히……

당신의 희우

9

"희우씨가 무척 좋은 딸을 둔 것 같아."

나는 문밖으로 배웅 나온 영서를 물끄러미 보며 말했다.

"감사합니다."

영서는 눈을 내리깔며 작은 목소리로 말했다.

"다음에 오시면……"

시선을 살며시 올린 영서가 조심스럽게 말했다. 눈동자가 반짝이고 있었다.

"오늘보다 훨씬 더 맛있는 저녁 해드릴게요."

"고마워."

나는 미소를 지으며 손을 흔들었다.

"안녕히 가세요."

조그마한 목소리가 슬프게 들렸다. 가로등 불빛이 희미하게 비치는 골목길을 터벅터벅 걸었다. 하늘은 캄캄했다. 별이 보이지 않았다. 캄캄한 하늘을 올려다보고 있는데 희우의 목소리가 환청처럼 들려왔다. 그녀의 삶이 산산이 부서지고 있을 때 나는 아무것도 몰랐다. 세상에서 가장 소중한 사람의 삶이 산산이 부서지고 있는데, 어떻게 그 사실을 까맣게 모를 수 있었을까.

사랑이란 무엇인가. 사랑하는 사람의 고통을 보지 않았다고 해서, 듣지 않았다고 해서 모른다면 그것을 사랑이라고 말할 수 있을까. 보지 않아도, 듣지 않아도 사랑하는 사람의 고통을 느낄 때 비로소 사랑한다는 말을 해야 하는 게 아닐까. 어둠속에서도 사랑하는 사람의 몸은 희게 빛나는 것처럼 고통도 어떤 형태로든 나타나야 마땅하지 않은가. 상념은 날카로운 바늘처럼 머릿속을 헤집고 다녔다. 손을 쉼 없이 쥐었다 폈다 하면서 무의식적으로 발걸음을 옮겼다.

걸음을 멈추니 정릉시장 근처 주택가 앞에 와 있었다. 눈물이 핑 돌았다. 희우와 자주 갔던 보리밥집 근처였다. 지붕이 낮고 오래된 한옥이었다. 우리는 손두부를 안주로 동동주를 먹다가 보리밥을 시키곤 했다. 강된장을 넣고 비빈 보리밥은 우리에게 훌륭한 안주였다. 희우는 술을 좋아하는 편이 아니었지만 그 집 동동주는 맛있어했다.

보리밥집은 그 자리에 있었다. 외관이 달라지긴 했지만 금방 알아보았다. 희우는 입구가 보이는 탁자에 앉아 있다가 내가 들어오면 환한 웃음을 지으며 손을 번쩍 들곤 했다. 그때의 희우가 사무치게 그리웠다. 그리움은 가시처럼 아프게, 달무리처럼 부드럽게 나를 에워쌌다.

동동주는 있었지만 손두부는 없었다. 배가 고프지 않았지만 동동주와 함께 보리밥을 시켰다. 강된장이 담긴 뚝배기와 갓김치가 상에 올라왔을 때 가슴이 설렜다. 희우가 특히 좋아하던 음식이었다. 동동주를 사발에 가득 따라 죽 마시고는 갓김치를 입에 넣었다. 맛이 어때? 희우가 속삭이는 듯한 목소리가 들렸다. 아주 맛있어. 나는 소리 없이 말했다. 눈물이 쏟아질 것 같았다. 한동안 눈을 감고 있다가 안주머니에서 희우의 편지를 꺼냈다. 단아한 글씨가 눈물에 어른거렸다.

감옥에서 가장 간절히 기다린 것이 희우의 편지였다. 하지만 내가 받은 것은 작별의 편지였다. 그러고는 흔적도 없이 사라졌다. 프랑스로 공부하러 갔다는 희우 어머니의 말 외에 내가 희우에 대해 들은 것은 아무것도 없었다. 그렇게 사라진 희우에게 이십칠년 후 이런 편지를 받을 줄은 꿈에도 생각지 못했다.

내 몸이 짓밟히는 듯한 느낌에 사로잡힌 것은 희우의 편지를 두번째 읽고 있을 때였다. 숨 쉬기가 힘들어지면서 눈앞의 물체들이 어지럽게 흔들렸다. 벽이 금방이라도 무너질 것 같았다. 나는 상체를 곧추세우고 두 손으로 상 모서리를 붙들었다. 이마와 입술에 땀이 맺히고 있었다. 어디선가 짐승의 울음 같은 비명이 들려왔다. 귀를 틀어막아도 들려오는, 고통의 덩어리 같은 그 비명은 내 입에서, 내 목구멍에서, 내 캄캄한 내장에서 솟구쳐 올라오는 소리였다. 누군가의 손이 내 입속으로 들어와 혀를 밖으로 끌어내었다. 밖으로 빠져나온 혀는 기이한 형태가 되어 허공에 걸렸다. 나는 눈앞의 광경이 비현실적인 상황임을 깨닫고 있었다. 그럼에도 현실보다 더 생생히 나를 사로잡았다. 그것이 고문의 기억이 만든 환각임을 알기까지 얼마나 오랜 시간이 걸렸던가. 몇초에 불과한 아주 짧은 시간 같기도 했고, 끔찍하게 긴 시간 같기도 했다.

그런 와중에서 나는 희망을 기억해냈다. 고문의 고통 속에서도 내 비명과 울부짖음이 지금 이 순간에는 사람 사는 세상에 닿지 않지만, 내가 모르는 누군가가 듣고 있어 언젠가는 거기에 닿을 것이라는 희망을 나는 품고 있었다. 희망은 고문의 고통과 절망에 맞서는 유일한 무기였다. 희우는 희망을 품었을까. 그 참혹한 고통 속에서…… 편지 위로 눈물이 뚝뚝 떨어지고 있었다.

5장

유랑

1

꿈을 꾸었다. 강이 보였다. 작은 배도 보였다. 배 위에서 누군가가 노를 젓고 있었다. 노를 젓는 이는 나 같기도 했고, 희우 같기도 했다. 강은 진흙으로 이루어져 있었다. 진흙을 헤쳐나가는 배의 움직임은 느렸다. 낙타 한마리가 강변을 빠르게 지나고 있었다. 바람이 불고 물결이 일었다. 진흙의 물결이었다. 낙타의 걸음걸이가 달라지고 있었다. 앞발을 치켜든 낙타는 허공을 걷기 시작했다. 허공을 걷는 낙타의 걸음걸이는 경쾌했다. 바람이 멈추었다. 진흙의 물결이 고요해지고, 낙타는 허공 속으로 사라져가고 있었다. 낙타의 등 위로 눈썹 같은 달이 걸려 있었다.

눈을 뜨니 어둑한 천장이 보였다. 누워 있는 곳이 어디인지 알 수 없었다. 밤인지, 저녁인지, 새벽인지도 짐작되지 않았다. 혼곤한 의식은 꿈의 풍경과 어둑한 천장 사이를 부유하고 있었다. 간신히 일어나 앉았다. 침대가 삐걱거렸다. 어스레한 빛이 창으로 스며들고 있었다. 그곳이 몽골의 사막 도시 달란자드가드의 게스트 하우스임을 깨달은 것은 낙타가 떠올랐을 때였다. 눈을 맞으며 초원에 홀로 서 있는 낙타를 본 것이 어제인 것 같기도 했고 아주 오래전인 것 같기도 했다.

울란바토르에서 달란자드가드까지의 거리는 560킬로미터 남짓이다. 비행기를 타면 한시간 반 정도 걸린다. 하지만 비행기를 타지 않았다. 대신 러시아제 사륜구동 자동차를 빌려 초원을 달렸다. 몽골의 겨울 날씨는 혹독하다. 초원 전체가 설원이다. 길의 형태를 예측할 수 없다. 이정표도 없고, 지도에 표시된 주유소도 믿을 수 없다. 엔진이 멈추거나, 타이어가 터지거나, 기름이 떨어지면 죽음으로 연결될 수 있다. 그럼에도 나는 설원으로 들어갔다.

누군가의 삶이 산산이 부서졌다면 그에게 가장 필요한 것은 무엇일까. 나는 사랑이라고 생각한다. 그가 겪는 고통을 사랑하는 사람과 함께 짊어질 때, 고통이 나누어지면서 사랑은 더욱 완전한 형태로 나아간다. 나는 그렇게 믿고 있었다. 하지만 희우는 그러지 않았다. 내게서 사라짐으로써 산산이 부서진 자신의 삶을 완벽히 숨겼다. 나는 희우에게서 완벽하게 버림받은 것이다.

이십칠년 전 희우가 나를 버렸을 때 나는 사라진 희우를 그리워했다. 그것이 희우와의 새로운 사랑의 시작임을 처음에는 깨닫지 못했다. 눈앞에 없는 사람을 눈앞에 있는 사람보다 더 깊이 사랑할 수 있다는 사실도 깨닫지 못했다. 그것을 깨닫는 데에는 세월이 필요했다.

추억은 기묘한 생명체였다. 그 기묘한 생명체는 세계를 천천히, 그러나 쉼 없이 안개 속으로 밀어넣었다. 안개에 휘감긴 세계는 불투명한 막에 싸인 것처럼 흐릿해져 갔다. 그 흐린 세계 속에서 시간은 강을 역류하는 물고기처럼 거꾸로 흘렀다. 그랬다. 거꾸로 흐르는 시간은 한마리 은빛 물고기였다. 모든 것이 흐린 세계 속에서 오직 은빛 물고기만이 생동감 있게 움직였다. 그 날렵한 물고기가 세계의 상류로 거슬러올라가면 아, 거기에는 추억이라는 새로운 생명의 세계가 펼쳐졌다. 그 눈부신 세계의 주인은 희우였다.

그녀가 눈을 감으면 세계는 어둠이었고, 그녀가 눈을 뜨면 세계는 희디흰 빛의 세계였다. 그녀가 입을 다물면 세계는 고요했고, 그녀가 입을 열면 세계는 아름다운 음악으로 가득 찼다. 그녀는 완전한 존재였다. 그녀의 완전함은 그녀의 부재에서 비롯되었다. 그녀의 부재가 불러일으키는 그리움이 그녀를 완전한 존재로 부활시킨 것이다. 완전한 존재를 향한 청년의 사랑도 완전할 수밖에 없었다. 그것은 꿈의 사랑이었고, 희우는 꿈의 존재였다. 그 꿈의 존재가 실제로 나타난 것이다. 하지만 실제의 그녀는 청년이 그리워한 희우가 아니었다. 희우를 버린 희우였다. 희우를 버린 희우가 청년의 완전한 사랑을 무너뜨리고 있었다. 희우의 말이 옳았다. 내가 견뎌야 할 대상은 삶이 산산이 부서진 희우만이 아니었다. 희우를 버린 또다른 희우도 견뎌야 했다.

현실은 남루했다. 남루한 현실을 견딜 수 있었던 것은 꿈의 존재

146

가 저쪽에서 빛나고 있기 때문이었다. 꿈의 존재는 현실이라는 남루한 시간의 감옥에서 나를 자유롭게 했다. 나의 사진은 자유 속에서 얻은 것이었다. 그런 꿈의 존재가 사라져가고 있었다. 꿈의 존재가 사라지면 내 안의 청년도 사라져 늙은 나만 홀로 남을 것이었다. 두려웠다. 내 삶에서 그것보다 더 두려운 일은 없을 것 같았다. 청년을 붙잡아야 했다. 청년을 붙잡기 위해서는 청년의 시간과 공간이 필요했다. 나에게 몽골 설원만큼 청년의 시간과 공간으로 가득 찬 곳은 없었다. 설원을 떠도는 이는 내가 아니었다. 내 안의 청년이었다.

늙은 나는 육식을 좋아하지 않는다. 기름이 둥둥 뜨는 국물과 질겨서 잘 씹히지 않는 양고기는 최악의 음식이다. 하지만 내 안의 청년은 무엇이든 잘 먹었다. 허기 때문이었다. 청년의 허기는 육체의 허기가 아니었다. 혼의 허기였다. 그의 내부는 뻥 뚫려 있었다. 텅 비어 있는 빙결의 초원은 뻥 뚫린 그의 내부와 흡사했다. 청년이 빙결의 초원에서 편안함을 느낀 것은 그 때문이었다.

청년은 말을 타고 초원을 질주하는 꿈을 자주 꾸었다. 바람처럼 질주했다. 휘날리는 말의 갈기가 어깨 위에 돋아난 날개처럼 느껴졌다. 청년의 텅 빈 몸은 새의 몸이 되어 허공을 날았다. 청년이 날아가고자 한 곳은 완전한 존재가 있는 곳이었다. 날개는 청년을 그곳까지 데려다줄 것 같았다. 희망은 불꽃처럼 피어올랐다. 하지만 불꽃은 번번이 청년의 날개를 태웠다. 희망과 날개는 그렇게 어긋났다. 추락의 현기증 속에서 깨어나면 몽롱한 의식은 꿈의 존재가 사라진 유적의 공간을 배회했다.

2

　달란자드가드를 떠나 홍고린엘스에 도착했을 때 해가 지평선 아래로 지고 있었다. 끝없이 펼쳐진 사구의 모래 물결은 황금빛이었다. 달란자드가드의 박물관에서 본 공룡 화석이 떠올랐다. 고비는 원래 바다 밑이었다. 바다 밑이 육지로 변한 후에는 그곳에 공룡들이 살았다. 고비는 공룡 화석의 보고였다. 화석을 들여다보는 동안 시작과 끝이 없는 시간의 육신을 끊임없이 삼키는 공룡의 어두컴컴한 목구멍이 어른거렸다.

　그날밤 게르에서 오랜만에 깊은 잠을 잤다. 꿈에 산양을 보았다. 욜링암 계곡에서 본 산양이었다. 생명체는 진화하기 마련이지만 산양은 거의 진화하지 않았다. 원시적 형질을 대부분 유지하고 있다. 인간이 까맣게 잊은 시간을 산양은 몸 안에 고스란히 간직하고 있는 것이다. 푸른빛이 감도는 바위 위에서 산양이 나를 가만히 내려다보고 있었다. 머리 뿔은 검은색이었고, 목 아래 털은 희었다. 산양의 숨결에서 흘러나온 고생대 식물 내음이 꿈속을 떠돌아다녔다.

　겨울 사막의 공기는 청결했다. 눈을 감으면 냄새가 맡아졌다. 모래와 돌, 얼음과 가시나무 덤불이 뒤섞인 냄새였다. 냄새의 진원을 찾아 사막 속으로 자주 들어갔다. 걸어 들어가기도 했고, 차를 몰고 들어가기도 했고, 낙타를 타고 들어가기도 했다. 모래를 밟을 때 나는 낙타의 부드러운 발굽 소리가 듣기 좋았다.

　사흘째 되던 날 사막 깊숙한 곳에서 낙타의 사체를 보았다. 사체는 뼈만 하얗게 드러내고 있었다. 낙타는 생명의 에너지가 완전히 소진된 후에야 쓰러져 죽는다. 완전한 죽음이다. 인간에게 완전한 죽음은 불가능하다. 완전한 죽음은 완전한 절망 속에서 이루어지기 때문이다. 낙타는 완전한 절망 속에서 완전한 죽음을 이룬다. 하지만 인간은 완전한 절망을 견디지 못한다. 그것을 견디기에는 결핍이 너무나 많은 존재다. 낙타의 뼈가 눈부셨던 까닭은 거기에 있었다.

두개골 뼈에 붙어 있는 두 눈이 있던 자리가 휑하니 빈 채 어딘가를 향하고 있었다. 무릎을 꿇고 낙타의 텅 빈 그곳을 들여다보았다. 낙타의 눈에 비치는 세계가 어떤 모습인지 늘 궁금했다. 결핍된 존재가 내면에 품고 있는 본능적 호기심이었다. 간혹 낙타로 변신하는 상상을 했다. 등이 솟아오르고, 햇빛을 가리는 두줄의 촘촘한 속눈썹이 돋아나고, 모래 폭풍으로부터 눈을 보호하는 세번째 눈꺼풀이 생기고, 윗입술이 갈라지면서 발가락이 두개로 줄어들고…… 상상은 사막의 혹서와 혹한을 견디는 외로운 생명체가 돌과 모래의 잿빛 물결 속으로 사라지는 풍경에서 멈추었다.

그날 나는 숙소로 돌아가지 않았다. 지평선을 향해 걸어갔다. 배낭 안에는 물과 한끼분 식량, 커피와 버너와 전등이 있었다. 겨울 사막 속으로 홀로 들어가는 것이 얼마나 위험한 행위인지 몰랐을 턱이 없다. 그럼에도 내가 사막 속으로 들어간 것은 사라지고 싶기 때문이었다. 상상 속의 낙타처럼 돌과 모래의 잿빛 물결 속으로 사라지고 싶었다. 희우가 그랬듯……

고비에 처음 발을 디딘 것은 1995년 봄이었다. 문명의 흔적이 없는 피사체를 찾아간 것이었다. 파인더 속의 고비는 정지하고 있으면서 끊임없이 움직였다. 가장 낮으면서 가장 높았다. 아무것도 없으면서도 무언가로 꽉 차 있었다. 그 대극의 경계선에서 카메라를 내려뜨린 채 나무처럼 서 있으면 문명세계에서 잠자고 있던 감각이 눈을 떴다. 보이지 않던 것이 보였고, 들리지 않던 것이 들렸고, 맡아지지 않던 냄새가 맡아졌다. 사막의 헤아릴 길 없는 공허가 내 안의 공허 속으로 밀려들어오면서 일어난 변화였다.

공허의 안쪽으로 들어갈수록 삶은 나에게서 멀어져갔다. 멀어진 삶을 물끄러미 보고 있으면 내 안의 내가 쉼 없이 빠져나갔다. 내 안이 텅 비면 저쪽 어디엔가 실제의 내가 있는 듯한 느낌에 사로잡혔다. 광막한 사막에 홀로 서 있는 나는 아무것도 아닌 존재였다. 아무것도 아닌 존재 위로 구름이 흐르고, 바람이 스쳐지나가고, 시간은 투명한 물줄기처럼 몸 안으로 흘러들어와 흔적조차 남기지 않고 사라져갔다. 그 속에서 내가 한줌 재가 되어 흩어져버린다 해도 조금도 이상할 것 같지 않았다. 고비의 사진들은 사막의 공허와 내 안의 공허가 뒤섞이면서 만들어졌다.

위험은 예상보다 빨리 들이닥쳤다. 세시간쯤 걸었을 때 짙은 구름이 하늘을 덮으면서 눈이 내리기 시작했다. 주위는 금방 어두워졌고, 바람은 거세졌다. 눈가루와 얼음 조각이 얼굴을 때렸다. 돌아가야 한다고 생각하면서도 계속 걸었다. 확실한 목적지보다 예측할 수 없는 공간 속으로 들어가고 싶었다. 사막 어디엔가 다른 세상으로 연결되는 문이 있는 듯 느껴지기까지 했다. 그 문이 나를 끌어당기고 있는 것 같았다.

눈보라는 시간이 갈수록 강해졌다. 옷에 서리가 덮이면서 추위가 뼛속까지 파고들었다. 지평선은 안개에 묻혀 보이지 않았다. 해가 지자 기온이 급격히 떨어졌다. 옷이 얼어붙었고, 감각이 무뎌졌다. 손가락이 나무토막처럼 느껴졌다. 죽을지 모른다는 생각이 들었다. 시신이 되어 있는 내 모습이 스치듯 지나갔다. 습기가 다 빠져나간, 바짝 마른 모습이었다. 두 눈은 휑하니 비어 있었다. 돌이켜보면 환각은 이때부터 시작된 것 같다.

눈을 뜨기가 힘든 눈보라를 헤치며 캄캄한 사막을 걷고 있는데 누군가가 느껴졌다. 눈보라 때문에 볼 수는 없지만 가까운 곳에 있었다. 걸음을 멈추고 그쪽을 보았다. 그도 걸음을 멈추었다. 내가 다시 걷자 그도 걷기 시작했다. 신발에 눈이 쓸리는 소리가 들렸다. 텅 빈 사막에 홀로 있는 것이 아니었다. 누군가와 함께 걷고 있었다. 그는 유령이 아니었다. 그의 숨소리가 들려왔다. 숨소리를 듣고 있는 내가 오히려 유령처럼 느껴졌다. 그가 사라질까봐 겁이 났다. 그가 사라지면 사막에서 영원히 벗어나지 못할 것 같았다. 얼마나 시간이 지났을까. 눈보라 속에서 어렴풋이 얼굴이 보였다. 나는 걸음을 멈추고 얼굴을 응시했다. 눈시울이 뜨거워졌다. 윤하였다.

3

윤하의 죽음은 나에게 참혹한 연극처럼 보였다. 극의 시간과 공간에서 빠져나가면 안개처럼 사라져버리는…… 사인은 수면제 과

다복용이었다. 우이동 집 공사가 끝난 지 한달이 채 되지 않았을 때였다. 자살이라고 했다. 처음에는 믿지 않았다. 자살할 이유를 찾을 수 없었다.

프랑스 여행을 다녀온 후 우이동 집을 설계하고, 공사가 설계에 맞게 진행되는지를 살피고, 마침내 공사가 끝나 우리만의 자축 파티를 갖기까지 일년여 기간 동안 윤하의 모습은 그 어느 때보다 밝았다. 우이동 집이 새로운 모습으로 변하면서 윤하와 함께 살 집이라는 생각이 내 마음속에 자연스럽게 자리 잡았다. 우리의 사랑은 새롭게 시작되고 있었다. 새로운 사랑 앞에서 윤하는 아름다웠다. 윤하의 아름다움은 기쁨이 만든 것이었다. 윤하의 기쁨이 환히 보였다. 윤하가 자살한 것은 우리의 사랑이 활짝 피어오르고 있을 때였다. 내가 윤하의 자살을 받아들이지 못한 까닭은 여기에 있었다.

윤하의 시신은 김제 외할머니 집 앞 강변에서 발견되었다. 발견한 이는 동네 아낙이었다. 반듯하게 누워 있어 처음에는 잠든 것으로 생각했다고 아낙은 말했다. 윤하가 남긴 유서에는 자신의 장례식에 대한 짧은 언급이 있었다. 그에 따라 윤하는 화장되었고, 유골은 외할머니 집 앞을 흐르는 강물에 뿌려졌다. 윤하의 외할머니는 너무 오래 살아 이런 몹쓸 일까지 겪는다면서 오열했다.

윤하가 외할머니 집을 처음 이야기한 것은 까쁘 마르땡의 르꼬르뷔지에 오두막을 나와 해변을 걷고 있을 때였다.

"기분이 이상해요."

걸음을 멈추고 햇살에 반짝이는 지중해를 물끄러미 내려다보던 윤하가 중얼거리는 듯한 목소리로 말했다.

"쥐엄나무 말이에요."

"쥐엄나무가 왜?"

나는 윤하의 얼굴을 보며 물었다.

"외할머니 집 앞에도 쥐엄나무가 있어요."

"그래서 외할머니 이야기를 했군."

"외할머니 집은 저에게 아주 특별한 곳이에요."

"어떻게?"

"엄만 제가 일곱살 때 신장염으로 돌아가셨어요. 엄마가 투병할 때 아버진 저를 외할머니 집에 데려다놓고 떠났어요. 엄마가 나으면 데리러 오겠다고 하면서. 다섯살 때부터 일곱살 때까지 거기서 살았어요."

윤하는 눈을 가느스름하게 뜨며 말했다.

"태어나서 처음으로 집을 떠난 거예요. 외할머니가 아무리 잘해주셔도 외로움을 떨칠 수 없었어요. 전 밤마다 엄마가 있는 집으로 가는 상상을 했어요. 김제에서 수원까지 얼마나 먼 거리인지, 어떻게 가야 하는지도 몰랐어요. 그럼에도 집으로 가는 길이 아련히 떠올랐어요. 끝없이 구불구불한 길이었어요. 경사지도 나타나고, 늪지대도 나타나고, 들판도 나타나고, 동굴도 나타나고, 복숭아꽃 만발한 과수원도 나타났어요. 때로는 길이 공중으로 떠오르기도 했어요. 엄마가 있는 집은 구불구불한 길의 끝 지점, 땅과 하늘이 만나는 곳에서 하얗게 빛나고 있었어요. 간혹 저를 잃어버리기도 해요. 발소리가 멀어지면서 주위가 어두워지기 시작하면 제 몸은 조금씩 희미해져가요. 그러다 시야에서 완전히 사라지면 전 생각하지요. 지금도 걷고 있을까, 아니면 아픈 다리를 쭉 뻗으며 쉬고 있을까, 하고요. 울고 있을지도 모른다는 생각도 들었어요. 아무도 없는 길 위에서."

목소리가 잠기고 있었다.

"낮에는 강으로 자주 갔어요. 햇살 가득한 강변 풀밭에 누워 있다가 설핏 잠이 들면 잠결인 듯 꿈결인 듯 강물에 떠 있는 제 몸을 느껴요. 강물은 제 몸을 요람처럼 흔들며 제가 알 수 없는 곳으로 저를 데려갔어요. 어둡고 고요하고 따뜻하고 부드러운 움직임에 실려 어디론가 떠내려가는 제 몸은 한송이 꽃처럼 가벼웠어요."

한송이 꽃이라 말할 때 윤하의 표정은 아득했다.

4

나는 윤하에게 다가가지 않았다. 다가가면 신기루처럼 사라지리라는 것을 알고 있었다. 게르 주막 노인은 달빛 가득한 밤이면 낙타 뼈가 일어나 사막을 떠돈다고 말했다. 나는 노인의 말을 받아들였다. 사막의 지평선을 적시는 호수도 보았는데 노인의 말을 받아들이지 않을 까닭이 없었다. 호수는 눈앞에서 스르르 사라지기 전까지 실재했다. 윤하는 사막의 호수처럼 실재이면서 신기루였다. 내 의식은 실재와 신기루 사이를 떠돌고 있었다.

얼마나 걸었는지 알 수 없었다. 눈보라는 잦아들었으나 추위는 심해지고 있었다. 두꺼운 옷 속으로 파고드는 냉기가 바늘처럼 날카로웠다. 뜨거운 물을 마시면 냉기를 조금이라도 눅일 수 있을 것 같았다. 하지만 배낭을 열고, 버너를 꺼내 불을 피우고, 물을 끓이는 등의 과정을 생각하면 엄두가 나지 않았다. 그러는 사이 몸이 고드름이 될 것 같았다. 앞을 보고 쉼 없이 걸었다. 윤하는 어느 순간 사라졌다가 기척도 없이 나타났다. 내 몸은 윤하를 느꼈다. 간혹 윤하의 얼굴이 얼핏 보였다. 그럴 때마다 내가 유령처럼 느껴졌다.

윤하로부터 내가 유령처럼 느껴진다는 말을 들은 것은 나의 마흔세번째 생일날 저녁 자리에서였다. 윤하가 예약한 삼청동 한식집에서 저녁을 먹은 후 삼청공원을 산책했다. 반주로 마신 술의 기운이 가실 즈음 윤하의 제의로 멀지 않은 곳에 있는 와인 바를 찾았다. 천장이 낮고, 쇼팽의 피아노 선율이 흐르는 한적한 바였다.

"그거 아세요?"

윤하는 내 잔에 포도주를 따르며 물었다.

"뭘?"

"선생님이 간혹 유령처럼 느껴진다는 것."

"유령?"

"절 보고 있는 선생님의 눈빛 속에 다른 사람이 담겨 있는 걸 간혹 느껴요."

"내가…… 그랬나?"

나는 그녀의 말뜻을 제대로 파악하지 못한 채 혼잣말하듯 중얼거렸다.

"그분이 희우 아니에요?"

"희우?"

가슴이 덜컹했다.

"모르시는 분이에요?"

윤하의 눈이 가느스름해지고 있었다.

"그게 아니고…… 윤하가 어떻게 희우를……"

"기억 안 나세요?"

"무슨 기억?"

"지난주 금요일 밤을 생각해보세요."

그날은 네번째 맞는 김준일의 기일이었다. 해가 질 무렵, 제사 준비를 하고 있을 차혜림에게 전화했다. 그녀와 통화하는 동안 새벽빛에 잠긴 정릉천변에 우두커니 서 있는 그녀의 모습이 아련히 떠올랐다. 흰색 한복 차림에 푸른색 책 보따리를 옆에 낀 김준일도 함께 떠올랐다. 두사람의 영상이 소리 없이 움직이면서 서로에게 스며들고 있었다. 먹다 남은 생선찌개를 데워 장조림과 함께 소주를 마셨다. 청년 시절의 기억들이 꿈속의 풍경처럼 스쳐지나갔다. 마음은 황량한 외로움에 에워싸이면서 오래된 상처의 내부로 미끄러지고 있었다.

기억이 언제 끊겼는지 지금도 모른다. 내가 윤하에게 전화한 사실도 기억나지 않는다. 윤하의 말에 따르면 자정이 조금 넘어서였다. 술에 몹시 취한 목소리여서 알아듣기 힘들었다고 했다. 윤하가 우이동 집 근처 술집에 온 것은 새벽 한시 무렵이었다.

"어두운 술집 구석에 선생님은 의외로 반듯이 앉아 계셨어요. 안심이 되더군요. 제가 감당하기 힘들 만큼 취해 계시면 집에 어떻게 모셔다드리나, 걱정했거든요. 그런데 저를 보는 선생님의 표정이 낯설었어요. 모르는 사람을 보는 듯한, 시선은 저를 향해 있지만 의식은 다른 곳을 향해 있는 듯한 그런 표정이었어요. 제가 투명인간이 된 것 같은 기분에 사로잡혀 있는데, 선생님의 표정이 갑자가 변하더군요. 처음에는 몹시 놀란 표정이었어요. 그러고는 제 얼굴을 뚫어질 듯 보시는 거예요. 동공에 광채가 어리면서 창백한 얼굴이 환해지고 있었어요. 제 가슴도 환해졌어요. 그처럼 환한 선생님 얼굴을 본 적이 없었거든요. 선생님은 저에게 그동안 어디 갔었느냐고 물었어요. 금방이라도 울 듯한 표정으로요. 제가 선생님의 말뜻을 헤아리고 있을 때 선생님은 절 희우라고 부르면서……"

나는 포도주를 묵묵히 들이켰다. 윤하에게 돌이킬 수 없는 실수를 했음에도 아무것도 기억할 수 없는 상황이 괴로웠다. 희우에 대해 무슨 말이라도 해야 했다. 희우를 거짓으로 말할 수 없었다. 거짓보다는 침묵이 나았다. 침묵하면 윤하에게 나는 영원히 유령이 되어버린다. 윤하를 잃는다고 생각하면 두려움이 엄습했다. 목을 죄는 듯한 두려움이었다. 윤하가 나에게 얼마나 소중한 존재인지 확연히 깨달았다. 선택의 여지가 없었다.

희우를 말한다는 것은 사랑이 나의 삶에 선사한 축복을, 추억이라는 은빛 물고기가 보여주는 희디흰 빛의 세계를, 그 희디흰 빛의 세계에서 홀로 숨 쉬고 있는 완전한 존재를 말하는 것이다. 그것을 말하지 않고서는 희우를 말한다고 할 수 없었다. 희우에게 다가가는 길은 오래된 고통의 길이기도 했고, 별들의 길이기도 했고, 유령의 길이기도 했다. 그 길을 힘겹게 빠져나왔을 때 윤하는 두 팔을 옆구리에 붙인 채 떨고 있었다.

"괜찮아?"

나는 조심스럽게 물었다. 윤하는 흠칫 놀라며 나를 보았다. 안색이 너무 창백해 종잇장 같았다. 몸의 떨림은 멈추어져 있었다. 눈동자의 움직임도 없었다. 나를 뚫어질 듯 보는 것 같기도 하고, 아무것도 보고 있지 않는 것 같기도 했다. 무슨 말이라도 해야 될 것 같았으나 입이 떨어지지 않았다. 적절한 말도 생각나지 않았다. 팔을 뻗어 윤하의 손을 잡았다. 손은 냉기에 차 있었다. 윤하는 손을 빼내며 어색하게 웃었다.

그로부터 보름 후 윤하가 르또로네 수도원을 이야기하면서 프랑스 여행을 제안했을 때 이루 말할 수 없이 기뻤다. 그동안 나는 윤하가 받았을 상처를 걱정하고 있었다. 그 상처로 나에게서 떠나지 않을까, 하는 불안에 자주 사로잡혔다. 윤하의 여행 제의는 그런 걱정과 불안을 단숨에 씻었다. 나는 까맣게 몰랐다. 그 여행이 윤하에게는 죽음으로 다가가는 여행이었음을.

5

윤하를 화장한 후 가족과 조문객을 실은 버스는 외할머니 집이 있는 김제로 향했다. 윤하가 선택한 죽음의 장소는 가을햇살로 눈부셨다. 윤하의 뼈가 강물 속으로 사라지고 있을 때 윤하 외할머니의 울음소리가 들려왔다. 하늘에 걸린 낮달을 올려다보았다. 윤하의 얼굴이 제대로 떠오르지 않았다. 희우의 얼굴이 자꾸만 섞여 들었다. 희우가 사라진 이유를 모르듯 윤하가 자살한 이유도 모르고 있는 나 자신이 정말 유령처럼 느껴졌다. 낮달이 눈물에 흐려지고 있을 때 등 뒤에서 인기척이 났다. 돌아보니 검은 옷을 입은 여자가 서 있었다. 그녀는 슬픔이 묻어나는 미소를 살짝 내비치며 목례했다. 나를 잘 알고 있는 듯한 표정이었다. 이름이 김영주라고 했다. 윤하에게 들은 적이 있었다. 친구 같은 언니라고 했다.

그들이 처음 만난 것은 런던 유학 시절이었다. 윤하가 런던대 건축학부에서 석사과정을 밟고 있었을 때 김영주는 런던대 정신분석연구소에 있었다.

"제가 세살 많지만 윤하를 친구처럼 생각했어요. 윤하가 품고 있던 상처 때문이었을 거예요. 만난 지 얼마 안돼서 윤하의 상처를 느꼈어요. 직감이죠. 직감은 아무에게나 발휘되는 건 아니에요. 체취와 이미지가 특별하게 느껴지는 사람이 있어요. 그런 이들에게는 감각의 촉수가 예민해지죠. 개인마다 다르겠지만 상처는 영혼의 형성에 큰 역할을 해요. 비슷한 상처를 가진 사람들이 서로를 잘 알아보는 이유가 여기에 있을 거예요. 제가 윤하에게서 우정을 느낀 건 우리 상처에 닮은 부분이 있었기 때문이에요."

윤하는 어머니를 일곱살 때 잃었다. 김영주는 아홉살 때 잃었다고 했다.

"일곱살이면 죽음의 의미를 알기 시작하는 나이예요. 죽음에 대해 논리적으로 사고할 수 있는 거죠. 유년기의 아이에게 엄마는 가장 친근한 존재예요. 회복이 불가능한 상처를 입는 거죠. 그러니 엄마가 죽지 않았다는 환상을 품을 수밖에요."

윤하에게 어머니가 없는 집은 상상할 수 없었다. 김제 외할머니 집에서 끊임없이 집으로 가는 길을 꿈꾼 것은 그곳에 어머니가 있기 때문이었다. 윤하의 환상은 어디론가 떠나간 어머니를 집으로 불러들이는 것에서 시작되었다. 어머니를 불러들이려면 어머니가 편하게 지낼 수 있는 공간이 필요하다. 그곳은 다른 사람의 눈에는 보이지 않아야 한다. 윤하가 어머니를 위해 만든 공간의 입구는 어머니가 시집올 때 가져온 장롱이었다. 나뭇결이 드러나는 오래된 장롱을 어머니는 몹시 아꼈다.

윤하는 장롱 뒤편에 다른 사람의 눈에는 보이지 않는 문을 만들었다. 문을 열면 계단이 보인다. 계단은 높다. 하늘에 닿을 듯하다. 어머니의 방은 계단 위에 있다.

"윤하는 엄마 마음에 드는 방을 만드는 데 몰두했어요. 마음에 들지 않으면 엄마가 떠날지 모르니까요. 머릿속에 떠오른 단순한 선들이 차츰 기하학적 구조와 형태로 변모해가면서 방이 만들어지기 시작했어요. 방이 완성되면 엄마를 불러요. 윤하는 방을 둘러보는 엄마의 얼굴을 응시해요. 표정을 보면 방이 마음에 드는지 알 수 있으니까요. 엄마는 방의 모양과 가구의 배치, 창의 위치와 형태는 물론, 벽지 무늬에서 식탁보 색깔에까지 관심을 보였어요. 그런 과정이 되풀이되면서 엄마의 방은 다채롭게 변화해나갔어요. 엄마의 표정도 방과 함께 다채롭게 변화해갔지요. 엄마가 마음에 들어하는 방일지라도 시간이 어느정도 흐르면 새롭게 꾸며요. 싫증을 내면 안되니까요. 벽지를 새로 하고, 창의 위치를 옮기고, 천장을 높이는가 하면 아예 방의 형태를 바꾸기도 해요."

윤하 어머니는 방에만 있지 않았다. 간혹 방에서 나와 윤하에게 다가가곤 했다. 부엌에서 음식을 만들거나 설거지할 때, 비 오는 날 마루에 앉아 있을 때, 잠자리에 누워 어두운 천장을 바라볼 때 윤하는 어머니가 다가오는 소리를 들었다. 발걸음 소리만으로도 어머니인 줄 알았다. 어머니가 입고 있는 흰옷이 눈부셔 눈을 감기도 했다. 눈을 감으면 강물 소리가 들려왔다. 외할머니 집 앞을 흐르는 강물이었다. 그녀를 요람처럼 흔들며 어디론가 데려갔던 강물이 어머니의 발걸음 소리와 함께 귓속으로 흘러들어오는 것이었다. 간혹 윤하는 어머니가 되곤 했다. 음식을 만들 때 그런 일이 잦았다. 어머니의 손으로 쌀을 씻고, 밥을 짓고, 찌개를 끓였다. 어머니의 코로 음식이 익어가는 냄새를 맡았으며, 어머니의 혀로 음식을 맛보았다.

"윤하가 엄마의 죽음이라는 근원적 상처에 함몰되지 않았던 것은 자신의 상처를 엄마의 방을 통해 끊임없이 표현할 수 있었기 때문이에요. 상처를 표현한다는 것은 상처를 변화시킨다는 것을 뜻해요. 내면의 상처가 변화하지 않으면 상처에 갇혀요. 윤하에게 엄마의 방 만들기는 상처를 끊임없이 변화시키는 훌륭한 표현 수단이었어요. 엄마의 환영은 유령이에요. 유령과 거리를 확보하지 못하면 유령에게 휘둘려요. 윤하는 유령에게 방을 만들어줌으로써 거리를 확보할 수 있었던 거지요. 간혹 스스로 엄마가 되었지만 오래가지 않았어요. 엄마를 돌려보낼 방이 있으니까요."

방의 아름다움에만 신경을 썼던 윤하는 시간이 흐르면서 견고함과 유용성에도 관심을 기울이기 시작했다. 방이 아무리 아름다워도 무너지면 안된다. 어머니가 다치면 큰일이기 때문이다. 지내기가 불편해도 안된다. 어머니가 편안해야 윤하의 마음도 편안해지기 때문이다. 윤하가 중학생이 되면서부터 건축과 관련된 책을 읽기 시작한 것은 그런 이유에서였다.

"청소년기는 유년기의 자아가 성년기의 자아로 변화해가는 시기예요. 유년기의 자아는 자신에게 충실한 자아예요. 욕망에 정직하니까요. 그런 자아가 성장하면서 변질돼요. 부모에게 잘 보여야하고, 친구에게 잘 보여야 하고, 남보다 뛰어나야 하고, 못난 것은 감추어야 하고…… 자아를 치장할 수밖에 없지요. 거짓 자아가 나타나는 거예요. 하지만 윤하에게는 거짓 자아가 별로 필요하지 않았어요. 윤하가 소망한 것은 엄마 방을 아름답게 만드는 예술적 자아였어요. 런던대 건축학과 교수들 가운데 윤하의 상상력에 놀라지 않은 사람이 없었어요. 당연하지요. 윤하의 깊고 풍부한 예술적 감수성은 유령을 위한 공간을 만들면서 형성되었으니까요. 그러니 윤하가 선생님의 종묘 사진에 끌릴 수밖에요."

종묘 사진을 뚫어지게 들여다보던 윤하의 모습이 아프게 떠올랐다.

"윤하의 혼은 늘 삶과 죽음 사이를 서성거렸어요. 두 세계의 경계선에서 윤하는 엄마를 위해 끊임없이 집을 지었어요. 이런 비유가 적절한지 모르겠지만, 한 발은 삶에, 다른 한 발은 죽음에 딛고 살아왔다고 할 수 있어요. 그러다가 두 세계가 날카롭게 충돌하는 순간이 오면 어디에 발을 디뎌야 할지 모르는 정체성의 혼란에 사로잡혀요. 세계에 대한 일상적인 감정이 조각조각 떨어져나가는 거예요. 위험한 시간이지요. 그 위험으로부터 윤하를 보호한 건 예술적 자아였어요. 제가 한 일이라곤 윤하가 하는 이야기를 들어주고, 적절한 때 약을 처방하는 것뿐이었어요."

"그럼 윤하가……"

나는 말을 잇지 못했다.

"우린 의사와 환자의 관계로 만나지 않았어요. 다정한 친구로 만났어요. 병원에서만 만난 게 아니에요. 바깥에서도 만났어요. 우리가 자주 가는 까페가 있었어요. 윤하가 우리 집에 오기도 했고, 제가 윤하 집에 가기도 했어요. 윤하가 제 환자였다면 전 윤하의 환자였어요. 마음속 상처를 서로에게 보여주면서 상처를 다스려나갔으니까요. 어떤 의미에서 윤하가 저보다 더 의사다웠어요. 제 마음속을 저보다 더 명료하게 들여다보곤 했으니까요. 더욱이 선생님을 만난 이후로 윤하의 얼굴은 놀랄 정도로 밝아졌어요. 단조롭던 윤하의 표정이 선생님 이야기를 할 때면 다채롭게 변했어요. 그전에는 보지 못한 생기가 느껴졌어요. 그런 윤하가 왜 자살을 했는지, 저도 무척 혼란스러워요."

김영주는 윤하를 희우로 착각했던 돌이킬 수 없는 나의 실수를 모르고 있었다. 윤하가 그 사실을 숨긴 것은 두사람의 관계를 생각하면 의외였다. 희우에 대한 나의 고백으로 윤하가 받았을 상처의 정도를 지금도 제대로 헤아리지 못하지만, 자책이 가슴을 끊임없이 할퀴었다. 그런 사실을 김영주에게 밝혀야 한다고 생각했다. 윤하의 고통을 헤아릴 수 있는 사실을 숨길 권리가 나에게 없다는 것을 알고 있었다.

내가 식은땀을 흘리며 이야기를 간신히 마쳤을 때 김영주는 눈을 내려뜬 채 침묵했다.

"선생님은······"

김영주는 나를 뚫어질 듯 보았다. 안색이 창백했다.

"윤하에게 유리로 된 물체의 아름다움을 완벽하게 보여주셨군요."

나는 무슨 뜻인지 몰라 그녀를 보고만 있었다.

"유리로 만든 물체가 손에서 미끄러져 바닥으로 떨어지는 순간 그것의 아름다움을 완전하게 볼 수 있다고 누군가가 말했어요. 바닥에 떨어져 산산조각이 나기 직전에 말이에요. 인간의 감정을 예리하게 꿰뚫는 경구이지요. 윤하는 엄마를 잃음으로써 엄마의 아름다움을 완전하게 보았을 거예요. 엄마라는 존재의 실체를 품으면서 그 실체를 넘어서는. 생전의 엄마와는 다른 어떤 존재를 본 것이죠. 그런 완전한 순간을 윤하가 다시 겪었군요, 선생님의 고백으로."

희우에 대한 나의 고백 후 두 팔을 옆구리에 붙인 채 떨고 있는 윤하의 모습이 생생히 떠올랐다.

"완전한 순간을 겪고 나면 일상의 행위들이 낯설어지고 하찮게 느껴져요. 삶이 멀어지면서 무가치하게 느껴지는 거예요. 그런 느낌이 강할수록 완전한 순간에 그만큼 더 집착하게 돼요. 무가치한 삶에서 유일하게 빛나는 대상이니까요. 하지만 불행히도 완전한 순간의 경험이란 글자 그대로 순간의 지각에 불과해요. 그러니 붙잡아두고 싶어하는 욕망이 강렬하게 일어날 수밖에요. 그 욕망의 결과가 환각이에요. 거기에 한번 사로잡히면…… 벗어나기가 무척 힘들어요. 사람마다 다르긴 하지만……"

김영주는 생각에 잠겼다. 안색은 여전히 창백했다. 이마를 찡그리기도 했고, 입술을 깨물기도 했고, 숨을 깊이 들이쉬기도 했다. 나를 잊고 있는 듯했다. 김영주가 침묵을 깨고 한 말은 우이동 집이 보고 싶다는 것이었다. 나는 언제든 오라고 했다. 김영주가 표현한 '완전한 순간'을 겪은 후 윤하가 한 일이 우이동 집 짓기였다. 김영주가 우이동 집을 보고 싶어하는 것은 당연했다.

금방 올 것 같던 김영주는 보름이 지나서야 왔다. 가을햇살이 화사한 토요일 오후였다. 얼굴이 수척해진 듯했다. 나는 윤하가 우이동 집을 어떻게 고쳤는지 상세히 설명했다. 그녀는 귀를 기울이며 집을 세심하게 살폈다. 간혹 윤하의 흔적을 더듬듯 몽상에 잠긴 눈빛이 되곤 했다. 그녀의 관심이 집중된 곳은 일층 내실이었다.

"무척 어둡네요."

"불을 켤까요?"

"아뇨."

그녀는 고개를 가로저으며 가만히 섰다.

"여긴…… 땅 밑처럼 고요하군요."

"저도 그런 생각을 자주 합니다."

"저 계단을 보니……"

그녀의 시선은 이층으로 오르는 계단을 향하고 있었다.

"윤하가 상상 속에서 만든 엄마의 방 계단이 생각나네요. 계단을 오르는 엄마의 몸은 늘 하얗게 빛났다고 했어요. 하얗게 빛나는 몸을 바라보는 윤하의 검은 눈동자에는 온갖 색채들이 물결치고 있었을 거예요. 꿈의 대상을 보고 있었으니까요."

나직이 말하는 그녀의 얼굴은 슬퍼 보였다.

"윤하가 선생님을 사랑한다는 것을 알게 되었을 때 전 기뻤어요. 윤하는 오랫동안 환각에 사로잡혀 있었어요. 적절한 환각은 삶을 풍요롭게 해요. 하지만 환각이 현실을 앞지르면 삶에 균열이 생겨요. 그런 윤하에게 사랑은 축복이었어요. 환각의 힘을 약화시키는 데 사랑만큼 탁월한 약은 없거든요. 걱정도 있었어요. 사랑을 한다는 것은 상처받기 쉬운 상태가 된다는 것을 뜻하니까요."

윤하의 얼굴이 어슴푸레 떠올랐다. 윤곽이 흐려 금방이라도 사라질 것 같았다. 눈을 감았다. 흐린 윤하의 얼굴에서 목소리가 흘러나왔다. 슬픔과 기쁨이 뒤섞인 목소리였다.

— 선생님이 저에게 베푸신 사랑, 따스한 등불이 되어 제 마음을 비추고 있어요. 그러니 제가 선생님으로부터 떠난다고 생각하지 마세요. 제가 어디로 가든 선생님이 주신 등불과 함께 가잖아요. 선생님은 아셔야 해요. 선생님의 등불이 저에게 얼마나 소중한 것인지를. 제가 가는 길이 아무리 캄캄해도 무서워하지 않아도 되거든요. 등불이 있으니까요.

윤하의 목소리가 사라지면서 사랑 앞에서 언제나 눈먼 희망을 품고 있던 한 남자의 모습이 어른거렸다. 그 너머는 잿빛 벌판이었다. 그가 걸어가야 할 곳이었다. 잿빛 공간 속에는 푸른 비늘 같은 빛이 드문드문 박혀 있었다. 저 빛이 스러질 때 그는 무릎을 꿇을 것이다. 무릎을 꿇고 자신을 벌판에 맡길 것이다. 그의 생이 만든 모든 추억과 욕망을, 추억과 욕망에서 흘러나온 모든 희로애락을 잿빛 들판에 묻고 무(無)의 세계로 들어갈 것이다. 생명의 흔적조차 없는 곳으로.

눈을 떴다. 김영주가 나를 말끄러미 보고 있었다.

"윤하를 생각하세요?"

나는 고개를 끄덕였다.

"선생님은 윤하의 죽음에 죄의식을 느끼시는군요."

나는 다시 고개를 끄덕였다.

"윤하의 죽음을 선생님의 시선으로만 보려고 하지 마세요. 윤하의 시선으로 보려는 노력도 하셔야 해요. 선생님의 시선으로만 보면 윤하의 죽음을 받아들이기 힘드실 거예요. 죄의식도 생길 거구요. 윤하가 그리우세요?"

"네."

"그러면 죄의식을 느끼지 마세요. 윤하가 선생님에게 소망한 것은 그리움이니까요. 윤하는 선생님 집을 짓는 동안 무척 행복해 보였어요. 얼굴이 너무 환해 다른 사람을 보는 것 같았어요. 그래서 제가 윤하의 죽음을 받아들이지 못한 거예요. 장례식 날 선생님 이야기를 듣고서야 납득이 갔어요. 하지만 윤하의 행복한 모습은 여전히 수수께끼였어요. 죽음 앞에서 윤하를 그토록 환하게 만든 것이 무엇이었는지 알 수 없었던 거예요. 지금은 알 것 같아요."

그녀는 쓸쓸한 표정으로 말했다.

"윤하가 엄마의 방을 지은 건 엄마와 헤어지지 않기 위해서였어요. 윤하가 선생님의 집을 지은 것 역시 선생님과 헤어지지 않기 위해서였을 거예요. 선생님은 유령이 아니니까 상상의 집을 지을 순 없지요. 윤하는 선생님과 헤어지지 않으려면 선생님을 떠나야 한다고 생각했던 것 같아요. 윤하의 생각은 모순이면서 모순이 아니에요. 윤하가 소망한 것은 영원이니까요. 영원한 사랑 말이에요. 이제 윤하는 꿈꾸지 않겠군요. 꿈속으로 들어갔으니……"

그녀의 눈에 물기가 어리고 있었다.

6

게르를 발견한 것은 동이 트고 있을 때였다. 눈보라 몰아치는 사막을 어떻게 밤새 걸을 수 있었는지 믿어지지 않았다. 윤하 덕분이었다. 윤하가 나와 함께 걷지 않았다면 포기했을 것이다. 나는 낙타가 아니었다.

양의 울음소리가 들리는 게르를 향해 힘겹게 걷고 있을 때 사막은 바다처럼 넘실거렸다. 내 몸은 조각배처럼 흔들렸으나 넘어지지 않았다. 윤하에게 넘어지는 모습을 보이기 싫었다. 옷은 얼어붙어 나무껍질처럼 뻣뻣했고, 몸 안은 얼음으로 가득 차 있는 것 같았다. 그럼에도 살아 있다는 느낌은 또렷했다.

게르에는 젊은 유목민 부부가 살고 있었다. 그들은 나를 보자 눈을 휘둥그레 떴다. 밤새 사막을 걸었으니 내 몰골은 말이 아니었을 것이다. 게르에 들어가기 전 뒤를 돌아보았다. 윤하는 없었다. 새벽빛에 싸인 사막은 텅 비어 있었다.

　젊은 유목민이 모는 오토바이를 타고 숙소에 도착한 것은 정오 무렵이었다. 양고기를 넣은 뜨거운 수프를 먹고 침대의 누비이불 속으로 들어갔다. 부드럽고 따뜻한 천의 감촉 속에서 스르르 잠이 들었다. 꿈속에서 양의 울음소리를 들은 것 같았다. 눈을 뜨니 천장 중앙의 터넛(天窓)으로 별빛이 가느다란 물처럼 흘러들어오고 있었다. 남쪽의 절반은 천으로 덮고, 북쪽의 절반은 항상 열어두는 터넛은 신이 드나드는 통로이다. 인간에게 신은 꿈의 궁극적 형상이다. 그런 형상을 집으로 불러들일 수 있다는 마음이 놀라웠다.

　침대에서 일어나 숙소 밖으로 나갔다. 하늘에 빼곡히 박힌 별들이 얼굴 위로 쏟아져내리는 듯했다. 별빛에 싸인 하늘은 호수처럼 투명했다. 너무 추워 눈에 눈물이 고이는데도 몸이 말갛게 씻기는 듯했다. 세상의 모든 길들이 별빛 속으로 사라져가고 있었다.

6장
초대

1

우이동 집으로 돌아온 것은 몽골 초원으로 떠난 지 보름 만이었다. 비행기가 캄캄한 밤하늘을 가로질러 인천공항에 도착하는 동안 정신이 몽롱했다. 몽롱함은 집에 온 뒤에도 가시지 않았다. 머릿속에 안개가 자욱이 끼여 있는 것 같았다. 몽롱함 속에서 잠이 쏟아졌다. 육신은 잠 속으로 스르르 녹아들어갔다. 잠은 밤과 낮을 구별하지 않았다. 허기도 잠을 이기지 못했다. 허기를 느끼면서도 잤다. 잠결에 몽골 설원이 언뜻언뜻 보였다. 양의 울음소리가 들렸고, 낙타의 뼈가 새하얀 햇살 속에 떠 있었다.

사흘째 되던 날이있다. 잠 속으로 흘러들어오는 시간이 어렴풋이 느껴졌다. 시간은 작은 물줄기처럼, 자디잔 모래처럼 흘러다니다 어디론가 사라져갔다. 사라져가는 시간 속에서 윤하를 보았다. 꿈속의 장면 같기도 했고, 환영 같기도 했다. 윤하는 허공으로 이어진 계단을 오르고 있었다. 그녀가 만든 계단이었다. 그녀의 몸이 희게 빛나고 있었다. 희게 빛나는 그녀의 몸은 그림자를 만들지 않았다. 계단 너머에는 검푸른 호수 같은 하늘이 일렁이고 있었다.

몽환에서 깨어나니 이층 거실 창가의 소파였다. 창 너머로 눈 덮인 북한산이 흐릿하게 보였다. 거뭇한 새가 허공을 유영하고 있었다. 몽골의 사막이 떠올랐다. 눈보라 치는 겨울 사막은 심연이었다. 윤하가 나타난 것은 거기가 심연이었기 때문이다. 우리는 함께 심연을 걸었다. 내가 심연을 헤쳐나갈 수 있었던 것은 윤하가 있었기 때문이다. 나 홀로 심연을 헤쳐나가는 것은 불가능했다. 윤하의 얼굴 너머 떠오르는 얼굴이 있었다. 희우였다.

내 청년 시절의 세계는 심연이었다. 그 캄캄한 심연에서 무릎 꿇지 않고 헤쳐나간 것은 혼자가 아니었기 때문이다. 곁에 희우가 있었다. 희우는 등불이었다. 눈물이 핑 돌았다. 영서의 얼굴이 떠올랐다. 희우는 편지에서 초대의 소식을 영서에게 전하라고 했다. 가슴이 따뜻해지고 있었다. 등불의 존재가 내가 볼 수 있는 곳에 있다는 사실 때문이었다. 휴대전화에 입력된 영서의 번호를 찾았다. 마음이 설레기도 했고, 부끄럽기도 했다. 휴대전화 저편에서 현악기의 선율만 들려올 뿐 영서는 좀처럼 전화를 받지 않았다.

영서에게 전화가 온 것은 저녁 8시 조금 넘어서였다. 저녁 설거지를 막 끝낸 뒤였다.

"선생님이 전화하신 걸 방금 알았어요. 죄송해요. 오늘 바쁜 일이 있어서 전화를 받질 못했어요."

"내가 전화한 건…… 희우씨를 초대하려고……"

해야 할 말이 머릿속에서 잘 떠오르지 않았다.

"선생님이 왜 전화를 하셨을까 곰곰이 생각했는데, 제 생각이 맞았네요. 감사해요. 엄마가 기뻐하는 모습, 눈에 선해요. 언제 초대하실 거예요?"

목소리가 흰 햇살처럼 밝았다.

"다음 주는 월요일만 빼고 다 좋아."

"장소는요?"

"광화문 인근에 있는 한정식집으로 생각하고 있어."

"선생님 집은 안되는 모양이죠?"

"남자 혼자 사는 집이라……"

전화하기 전 희우를 어디로 초대하는 것이 좋을지 생각했다. 나를 초대한 곳이 정릉 집이었으니, 우이동 집이 격에 맞을 것이었다. 어쩌면 희우는 우이동 집에 오고 싶어할지 몰랐다. 어느 봄날 희우를 우이동 집에 데려간 적이 있었다. 아버지가 이 집을 지었다고 말하자 희우의 눈이 휘둥그레졌다. 그런 희우를 바라보는 아버지의 입가에 미소가 잔잔히 번지고 있었다. 노인 두분이 다 돌아가셨음에도 지금까지 그 집에 살고 있다는 것을 안다면 그때와는 다른 놀라움으로 눈이 휘둥그레질지 모른다. 하지만 우이동 집은 초대 장소에서 제외했다. 윤하의 숨결이 서려 있는 곳에서 희우와 식사한다는 것이 마음에 걸렸다.

"초대 손님에 영서를 포함하면 안될까?"

"저를요?"

"응."

"왜요?"

"내가 초대받았을 때 영서가 애써줬잖아."

"저야 감사하지만…… 이건 엄마가 결정할 문세 같아요."

전화를 끊고 나니 기분이 이상했다. 희우를 다시 본다고 생각하면 마음이 설레면서도 불안했다. 불안은 설렘 속에 무겁게 가라앉아 있었다. 영서가 함께 있다면 불안을 조금 덜 느낄 것 같았다. 영서에게 전화가 온 건 다음 날 오전 11시경이었다.

"어젯밤 잘 주무셨어요?"

"잘 못 잤어."

"왜요?"

"초대 날에 영서가 못 오면 어떡하나, 걱정하느라."

"아, 선생님의 예감, 정확하네요. 엄만 저에게 눈을 흘기며 안된다고 했어요. 서운했지만 할 수 없죠. 엄마의 뜻을 받아들여야죠."

영서는 한숨을 쉬듯 말했다.

"선생님의 초대 소식을 듣고 엄마가 얼마나 기뻐했는지 몰라요. 할머니가 돌아가신 후 엄마 얼굴이 그토록 환해진 건 처음이에요. 제 마음도 환해졌어요. 근데 걱정이 있어요."

"무슨 걱정?"

"요즘 엄마 건강이 많이 안 좋아요."

"어떻게 안 좋아?"

"선생님, 기도해주실 거죠?"

"무슨 기도?"

"엄마를 위해 기도해주세요. 엄만 많이 아파요."

가슴이 철렁했다. 영서의 목소리에 슬픔이 서려 있었다.

2

영서의 대답 대신 희우의 편지가 사흘 후 도착했다. 서재에서 화집을 들여다보고 있을 때였다. 집배원은 편지를 건네면서 미소를 지었다. 연둣빛 봉투 때문인 것 같았다. 첫 편지도 연둣빛임을 집배원은 기억하는 것 같았다. 나는 약간 쑥스러워하며 편지를 받았다. 푸른색 잉크로 쓴 희우의 글씨가 아련했다. 일층에서 커피를 뽑아 이층 서재로 올라갔다.

그리운 당신

당신이 정릉 집에 다녀가신 뒤 당신의 초대를 애타게 기다렸어요. 당신이 절 초대하지 않을지도 모른다는 생각이 들면 가슴이 무너졌어요. 당신의 초대가 제겐 희망이었으니까요. 그러면서도 당신의 초대를 두려워했어요. 지금의 제 모습, 당신이 본다고 생각하면 눈앞이 캄캄해져요. 당신, 상상할 수 있어요? 제가 죽음을 앞두고 있다는 사실을 말이에요. 어머니가 저보다 먼저 세상을 떠나리라고는 생각을 못했어요. 제가 먼저 떠날 줄 알았어요. 제 죽음 앞에서 눈물을 흘리는 어머니의 모습이 자주 떠올랐어요.

전 지금 난소암 말기 환자예요. 암은 2010년 3월에 발견되었어요. 어머니가 정릉 집을 다시 매입할 무렵이었어요. 난소암은 증상이 늦게 나타나 초기에 발견하기가 참 어려워요.

주치의는 암세포를 검사한 결과 수술을 먼저 하고 항암 화학요법을 나중에 시작하는 것이 가장 효과적이라고 판단했어요. 전 수치의의 판단에 따랐어요. 사람마다 다르기 때문에 정확히 예측할 수는 없지만 적어도 몇년은 더 살 수 있을 거라고 말했어요. 처음 그 말을 들었을 때 멍했어요. 죽음이 제 몸속으로 파고들어와 있다는 사실을 받아들이기가 쉽지 않았어요. 수술은 바로 다음 주에 받았어요. 자궁과 나팔관, 난소를 제거하는 수술이었어요. 조직검사 결과 암이 전이되기는 했지만 멀리까지 번지지는 않은 걸로 나타났어요. 수술 절개 부위가 아물자 화학요법을 받았어요. 저 같은 환자의 경우 화학요법을 받으면 거의 대부분 회복한다고 해요. 문제는 암이 재발할 때예요. 재발 후 받는 화학요법의 효과는 첫번째보다 많이 떨어져요. 그다음은 한층 더 떨어지고요. 그러다가 치료가 불가능한 상황이 오는 거지요.

사실 암이 발견되기 전에는 한국으로 돌아올 생각을 하지 않았어요. 당신을 만날 생각도 없었어요. 한국을 떠나면서 제 안의 희우를 버렸으니까요. 이런 저를 모질다고 생각하시겠지요. 하지만 그 존재를 버리지 않으면 살아갈 수 없었어요. 제가 프랑스에서 살 수 있었던 것은 그녀를 버렸기 때문이에요. 그러지 않았다면 그녀가 절 죽였을 거예요. 그런 희우를 새롭게 생각하기 시작한 것은 암이 발견되고 죽음의 기척이 몸에 느껴지면서부터였어요. 죽음이 몸에 깃들면서 저에게 버림받은 그녀가 제 안에서 제대로 숨을 쉬기 시작한 거예요. 늙고 병든 저에게 그녀의 숨결은 싱그러웠어요. 돌이켜보면 제가 죽음에 짓눌리지 않았던 것은 희우라는 존재의 싱그러운 숨결 때문이었던 것 같아요.

희우의 싱그러운 숨결 속에 당신의 싱그러운 숨결이 깃들어 있었지만 저는 애써 당신을 외면했어요. 그럴 수밖에요. 저는 더이상 싱그러운 희우가 아니었어요. 늙고 병든 여자였어요. 늙고 병든 여자를 사랑의 불꽃에 휩싸이게 한 것은 어머니가 종이 상자에 차곡차곡 쌓아 보관한 당신의 편지였어요. 몸속에 죽음을 품고 다시 속절없는 사랑에 빠져버린 거예요. 다시 피어오른 사랑은 가냘프게 남아 있는 제 생명의 유일한 의미였어요. 그러니 어떻게 당신에게 편지를 쓰지 않을 수 있겠어요.

하지만 두려웠어요. 당신이 제 편지를 읽고 어리둥절해하거나 비웃을지도 모르니까요. 제가 두려움을 극복할 수 있었던 것은 전시회장에서 본 당신의 사진 때문이었어요. 저에게 당신의 사진은 당신의 삶을 비추는 거울 같은 것이었어요. 당신이 그동안 어떻게 살아왔는지를 정직하게 보여주고 있었으니까요.

저는 당신의 사진을 통해 제가 모르는 당신의 삶을 보았어요. 편지를 쓰면서 이제는 제가 당신에게 당신이 모르는 제 삶을 보여주어야 한다고 생각했어요. 우리의 사랑은 1986년 10월, 제가 한국을 떠나면서부터 사라졌어요. 그러니 우린 새로운 사랑을 해야 해요. 새로운 사랑을 하려면 서로를 알아야 해요. 저는 당신의 사진을 보고 당신의 삶을 알았어요. 당신은 무엇으로 제 삶을 알 수 있겠어요? 저는 당신처럼 제 삶을 작품으로 환하게 보여주는 예술가가 아니잖아요. 그러니 편지에 제 삶을 담을 수밖에요.

이런 편지, 당신에게 처음 쓰는 게 아니에요. 제 편지를 당신보다 먼저 받아본 이가 있어요. 우습게 들리겠지만, 희우예요. 제 몸 안에서 죽음이 뒤척이고 있을 때 싱그러운 숨결로 제 몸을 환하세 한 희우 말이에요. 그런 그녀를 어떻게 사랑하지 않을 수 있겠어요. 희우는 늙고 병든 여자의 삶을 몰라요. 그토록 싱그럽고 젊은 생명이 늙고 병든 여자의 삶을 알 리가 없지요. 제가 다시 희우와 만나려면 그녀가 모르는 제 삶을 알려주어야 했어요.

저는 프랑스행을 혼자서 준비했어요. 누구에게도 알리지 않고, 누구의 도움도 받지 않았어요. 사라지고 싶었던 거예요. 저를 아는 모든 사람에게서. 제가 바란 것은 그들로부터 잊히는 것이었어요. 제가 가장 바란 사람은 당신이었어요. 당신이 저를 잊기를, 당신의 마음속에 깃들어 있는 저의 모든 것을 당신이 완전히 잊기를 간절히 바랐어요. 당신이 저를 완전히 잊으면 저도 희우를 완전히 잊을 수 있을 것 같았으니까요. 그런 절, 당신은 모질다고 생각하겠지요. 그렇게 모질지 않았다면 살아가지 못했을 거예요.

당신도 알겠지만, 원래 전 모진 여자가 아니었어요. 마음이 여렸고, 겁이 많았어요. 그런 제가 왜 그토록 모질게 변했을까요. 거기엔 여러가지 이유가 있었을 거예요. 그중에서 가장 큰 이유는 제가 낳은 아이였어요. 영서 말이에요. 그 아이가 저를 살렸어요. 저에게 스스로 죽을 권리가 없었던 것은 아이가 저를 살렸기 때문이었어요. 저를 죽일 권리가 있는 유일한 존재는 희우였어요. 그래서 그녀를 버려야 했어요. 그녀를 버리려면 당신을 먼저 버려야 했어요. 당신을 버리지 않으면 그녀를 버릴 수 없었어요. 당신을 버린 것은 살기 위해서였어요.

제가 왜 한국을 떠났겠어요? 그녀의 생애를 잊어야 했으니까요. 그녀의 생애를 잊는다는 것은 그녀가 살았던 땅의 기억을 잊는 것이에요. 전 한국어조차 잊기를 원했어요. 한국어는 제 피부에 깊숙이 박힌 가시였어요. 저는 그들의 얼굴을 기억하지 못해요. 저를 강제 연행하고, 협박하고, 욕설하고, 폭력을 행사하고, 강간한 사람들의 얼굴 말이에요. 그들의 얼굴은 밋밋해요. 그 위로 어떤 얼굴이 들어앉더라도 의미가 없어요. 그들은 저에게 가장 구체적인 존재이면서 동시에 추상적인 존재였어요. 하지만 그들의 목소리는 달랐어요. 그들의 목소리는 결코 잊히지 않았어요. 제 피부 속으로 가시처럼 파고들면서 순식간에 저를 어둡고 밀폐된 공간으로 데려갔어요.

피부는 외부세계의 위험으로부터 자아를 보호하는 일종의 방벽이에요. 하지만 그들의 목소리 앞에서는 무력했어요. 그들의 목소리가 특별한 말을 하는 것이 아니에요. 지극히 일상적이고 평범한 말을 해요. 그들의 말이 일상에서 흔히 듣는 말과 크게 다르지 않다는 사실을 깨달았을 때 공포를 느꼈어요. 한국어에 대한 공포였어요.

빠리 샤를드골 공항 입국장을 나왔을 때 가슴 깊은 곳에서 솟구쳐오르던 희열을 지금도 잊지 못해요. 희우가 사라졌다는 희열, 저를 아는 사람이 아무도 없다는 희열, 한국어를 쓰지 않는 나라에

왔다는 희열, 그리고 죽지 않았다는 희열이 불꽃처럼 피어올랐어요. 칼로 제 팔을 푹 찔러보고 싶은 충동까지 일었어요. 불꽃은 텅빈 제 몸 안에서 뜨겁게 타오르다가 천천히 사위어갔어요. 불꽃이 꺼지면서 누군가가 눈에 보였어요. 저도 모르는 저였어요. 낯선 존재였어요. 그 낯선 존재를 응시했어요. 결코 눈을 감지 않았어요. 제가 견디지 않으면 안되는 존재였으니까요.

공항에서 버스를 타고 빠리 시내로 가는 동안 낯선 존재에만 집중했어요. 그 존재는 생애를 잃었어요. 그가 잃은 생애는 저편 세계에서 희미한 풍경으로 떠오를 뿐이었어요. 생애가 없는 그에게 제가 열망한 것은 희우와 가장 먼 존재, 그래서 희우가 알아볼 수 없는 어떤 존재였어요.

빠리에 도착한 첫날부터 빠리 시내를 걷고 또 걸었어요. 까페에도 성당에도 들어가지 않았어요. 배가 고프면 공원 벤치에 앉아 바게뜨를 뜯어 먹었어요. 황량한 벌판을 걷듯이 걷고 또 걸었어요. 걷지 않으면 몸이 석고처럼 굳어버릴지 모른다는 두려움에 싸인 사람처럼. 어쩌면 제 살 속에 파묻혀 있는 낯선 존재를 느끼기 위함이었는지도 몰라요. 아니면 낯선 도시를 빨리 낯익은 도시로 만들고 싶었는지도……

열흘째 되던 날 저녁 처음으로 까페에 들어갔어요. 그날은 비가 와서 날씨가 무척 쌀쌀했어요. 오랫동안 걸은 제 몸은 냉기에 차 있었어요. 웨이터에게 뜨거운 것이 먹고 싶다고 했어요. 한참 후 웨이터는 갈색이 섞인 흰죽 같은 것을 갖고 왔어요. 조심스럽게 한숟갈을 떠먹었어요. 입안이 환해지면서 냉기에 차 있던 몸이 따뜻해지고 있었어요. 제가 먹은 음식은 양파수프였어요. 양파수프는 빠리에서 제가 처음 먹은 프랑스 요리예요. 저에겐 잊을 수 없는 음식이지요. 영서가 정릉 집에서 당신에게 내놓은 양파수프가 말이에요.

양파수프를 다 먹고 제가 간 곳은 빠리 6구 까네뜨 거리에 있는 빵집이었어요. 바게뜨가 맛있는 곳이었어요. 그 집 바게뜨를 먹다가 다른 가게의 바게뜨는 먹으면 마분지를 씹는 듯했어요. 나중에 알았지만, 그 집 아저씨는 표백제나 첨가물을 일절 쓰지 않았어요. 빵의 장인이었지요. 회색 머리칼에 늘 짙은 녹색 스웨터를 입고 있는 빵의 장인은 어둡고 좁은 가게에 웅크리고 앉아 손님들을 오만한 눈초리로 쳐다보곤 했어요. 손님들의 기분 따위는 안중에 없는 것 같았어요. 그럼에도 제가 그 집을 자주 찾은 첫번째 이유는 바게뜨 맛이 뛰어났기 때문이었고, 두번째는 점원을 모집한다는 글귀가 가게 앞에 붙어 있었기 때문이었어요. 일터의 분위기를 살핀 것이지요.

제가 양파수프 냄새를 풍기며 이 가게에서 일하고 싶다고 말하자 아저씨의 눈이 휘둥그레졌어요. 삐쩍 마른 동양 여자가 불쑥 들어와 빠리 토박이 귀에 낯선 억양으로 그런 말을 했으니 놀랄 수밖에요. 아저씬 눈을 가느스름하게 뜨며 자신의 가게에서 일하고 싶은 이유가 뭐냐고 물었어요. 아저씨가 만든 빵을 자유롭게 먹고 싶기 때문이라고 대답했어요. 그러자 아저씨는 지금 먹고 싶은 빵이 무엇이냐고 물었어요. 저는 케이크를 가리켰어요. 다른 가게에 진열된 케이크는 반짝반짝 윤이 났어요. 하지만 그 가게의 케이크는 윤기라고는 조금도 없는데다 모양마저 울퉁불퉁했어요. 가게에 갈 때마다 그 케이크의 맛이 궁금했어요. 아저씨 저에게 테이블에 앉으라고 했어요. 제가 앉자 조금 후 흰 접시를 들고 와 테이블에 놓았어요. 접시에는 못생긴 케이크 한조각과 포크가 놓여 있었어요. 저는 포크로 조심스럽게 케이크를 조금 떠 입안에 넣었어요. 제가 눈을 감은 것은 너무 달콤했기 때문이었어요. 그 달콤함은 어린 시절의 기억 속에 있는 아련한 맛이었어요.

빵의 장인은 저를 고용했어요. 제가 싸구려 호텔에 묵고 있다는 것을 안 아저씨는 가게와 멀지 않은 곳에 있는 셋집을 소개해주었어요. 월세가 아주 쌌어요. 셋집 주인은 홀로 사는 할머니였는데, 이름이 까뜨린이었어요. 그녀의 이름을 듣는 순간 반가웠어요. 제가 좋아하는 『이방인』의 작가 까뮈가 딸에게 지어준 이름이 까뜨린이니까요. 나중에 알았지만 할머니는 빵집 아저씨의 사촌 누나였어요. 그분이 저에게 요구한 것은 세가지였어요. 조용히 지낼 것, 늦게 들어오지 말 것, 남자를 집에 들이지 말 것. 하나라도 어기면 즉각 쫓아내겠다고 엄격한 목소리로 말했어요. 저는 기꺼운 마음으로 받아들였어요. 제가 원하는 생활이었으니까요. 저의 빠리 생활은 그렇게 시작되었어요. 빵의 장인을 직장 상사로, 완고하고 엄격한 할머니를 집주인으로 삼으면서 말이에요.

제가 왜 의사가 된 줄 아세요? 희우와 가장 먼 존재, 희우가 상상할 수 없는 존재, 그래서 희우가 알아보지 못하는 존재가 의사였던 거예요. 돌이켜보면 그런 생각의 내면에는 영서가 자리 잡고 있었던 같아요. 영서는 제 마음과는 아무런 상관없이 태어난 존재예요.

그 작은 생명은 몸의 법칙에 의해 만들어졌어요. 영서를 태어나게 한 몸의 법칙을 깊이 들여다보고 싶다는 욕망이 저를 의사의 길로 이끌었지 않았나 싶어요.

저의 경우 의과대학 과정을 마치더라도 의사 면허를 받을 수 없어요. 국적이 한국이기 때문이에요. 의사 면허를 받으려면 프랑스 국적을 가져야 해요. 귀화 신청은 프랑스에서 합법적인 체류 자격으로 오년 이상 거주해야 가능해요. 문제는 합법적인 체류 자격에 학생 체류 자격은 제외된다는 데에 있었어요. 제가 할 수 있는 유일한 방법은 프랑스 국적을 가진 남자와 결혼하는 것이었어요. 당시에는 결혼하고 이년이 지나면 귀화 신청을 할 수 있었으니까요. 하지만 저에게 결혼은 선택의 대상이 아니었어요. 빠리에서 제가 소망한 것은 여자도 아니고 남자도 아닌 존재의 삶이었어요. 그런 존재가 견뎌야 할 삶의 짐을 기꺼이 짊어지려고 했어요. 그럼에도 제가 빠리 의과대학에 입학한 것은 졸업 후 한국으로 가서 의사 면허를 딴 후 프랑스로 다시 돌아오겠다고 생각했기 때문이에요. 프랑스 병원은 외국인 의사를 계약직으로 고용하고 있어요. 신분이 불안정하지만 기본적인 생활은 가능해요. 그런데 말이에요, 이런 삶의 계획이 어떤 우연으로 바뀌어버렸어요.

에릭 바랑뜨. 저와 결혼한 남자 이름이에요. 제가 결혼한 것은 의대 5학년 때인 1992년 10월이었어요. 우리의 결혼은 여느 결혼과 달랐어요. 이혼을 전제로 한 결혼이었으니까요. 결혼생활도 물론 하지 않았어요. 그러니까 우리는 시청에서 법률적 효력만을 목적으로 결혼 의식을 치른 거예요.

에릭을 알리면 먼저 도미니끄를 알아야 해요. 도미니끄를 만난 것은 병원에서 실습하고 있을 때였어요. 제가 환자를 진단하면, 도미니끄는 저의 진단에 잘못이 없는지 확인했어요. 제 상급자였지요. 다행히 성격이 까다롭지 않았어요. 회색빛 머리카락에 눈동자는 검었고, 얼굴 윤곽이 여성처럼 부드러운 빠리 토박이 남자였어요.

도미니끄는 처음부터 저에게 관심을 가졌어요. 드물게 보는 동양 여자였으니까요. 제가 한국에서 왔다는 사실을 알자 눈이 빛났어요. 그는 동쪽의 작은 나라에 관심이 많았어요. 틈만 나면 물었어요. 저에게는 괴로운 질문이었어요. 잊으려 했던 것들을 떠올려야 했으니까요. 티를 내지 않으려고 애를 썼지만, 잘 안될 때도 있었나봐요.

어느날 도미니끄는 제가 다른 사람의 하늘에 구름이 되지 않으려고 지나치게 노력하는 것 같다고 말했어요. 그의 얼굴을 가만히 보고만 있었지요. 무슨 뜻인지 몰랐으니까요. 그는 빙긋 웃으며 괴로움을 지나치게 감추는 것 같다고 하면서, 괴로움은 남과 나누면 나눌수록 작아진다고 했어요. 제가 구름이 되어 그의 하늘에 있는 해를 가리면 좋겠느냐는 말에 그는 왜 해를 가린다고 생각하느냐고 반문하면서, 당신의 구름은 하늘을 오히려 깊고 아름답게 만들 것 같다고 말하더군요. 그의 표정과 목소리에서 진심이 느껴졌어요.

그날 병원 일을 마치고 나가려는데 도미니끄는 샤르트르 마을에 가보았느냐고 묻더군요. 저는 고개를 저었어요. 그동안 빠리 바깥

으로 나간 적이 한번도 없었어요. 처음 일년 반은 프랑스어를 익히
느라, 의대에 들어간 후에는 학업을 따라가느라 달팽이처럼 지냈
어요.

늦은 밤 책상 위 스탠드 불빛 속에서 의학 책을 들여다보고 있으
면 종종 제 몸에 닿는 시선이 느껴져요. 누군가가 불빛이 잘 미치
지 않는 방 한구석에서, 천장에서, 때로는 창밖 어둠속에서 저를 보
고 있는 거예요. 저는 고개를 돌리지 않아요. 입술을 깨물며 책만
뚫어지고 보고 있어요. 누구인지 알기 때문이에요. 희우예요. 어둠
한구석에서 그녀는 그렇게 저를 보고 있었어요. 저는 희우를 결코
보지 않았어요. 보는 순간 제 얼굴이 산산조각 날 테니까요.

도미니끄가 저에게 샤르트르 마을 나들이를 제의했을 때 거절하
지 않았던 것은 그의 순수함 때문이었어요. 저를 대하는 그의 태도
와 모습에는 남자가 여자에게 품는 욕망이 느껴지지 않았어요. 그
런 욕망이 조금이라도 느껴졌다면 거절했을 거예요.

도미니끄와 함께 몽빠르나스 역에서 기차로 한시간 거리에 있는
샤르트르 마을에 간 것은 6월 마지막 주말이었어요. 강이 흐르는
아름다운 중세마을이었어요. 시간이 고여 있는 것 같았어요. 걸음
의 속도가 절로 느려졌어요. 긴장이 스르르 풀렸어요. 마을 어디서
든 노트르담 성당이 보였어요. 성당은 마을의 중심이었어요.

십자가 모양으로 지어진 성당 안은 장엄하고 고요했어요. 오래
된 벽 사이로 흐르는 낮은 오르간 소리와, 장미창으로 스며드는 엷
은 빛은 장엄과 고요를 더욱 깊게 하고 있었어요. 수레바퀴 형상의
장미창 중심에는 아기 예수를 안은 성모가 보였어요. 전 도미니끄

에게서 살며시 떨어져나와 구석진 곳에 앉았어요. 눈물이 나올 것 같았으니까요. 이상했어요. 가슴 깊은 곳에서 일렁이는 슬픔의 물결은 제 것이 아닌 것 같았어요. 희우의 슬픔처럼 느껴졌어요. 금방이라도 흘러내릴 것만 같은 눈물의 주인이 희우라는 느낌이 든 거예요. 늘 어두컴컴한 곳에서 홀로 서성거리고 있던 그녀가 제 안으로 들어온 것 같았어요.

저는 놀라지 않았어요. 놀라기는커녕 슬픔에 잠겨 눈물을 글썽이는 그녀를 껴안아주고 싶었어요. 등을 토닥토닥 두드리며 위로해주고 싶었어요. 그러자 새로운 슬픔이 일었어요. 그것은 희우의 것이 아니었어요. 저의 슬픔이었어요. 과거가 없는, 텅 빈 영혼의 슬픔이었어요. 그 슬픔은 희우의 슬픔과 섞이고 있었어요. 희우와 제가 섞이고 있던 거예요.

어깨에 닿는 손이 느껴졌어요. 도미니끄였어요. 그사이 시간이 얼마나 흘렀는지, 알지 못해요. 도미니끄는 저에게 손수건을 내밀었어요. 제 얼굴이 눈물에 젖어 있다는 사실을 비로소 깨달았어요. 손수건은 금방 축축해졌어요. 돌려주기가 민망할 정도였어요. 손수건을 쥔 채 장미창을 올려다보았어요. 성모는 여전히 거기에, 휘황한 광채 속에 있었어요. 도미니끄의 목소리가 들려왔어요. 저의 구름을 보고 싶다고, 그러기 위해서는 자신의 구름을 먼저 보여줄 수밖에 없다고 말했어요. 처음에는 무슨 뜻인지 몰랐어요. 도미니끄가 자신이 동성애자라고 말했을 때 비로소 알았어요. 그의 고백은 충격이었어요.

도미니끄가 자신의 성 정체성을 명료하게 깨달은 것은 열다섯살 때였어요. 그때부터 자신의 삶이 가장무도회로 변해버렸다고 했어요. 도미니끄의 고백에 따르면 그것은 기쁨이면서 악몽이었어요. 기쁨은 강렬했으나 짧았고, 악몽은 일상의 한 부분이 되어버렸다고 하더군요. 자기혐오와 수치심, 죄의식과 고립감 속에서 자살 충동을 자주 느꼈다고 도미니끄는 쓸쓸한 목소리로 말했어요. 아버지가 돌아가셨을 때 슬픔보다는 안도의 감정이 훨씬 컸다고 했어요. 자신의 성 정체성을 아버지에게 발각될지도 모른다는 공포증에서 벗어났기 때문이었대요. 그때부터 마음이 안정되기 시작했다고 하더군요. 의과대학에 들어올 수 있었던 것은 마음이 안정되었기 때문이라고 했어요. 그러면서 요즘은 무척 행복하다고 말했어요. 사랑하는 사람이 있기 때문이라고 하더군요. 연극배우라고 했어요. 그 배우가 햄릿을 연기한 연극을 봤을 때 햄릿의 영혼이 머릿속으로 파고드는 것을 느꼈다고 낭랑한 목소리로 말했어요. 그가 에릭 바랑뜨예요.

도미니끄는 자신을 구원한 것은 사랑이라고 했어요. 그러면서 진실로 괴로움을 겪은 영혼은, 그 괴로움에 영혼이 찢겨졌을지라도 자신과 비슷한 영혼을 알아본다고 했어요. 그는 저에게서 자신과 비슷한 영혼을 느꼈다고 말했어요. 머리 위로 부는 바람조차 아프게 느끼는 영혼이라 했어요. 저는 제 삶을 무너뜨린 고통을 숨기고 싶었어요. 하지만 그의 진실 앞에서는 불가능했어요. 모두 말했어요. 때로는 냉정하게, 때로는 눈물을 철철 흘리며 말했어요. 고백이 끝났을 때 도미니끄는 저를 살며시 안았어요. 그의 눈에는 눈물이 가득했어요.

그렇게 해서 우린 친구가 되었어요. 마음속 가장 깊은 곳에 숨겨 놓은, 누구에게도 보여주지 않았던 생애의 비밀을 서로에게 보여 줌으로써 진실한 친구가 되었던 거예요. 도미니끄의 연인인 에릭 과도 친구가 되었어요. 에릭 역시 상처가 많은 사람이었어요. 아버 지 없이 자란 그는 소년 시절, 남자답지 못하다는 이유로 따돌림과 폭력의 위협에 시달렸고, 내면화된 동성애 공포증으로 자살을 기 도한 적이 있었어요. 에릭이 '어둠속에 숨어야 하는 구역질 나는 존재'를 극복하게 된 것은 연기를 하면서부터였어요. 배우는 변신 하는 존재예요. 혼을 바꾸는 존재이지요. 그러한 체험을 통해 자신 의 혼에 대한 소중함을 깨닫게 되었다고 했어요.

연인인 그들 사이에 제가 끼어든 셈이었지만, 셋이 만나면 분위 기가 무척 유쾌했어요. 홈 파티도 종종 했어요. 에릭은 우리 두사람 을 즐겁게 하는 데 비상한 능력이 있었어요. 배우가 아니면 할 수 없는 행위로 우리를 놀라게 하고, 웃게 하고, 감정을 고양시켰어요.

육개월의 실습이 거의 끝나가는 9월 어느날 에릭의 집으로 초대 받았어요. 꽃시장에 들러 장미를 사들고 저녁 7시쯤 갔어요. 도미 니끄가 먼저 와 있더군요. 에릭이 자신의 어머니 이야기를 한 것은 도미니끄가 두번째 포도주 병을 따고 있을 때였어요. 그의 어머니 가 빠리 교외의 요양병원에 있다고 들은 적이 있었어요. 에릭은 어 머니가 워낙 고령이라 얼마 살지 못할 것이라고 하면서, 그녀의 마 지막 소원은 며느리를 보는 것이라고 말하고는 나에게 그녀가 돌 아가실 때까지만 며느리 역할을 해줄 수 없느냐고 물었어요. 어떻 게 하는 것이 며느리 역할을 하는 것이냐는 저의 물음에 에릭은 결혼하는 것이라고 대답했어요. 저는 피식 웃었어요. 농담인 줄 알았 거든요. 그녀의 어머니는 에릭이 동성애자가 아닌지, 의심하고 있 대요. 그녀의 의심을 불식시키는 완전한 방법은 결혼밖에 없다고 에릭은 말했어요. 저는 도미니끄를 보았어요. 도미니끄는 미소를 지으며 고개를 끄덕였어요. 그들은 제가 프랑스 국적이 필요하다 는 것을 알고 있었어요. 가슴이 뭉클했어요. 하지만 저는 거절했어 요. 에릭이 저를 위해 희생할 이유가 없었어요. 두 남자의 생각은 달랐어요. 에릭의 제의는 저를 위한 일이기도 하지만 그를 위한 일 이기도 하다는 생각이었어요. 에릭은 평생 속을 썩인 어머니에게 처음이자 마지막으로 효도를 하고 싶다고 간절한 표정으로 말했 어요.

인생이란 참 알 수 없어요. 제가 동성애자와 '위장결혼'을 할 줄 은 꿈에도 생각을 못했으니까요. 전 에릭과 함께 그의 어머니를 만 나러 요양병원으로 갔어요. 햇살이 화창한 가을이었어요. 머리가 백발인 에릭 어머니는 노환으로 거동이 불편했어요.

에릭의 어머니가 저를 보고 뭐라고 했는지 아세요? 눈부신 꽃이 라고 했어요. 그분은 그만큼 기뻐했어요. 어머니에게 마지막 효도 를 하고 싶다는 에릭의 간절한 마음이 구체적으로 와닿더군요. 에 릭의 어머니에게 죄를 짓는 게 아닌가, 하는 생각이 들긴 했지만 그녀의 표정이 너무 환해 금방 잊어버리게 되더군요. 그로부터 한 달이 채 못돼 에릭과 결혼했어요. 시청에서 혼인 서약식을 하고 혼 인서류에 서명하는 데 십분도 안 걸렸어요.

에릭의 어머니는 불편한 몸 때문에 오지 못했어요. 그녀 대신 그녀의 남동생, 그러니까 에릭의 외삼촌이 우리의 결혼식을 지켜보았어요. 도미니끄를 비롯한 에릭의 친구 몇몇이 왔어요. 저는 아무도 부르지 않았어요. 부르면 반가이 올 사람이 몇 있었지만 알리지 않았어요. 거짓 결혼식에는 저 혼자만으로 충분했어요. 다음 날 우리는 신혼여행을 떠났어요. 그 여행에 대해 이야기하지 않을 수 없어요. 르또로네 수도원을 말해야 하니까요.

영서는 당신과 함께 르또로네 수도원에 갔던 건축가 분에게 관심이 많더군요. 저도 관심이 가요. 당신의 오래된 우이동 집을 고치기 위해 르또로네 수도원을 지은 수도사들의 마음이 필요했다는 그분의 마음 때문이에요. 당신을 진심으로 사랑하지 않으면 가질 수 없는 마음이지요.

신혼여행은 르또로네 수도원을 중심으로 짰어요. 엑상프로방스에서 하룻밤, 르또로네 마을에서 하룻밤, 니스에서 하룻밤을 자는 3박 4일의 여정이었어요. 이 여정을 짜는 데 저는 관여하지 않았어요. 그런 수도원이 있다는 것조차 알지 못했어요. 여정의 중심으로 르또로네 수도원을 선택한 이는 도미니끄였어요.

도미니끄는 저의 내면을 가장 깊이 들여다본 사람이에요. 샤르트르 마을의 성당에서 우린 고백을 통해 서로의 내면을 깊숙이 들여다보았지요. 도미니끄는 르또로네 수도원이 저를 사로잡으리라는 것을 느꼈던 거예요. 우리의 신혼여행에 도미니끄가 동행했어요. 신혼여행을 핑계로 한 우리 세사람의 여행이었지요. 빠리에서 엑상프로방스까지는 떼제베를 탔어요.

당신도 와 보셔서 아시겠지만 엑상프로방스는 빠리에 비하면 아주 작은 도시예요. 그 작은 도시를 감싸는 풍경들이 마음에 와 닿았어요. 투명한 햇살과 오래된 골목의 적요한 풍경, 적요한 풍경 속에서 나직이 들려오는 분수의 물소리와 성당 종소리, 노천시장의 풍요로운 색채와 싱그러운 활기…… 그 풍경과 소리들이 향기가 되어 마음속으로 흘러들어왔을 때 제가 생명체라는 사실을 아프게 느꼈어요.

엑상프로방스를 감싸는 산야도 인상적이었어요. 특히 쎄잔의 그림에 자주 나오는 쌩뜨빅뚜아르 산이 제 마음속으로 강하게 파고들었어요. 하늘을 향해 거의 수직으로 치솟아오른 청회색 석회암의 주름들이 세상의 법칙에서 벗어나 신성한 세계를 갈구하는 영혼의 치열한 주름처럼 느껴졌어요. 쎄잔의 신화가 그런 느낌을 부추겼을 거예요. 엑상프로방스를 떠나 르또로네 수도원으로 향했을 때는 자동차를 빌렸어요. 운전은 도미니끄가 했어요. 신혼부부에게 운전을 시킬 수 없다면서.

당신에게 르또로네 수도원은 대단히 특별한 장소일 거예요. 당신을 깊이 사랑한 분과 함께 갔으니까요. 저에게도 그곳은 대단히 특별한 곳이에요. 저는 가톨릭 신자가 아니에요. 그럼에도 성당을 종종 찾은 것은 저의 내면을 건드리는 어떤 힘을 느끼기 때문이에요.

샤르트르 마을의 성당에서 아기 예수를 안은 성모를 보았을 때 가슴 깊은 곳에서 일렁였던 슬픔은 성모의 슬픔이었어요. 성모의 슬픔이 저의 내면으로 흘러들어온 거예요. 문제는 그다음이에요. 성모의 슬픔은 제 안에서 가만히 있지 않았어요. 누구도 볼 수 없게, 제 자신도 보지 못하도록 깊숙이 숨겨놓은 희우의 슬픔 속으로 흘러들어가 부드럽게 껴안았던 거예요. 어머니가 아기를 껴안듯이 말이에요.

빠리 샤를드골공항 입국장을 나왔을 때 가슴 깊은 곳에서 솟구쳐오르던 희열은 희우가 사라졌다는 희열이었어요. 하지만 희우는 제게서 사라진 게 아니었어요. 제 안의 가장 깊숙한 곳에 숨어 있었던 거예요. 저는 그 사실을 모르는 체했을 뿐이에요. 제가 저에게 희구한 것은 희우가 사라진 존재가 되는 거였어요. 희우의 고통을 잊어야 했으니까요. 잊지 않으면 살아갈 수 없으니까요. 그 낯선 존재를, 과거가 없는, 혼이 텅 빈 존재를 저는 빠리에서 질질 끌고 다녔던 거예요. 그러다가 힘이 빠지거나 외로움에 지치면 성당을 찾았어요. 사물들이 겨우 보이는 어두컴컴한 성당 구석에 가만히 앉아 텅 비어 있는 혼을 희우의 슬픔으로 채우는 거예요. 희우의 슬픔에서 흘러나오는 눈물을 닦다보면 손수건이 늘 흥건히 젖었어요. 그러고는 말끔한 얼굴로 성당을 나와 낯선 존재의 삶 속으로 다시 들어갔어요.

르또로네 수도원은 제가 처음으로 기도하고 싶은 충동을 느낀 곳이에요. 기도를 한다는 것은 하느님에게 다가가는 행위예요. 하느님에게 다가가려면 몸이 깨끗해야 해요. 제 몸이 깨끗하지 않다는 것을 그토록 깊이, 뼈저리게 느낀 적은 처음이었어요. 제 몸 안에는 못이 박혀 있었어요. 날카롭고 예리한 못이 깊숙이 박혀 있었어요. 제 삶을 갈기갈기 찢은 그 못을 빼내는 행위가 기도라는 사실을 르또로네 수도원에서 아프게 깨달았어요.

몸에 깊숙이 박힌 못을 어떻게 빼내요? 저는 예수의 몸을 생각했어요. 예수의 몸속으로는 더 크고 더 깊은 못들이 뚫고 들어갔어요. 예수는 그 못들을 말끔히 빼내었지요, 용서를 통해. 하지만 저는 예수가 아니잖아요. 살 속에 박혀 살의 일부가 되어버린 못을 빼낸다는 것은 못의 고통을 되살리는 행위예요. 저에겐 그랬어요. 저는 기도를 할 수 없었어요. 기도에 대한 생각만 했어요. 그럴 때마다 영서가 떠올랐어요.

영서는 못의 고통 속에서 태어났어요. 못의 고통이 없었다면 영서는 존재할 수 없어요. 르또로네 수도원은 이 참혹한 신비를 저에게 보여준 거예요. 도미니끄는 왜 저를 그런 곳에 데려갔을까요? 평생을 등에 짊어지고 다녀야 하는 참혹한 신비를 보여주기 위함이었을까요? 전 도미니끄에게 묻지 않았어요. 그가 답할 수 없는 질문이니까요. 르또로네 수도원을 떠날 때 저는 그곳에서 영원히 떠날 수 없다는 사실을 깨닫고 있었어요.

니스에서 이딸리아 쪽으로 향하는 지중해 풍경은 무척 아름다웠어요. 그 아름다움은 참혹한 신비의 주변을 아지랑이처럼 너울거리다 사라져버렸어요. 제 생애의 유일한 신혼여행은 그렇게 끝났어요. 에릭의 어머니는 그로부터 육개월도 채 안되어 세상을 떠났어요. 마음이 많이 아팠어요. 장례식에서 눈물을 많이 흘렸어요. 이혼은 제가 프랑스 국적을 취득하고 일년이 조금 지나 이루어졌어요. 홀가분하면서도 쓸쓸했어요.

제가 인턴이 된 것은 1995년이었어요. 프랑스에서 인턴은 한국의 레지던트에 해당해요. 월급이 나오지요. 그제야 영서와 함께 살 수 있는 경제 여건이 된 거예요. 1986년 10월의 서울 풍경, 지금도 아프게 떠올라요. 저항과 탄압이 난폭하게 충돌하는 치열한 전쟁터였지요. 그 전쟁터를 홀로, 소리 없이, 그림자처럼 빠져나온 지구년 만에 영서를 프랑스로 불러들인 거예요. 영서 나이 열살 때였어요.

홀로, 소리 없이, 그림자처럼……

나는 희우의 말을 가만히 되뇌었다. 가슴속에서 뜨거운 것이 일렁이고 있었다. 창밖을 보았다. 흰 눈이 쌓인 산이 시선에 들어왔다. 몽골의 설원으로 들어간 남자와, 정신병동이 있는 교도소에서 죽음의 그림자에 파묻혀 있는 남자의 모습이 동시에 떠올랐다.

감옥에서 나오자마자 희우의 집을 찾은 것은 죽음의 그림자에서 벗어나고 싶었기 때문이었다. 홀로 집을 지키고 있던 희우 어머니가 눈물이 그렁그렁한 눈으로 희우를 잊으라고 했을 때, 잊는 것이 서로에게 좋다고 했을 때 그녀의 말을 따르려 했다. 하지만 그것의 불가능함을 깨닫는 데에는 오랜 시간이 필요하지 않았다.

그로부터 두달이 채 안되어 다시 수배자가 되었다. 내가 숨어들어간 곳은 경기도 안산의 작은 산속 암자였다. 나는 희우에게 버림받았다는 명료한 사실 앞에 삶의 의지를 잃고 있었다. 일상의 행위들이 무의미했고, 외부의 변화에 반응하는 감각이 무뎌졌다. 죽음이 나를 툭 건드려도 놀라지 않을 것 같았다.

돌이켜보면 당시 나는 세계와 분리된 상태에 있었다. 그전까지 '나'라는 존재는 '우리'라는 더 크고 견고한 존재의 일부였다. 더 크고 견고한 존재의 바탕은 역사였다. 우리는 역사의 발전을 믿었다. 비록 지금은 '길, 이쪽'에 있지만 언젠가는 '길, 저쪽'으로 갈 수 있다는 믿음. 그런 믿음이 없었다면 희생의 대열 속에서 그토록 꿋꿋이 자신의 자리를 지키지 못했을 것이다. 하지만 그때는 내 의식 속에 '우리'가 사라지고 나만 덩그렇게 있었다.

암자 근처에는 지금은 사라진 수인선 협궤열차가 지나다녔고, 작은 포구가 있었다. 어부들이 떠난 포구는 황막했다. 회색 갯벌에는 폐선이 방치되어 있었다. 세월과 바닷물에 삭아 시커멓게 된 폐선을 보고 있노라면 폐선에 시체가 되어 누워 있거나, 어두운 물속에서 폐선처럼 부패해가는 내 육신이 떠올랐다. 나는 시체가 된 내 모습을 머리에서부터 발끝까지 하나하나, 집요하게 들여다보았다. 해초처럼 퍼져 있는 머리칼, 얼음처럼 차가운 이마, 휑하니 비어 있는 두 눈, 푸르스름하게 변색해가는 얼굴, 이상한 형태로 휘어져 있는 팔과 다리……

시체 위 허공에는 창 하나가 떠 있었다. 등나무 덩굴이 드리워진 창으로 희우의 그림자가 어른거렸다. 해가 지고 캄캄한 밤이 되면 주인 없는 방에서 희미한 빛이 새어나왔다. 부서진 꿈을 비추는 듯한 그 빛은 별빛처럼 아득했다.

1987년 1월 어느날이었다. 산그늘에 덮인 마당 의자에 앉아 저물어가는 서녘 하늘을 보고 있는데 김규환이 불쑥 나타났다. 그가 체포되면서 나는 수배자가 되었고, 내가 수배자가 됨으로써 희우는 정보경찰의 수사대상이 되었다. 희우의 삶이 그런 관계의 고리 속에서 으깨어졌음을 당시 나는 까맣게 몰랐다.

김규환은 가만히 내 옆에 앉았다. 우리는 침묵 속에서 일몰을 응시했다. 그가 입을 연 것은 서녘 하늘에 노을이 번지고 있을 때였다.

"책상을 '탁' 치니까 '억' 하고 죽었대."

나는 무슨 말인지 몰라 그를 멀뚱히 보았다.

"경찰이 그렇게 발표했어. 수배자의 소재를 캐려고 참고인으로 연행한 학생을 심문하면서 손으로 책상을 '탁' 치니 '억' 하고 죽었다고."

"경찰이 왜 그런 발표를 해? 여태껏 해온 대로 소리 없이 처리하면 될 텐데."

"신문에 나버렸으니 그렇게밖에 할 수 없었겠지."

"신문에 났다구?"

"나도 놀랐어. 정권의 권력구조에 구멍이 생긴 것 같아."

김규환의 말에 따르면 경찰 조사를 받던 대학생이 숨졌다는 보도가 난 것은 1월 15일이었다. 국내 신문들이 후속 보도를 내보내는 사이, AP와 AFP 등 서울발 외신의 긴급 타전이 이어져 전세계에 빠른 속도로 퍼져나갔다. 다급해진 경찰은 그날 오후 6시에 가진 기자회견에서 "어젯밤 술을 많이 마셔서 밥맛이 없다고 냉수를 달라고 하여 냉수를 몇잔 마시게 한 후 10시 15분경 심문을 시작, 서울대 학생운동권 조직인 민주화추진위원회 지도위원 박종운의 소재를 묻던 중 책상을 탁, 치자 억, 하고 소리지르며 쓰러져 중앙대 부속병원으로 옮겼으나 12시경에 사망했다"고 발표한 것이다. 학생의 이름은 박종철이었다.

처음에는 온몸에 피멍이 들 정도로 구타당했을 것이다. 고문의 첫 단계였다. 그다음 물고문과 전기고문을 당했을 것이다. 고문자들은 청년의 숨이 끊어지는 줄 몰랐을 것이다.

"고문을 당하고 나니 앞으로 고요하고 평화롭게 우는 것이 불가능하다는 사실이 명료하게 인식되더군. 피부에 새겨진 낙인처럼 말이야. 그것보다 더한 절망은 없었어. 신에게 더이상 기도할 수 없다는 것을 뜻하니까."

김규환은 노을을 바라보며 들릴 듯 말 듯한 목소리로 말했다.

그날 이후 시체로 떠오르는 내 육신은 점차 희미해지면서 고문으로 숨진 청년의 육신이 자주 떠올랐다. 청년의 육신은 폐선에 누워 있거나 어두운 물속에 있지 않았다. 어두운 골짜기에 매달려 있었다. 어두운 골짜기에 매달린 청년을 응시하는 내 모습이 환히 보였다. 얼굴이 노인처럼 쭈글쭈글했다. 어두운 골짜기에 매달린 육신은 청년인데, 내 육신은 노인이었다. 노인의 육신을 가진 나는 청년의 육신을 갈망했다. 내가 청년의 육신을 응시한 것은 그의 육신을 갈망했기 때문이다. 노인에게 청년이 되는 것보다 더 절실한 갈망이 있을까. 나의 응시는 갈망의 크기만큼 깊었다.

언제부터였을까, 청년의 고통이 느껴지기 시작한 것은. 청년의 고통은 청년의 육신에서 흘러나와 나의 육신 속으로 스며들었다. 나와 청년은 분리된 존재였다. 분리된 두 존재가 고통으로 연결되고 있었다. 청년의 고통은 그냥 고통이 아니었다. 정화된 고통이었다. 고통을 정화시킨 것은 희생이었다. 누군가를 위해, 누군가를 대신한 희생이 청년의 고통을 깨끗이 씻은 것이다. 정화된 고통은 생명체처럼 숨 쉬고 있었다. 그 생명체가 내 안으로 흘러들어와 내 몸을 청년의 몸으로 변화시키고 있었다. 나는 다시 꿈을 꿀 수 있겠다는 희미한 예감에 사로잡히기 시작했다. 희미한 예감은 희우의 창에 내린 서리처럼 하얗게 빛났다.

당신이 몰랐던 희우의 모습을 비로소 당신에게 다 보여주었네요. 최선을 다했지만 얼마나 잘 보여줬는지는 모르겠어요. 이런 시간이 오기까지 긴 세월이 흘렀어요. 그 세월 동안 모질게 버림받은 희우가 제 안에서 숨 쉬고 있었다는 것을 생각하면 눈물겨워요.

지금 저는 쉰다섯이에요. 당신의 희우가 이렇게 늙었어요. 오십오년이란 세월은 긴 생애일 수도 있고, 짧은 생애일 수도 있어요. 저에겐 한없이 길게 느껴지면서도 한편으로는 짧은 꿈을 꾼 것 같은 기분도 들어요. 당신에게 이런 말을 하는 게 슬프지만 하지 않을 수 없어요. 제 삶은 이제 얼마 안 남았어요. 막연한 느낌으로 하는 말이 아니에요. 전 의사잖아요. 중요한 것은 제가 지금 살아 있다는 거예요.

당신의 초대, 기쁘게 받아들이겠어요. 그런데 말이에요, 지금 제몸 상태가 별로 좋지 않아요. 당신이 저를 위해 차린 음식을 맛있게 먹어야 하는데, 그러지 못할 것 같아 걱정이 돼요. 제게 시간을 좀 주세요. 청을 하나 더 할게요. 당신, 정릉으로 한번 더 와주실 수 있겠어요? 영서와 함께 당신을 위한 음식을 준비할게요. 당신을 빨리 보고 싶거든요. 흉한 제 모습을 당신에게 보이는 것, 무척 두려워요. 하지만 당신이 보고 싶어요……

빨리 오시면 좋겠어요. 전화 주세요.

당신의 희우

3

책상에서 일어나 서재를 서성거렸다. 정릉 집으로 다시 와달라 했다. 가슴이 뛰었다. 머리가 빙글빙글 돌았고, 뺨이 달아올랐다. 창을 열었다. 차가운 공기가 뺨을 쓸었다. 희우를 그려보았다. 얼굴 윤곽이 좀처럼 잡히지 않았다. 짙은 안개 속에 묻혀 있었다. 이십칠년이란 세월이 드리운 안개였다. 책상에 펼쳐져 있는 화집을 들여다보았다. 완당 김정희의 세한도(歲寒圖)였다. 그림 오른쪽 아래는 얼어붙은 벌판이다. 가장자리만 선으로 묘사한 초옥은 인적이 끊어진 벌판을 견디는 완당의 마음이다. 그 마음은 안온함을 품고 있다.

안온함이란 나와 세상이 하나가 되는 순간의 감정이다. 완당은 안온함을 관조하고 있었다. 관조는 대상을 초월함으로써 이루어진다. 완당은 안온함을 초월함으로써 안온함을 품었다. 눈을 감았다. 희우의 얼굴이 떠올랐다. 꿈의 얼굴이었다. 꿈의 얼굴에게 무슨 말을 해야 할지 몰랐다. 내 마음이 안온해지려면 꿈의 얼굴을 초월해야 했다. 불가능했다. 완당의 초월이 부러웠다. 나도 모르는 사이에 휴대전화를 쥐었다 놓았다 했다. 일층으로 내려갔다. 희미한 빛이 어두운 내실을 비추고 있었다. 그 빛을 가만히 보았다. 마음이 조금씩 가라앉고 있었다. 손에 쥔 휴대전화에서 영서의 번호를 찾았다.

"나야, 윤성민."

"선생님 목소리, 알고 있어요."

"지금 혹시 집인가?"

"네."

"엄마 계셔?"

목소리가 갈라지고 있었다.

"옆에 계세요. 바꿔드릴게요."

전화기를 귀에 바짝 댔다. 전화기를 건네는 소리가 들렸다.

"여보세요?"

머리가 다시 빙글빙글 돌았다.

"나야, 윤성민."

영서에게 한 말을 반복하고 있었다.

"편지 보았어. 몸은 괜찮아?"

"좋아졌어요. 성민씨 건강은 어때요?"

"좋아."

"성민씨 목소리를 들으니 너무 기뻐요."

"나도 기뻐. 언제 갈까?"

"내일 해 질 무렵에 오세요. 다섯시쯤요."

"알았어."

"조심해서 오세요."

"난……"

목이 메어 말이 나오지 않았다. 세한도의 풍경이 떠올랐다. 얼어붙은 벌판에 사람의 그림자가 어른거렸다.

등나무 덩굴이 드리워진 창 앞에서 걸음을 멈추었다. 저문 겨울

하늘은 시리도록 맑았다. 전화기에서 흘러나오던 희우의 목소리가 귓전에 맴돌았다. 이십칠년 만에 듣는 목소리가 낯설었다. 꿈에 그리던 목소리가 아닌 것 같았다. 불안했다. 내가 그리워한 희우는 어디론가 사라져버린 것이 아닌가, 하는 불안이었다. 불안이 가시기 시작한 것은 낯익은 음색이 조금씩 느껴지면서부터였다. 낯익은 음색은 시간 저쪽과 이쪽을 가느다란 실처럼 잇고 있었다. 희망이 떠올랐다. 희우가 눈앞에 불쑥 나타날 것만 같은 그 미칠 듯한 희망이 시간 저쪽에서 어둡게 빛나고 있었다.

흰색 나무문은 그전처럼 열려 있었다. 심호흡을 한 후 안으로 들어갔다. 검은색 스웨터에 밝은 회색 치마 차림의 여자가 마당에 서 있었다. 그녀를 멍하니 보았다. 희우였다. 뺨이 너무 야위어 푹 꺼져 있었고, 머리카락은 짧게 치켜 깎여 있었다. 기억 속 희우가 시간 저쪽에서 어렴풋이 보였다. 동그스름하고 천진한 얼굴에 긴 머리가 찰랑였다. 슬픔이 일었다. 슬픔을 숨기려고 미소를 지어 보였다. 고요하면서도 머뭇거리는 듯한 표정으로 나를 가만히 바라보던 그녀의 얼굴이 밝아지고 있었다. 밝은 표정 속에서 젊은 시절의 희우가 어른거렸다.

"오셨어요?"

희우의 입가에 가느다란 미소가 떠올랐다. 두 눈이 빛나고 있었다. 나는 고개를 끄덕였다. 머릿속이 텅 빈 것 같았다. 텅 빈 머릿속에서 오래전에 우리가 주고받던 말들이 희미한 별처럼 떠돌았다.

"그 꽃, 백합 아니에요?"

그제야 내가 꽃을 들고 있다는 사실을 깨달았다. 흰 백합에 왁스

플라워를 조금 섞은 것으로, 꽃집 주인이 요즘 부케로 많이 쓰인다며 만들어주었다. 꽃을 건네자 희우는 수줍은 표정으로 받았다.

"겨울 백합, 참 오랜만이에요. 향기가 무척 좋네요."

그녀의 파리한 얼굴에 엷은 홍조가 일었다.

"좋은 선물, 감사해요."

목소리가 투명했다. 기억 속에 잠겨 있는 희우 목소리를 듣는 듯했다. 가슴이 뜨거워지고 있었다. 뭐라고 말해야 할 것 같은데, 생각이 나지 않았다. 마음속에 오랫동안 품고 있던 말들이 어디론가 사라져버린 것 같았다.

"얼굴이 좋아 보여요."

그녀의 말에 나는 어색하게 웃었다.

"제 얼굴은……보기 안 좋죠?"

그녀는 침울한 표정으로 말했다.

"보기 좋아."

나는 그녀를 응시했다.

"희우."

"희우는……"

그녀의 눈빛이 흐려지고 있었다.

"제 가슴속에만 남아 있어요."

목소리가 슬펐다.

"내 눈에는 희우가 보이는 걸."

나는 눈을 깜박이며 말했다.

"감사해요."

그녀는 밝게 웃었다.

"안으로 들어가세요."

거실이 깔끔하게 정돈되어 있었다. 희우의 손길이 짙게 느껴졌다.

"지금 시장하세요?"

"아니."

"커피 드실래요?"

"커피보단…… 포도주 있어?"

"영서가 포도주 많이 사다놨어요. 성민씨가 찾을 거라고 하면서. 근데 이렇게 빨리 찾을 줄은 몰랐네요."

"영서는 어딨어?"

"음식 준비만 해놓고 나갔어요. 방해하는 존재가 되기 싫다면서."

"맞는 말이네."

"정말 그렇게 생각하세요?"

그녀는 눈으로 웃으며 물었다.

"응."

나는 고개를 끄덕였다.

"저도 그래요."

그녀도 고개를 끄덕였다.

"영서가 서운해하겠네."

"할 수 없죠, 뭐."

그녀는 어깨를 으쓱하며 말했다.

"잠깐 기다리세요."

그녀는 살짝 웃으며 주방으로 갔다.

희우가 준비한 안주는 단호박 쎌러드와 치즈, 올리브였다. 프랑스에서 즐겨 먹던 안주라고 했다. 희우는 빠리에서 포도주를 무척 즐겼으나 난소암이 발견된 후로는 마시지 못했다고도 했다. 내가 포도주를 마시는 동안 그녀는 율무차를 마셨다. 율무가 난소암에 좋다면서.

영서가 엄마 건강을 몹시 걱정하더라는 나의 말에 희우는 한달쯤 전에 세번째 화학요법을 받았는데, 후유증이 전과 다르다고 했다. 통증은 진통제로 잘 다스려지지 않았고, 조금만 움직여도 금방 피곤해지며, 몸무게가 계속 준다는 것이었다. 그녀가 걱정하는 것은 장폐색이었다. 장이 제대로 기능하지 못하는 소화기관계 질환으로, 항암치료 후에 나타나는 합병증이다.

"장폐색이 오면 의사는 수술을 권유할 거예요. 그러지 않으면 위험하거든요. 수술을 해도 문제예요. 체력이 수술의 충격을 감당할 수 없을 테니까요. 머지않아 암이 다시 퍼질 거예요. 치료 불가능한 상태가 오는 거지요."

그녀의 목소리는 담담했다.

"전 암을 제 삶의 일부분으로 받아들여요. 암은 저에게 고통만 준 게 아니었어요. 기쁨도 주었어요. 제가 잊고자 했던 희우와 새로운 관계를 맺었으니까요. 희우와 새로운 관계를 맺지 않았다면 성민씨와도 새로운 관계를 맺을 수 없었을 거예요. 제가 성민씨에게 편지를 쓸 수 있었던 것은 죽음이 저에게로 다가왔기 때문이었어요."

"당신의 편지는⋯⋯"

겨울바람 속에 비스듬히 서 있는 한 사내의 모습이 어렴풋이 떠올랐다. 그가 똑바로 서지 못하는 것은 몸의 절반이 텅 비어 있기 때문이었다. 그가 비스듬하게라도 설 수 있는 것은 추억이라는 생명체 덕분이었다. 추억 속에서 희우는 홀로 완전했다. 홀로 완전한 그녀 곁에 유령 같은 내가 있었다. 그녀에게 나는 유령이었다. 내가 다가가도 그녀는 나를 보지 못했다. 그녀의 손을 잡아도, 그녀의 몸을 어루만져도, 그녀의 몸 안으로 스며들어도 그녀는 나를 느끼지 못했다. 그녀에게 나는 없는 존재였다.

"나에게 축복이었어."

"정말이에요?"

"윤성민은 강희우 앞에서는 거짓말을 못해."

"너무 기뻐요. 제 생애에서 정말 잘한 일 가운데 하나로 성민씨에게 편지 보낸 걸 꼽아야겠어요."

그녀의 얼굴이 환해지고 있었다.

"성민씨에게 부탁드릴 게 있어요."

그녀는 눈을 반짝이며 나를 보았다.

"뭔데?"

"사전의료의향서를 아세요?"

"들어본 것 같은데⋯⋯"

"죽음에 임박했을 때, 어떤 치료는 하고 어떤 치료는 하지 말아달라는 의견을 미리 밝혀놓는 서류예요. 의견을 표현할 수 없는 상황을 미리 준비하는 것이지요."

"아, 들어본 적이 있어."

"전 수술하기 전에 사전의료의향서를 작성했어요. 의사결정 대리인으로는 영서와 함께 제 동료 의사인 빠트리끄를 지명했고요. 도미니끄가 살아 있었다면 당연히 그를 지명했을 거예요."

"그분이 죽었어?"

"국경없는의사회, 아시죠?"

"응, 알아."

"도미니끄는 국경없는의사회 회원이었어요. 도미니끄가 탄 차가 소말리아 난민 캠프로 가고 있을 때 사제폭탄이 터졌어요. 도미니끄는 즉사했어요. 2007년 8월이었어요. 에릭이 염려되었어요. 도미니끄의 죽음을 받아들이지 못했거든요. 그의 자살 가능성을 생각하지 않을 수 없었어요. 전 그에게 자신만을 생각하지 말라고 했어요. '너의 삶이 온전히 너만의 삶이라면 마음대로 해도 되지만 너의 삶 속에는 도미니끄의 삶도 깃들어 있다, 그러니까 너를 죽이는 것은 너의 삶뿐만 아니라 너의 삶에 깃든 도미니끄의 삶도 죽이는 것이다'라고 했어요. 다행히 그는 자살하지 않았어요. 언젠가 술자리에서 죽음의 충동을 이겨내는 데 제 말이 큰 힘이 되었다고 하더군요."

"당신의 슬픔도 컸겠네."

"많이 힘들었어요. 도미니끄를 생각하면 지금도 가슴이 저려요."

그녀의 목소리가 잠기고 있었다.

"영서의 말에 따르면 당신 어머니가 돌아가셨을 때 당신은 아프리카에 있었다고 하던데, 혹시 당신도 도미니끄처럼……"

"맞아요, 저도 국경없는의사회 회원이에요. 프랑스는 의사에게 일년에 한달은 다른 나라에서 의료봉사를 할 수 있도록 법으로 보장하고 있어요. 제가 그 단체에 관심을 갖게 된 건 도미니끄 덕분이었어요. 타인의 고통에 예민한 도미니끄의 감성에 제가 은혜를 입었거든요."

"그때 당신은 난소암 환자였잖아."

"의료봉사는 저에게 큰 기쁨이었어요. 기쁨 없는 휴식보다 기쁨 있는 노동이 병자에게 얼마나 큰 힘이 되는지 몰라요. 게다가 암에 걸린 이는 젊은 희우가 아니에요. 젊은 희우는 제 가슴속에서 싱그럽게 숨 쉬고 있어요."

젊은 희우,라고 말할 때 그녀의 눈가에 가느다란 주름이 잡혔다.

"도미니끄 때문에 이야기가 잠시 딴 곳으로 흘렀네요. 빠트리끄 이야기를 계속하자면요, 제가 한국으로 왔으니 이제 빠트리끄는 의사결정 대리인 역할을 할 수 없게 돼요. 그 역할을 성민씨에게 맡기고 싶어요. 해주시겠어요?"

나는 고개를 끄덕였다.

"감사해요. 이제 제 소원이 이루어졌네요."

그녀의 얼굴이 다시 환해지고 있었다.

"다른 소원은 없어?"

"지금은 없어요. 방금 이루어진 소원 하나만으로도 가슴이 꽉 차버렸거든요."

정말 기뻐하는 그녀 모습에 가슴이 시큰했다. 어젯밤 꿈이 떠올랐다. 꿈에 희우를 보았다. 단발머리였고, 추위에 뺨이 발갛게 달아 있었다. 희우 주위에는 아무도 없었다. 겨울 어스름 속에서 희우만이 홀로 서서 추위를 견디고 있었다. 희우를 불렀다. 여기로 오라고, 여기는 따뜻하다고 아무리 소리쳐 불러도 희우는 듣지 못하는 것 같았다. 잠에서 깨어났을 때 추위에 발갛게 달아오른 희우의 뺨이 눈에 선했다.

"무얼 그렇게 골똘히 생각하세요?"

"옛날 생각이 나서……"

나는 말끝을 흐리며 어색하게 웃었다.

"좋은 기억이에요?"

"물론이지. 당신을 생각했으니."

"어떤 모습의 저예요?"

"단발머리 시절의 당신."

"무척 예뻤겠네요."

"세상에서 가장 예뻤지."

그녀는 눈을 감았다 다시 떴다. 그녀의 눈빛이 몽롱했다.

"단발머리 희우를 보려고 눈을 감았는데 다른 얼굴이 보이네요."

"누구 얼굴인데?"

"혜림 언니예요. 그분, 잘 계세요?"

"잘 계셔. 지리산자락에서 맑은 생활을 하니까."

"자연 속에 사시는구나."

"오래전에 그곳으로 이사 가셨어. 근데……"

나는 그녀를 물끄러미 보았다.

"왜 그분 얼굴이 떠올랐지?"

"글쎄요⋯⋯"

"당신이 서울을 떠나기 직전에 그분 미장원을 찾았다고 들었어."

"아, 생각나요."

그녀의 표정이 아득해지고 있었다.

"제가 혜림 언니를 찾은 건 그분의 슬픔 때문이었어요. 자주 만나지는 않았지만 혜림 언니를 보면 언니가 가슴에 품고 있는 슬픔이 느껴졌어요."

"어떤 슬픔이었는데?"

"이루어질 수 없다는 사실을 알면서도 사랑할 수밖에 없는 연인의 절망적 슬픔이었어요. 전 혜림 언니를 보러 간 것이 아니었어요. 혜림 언니의 슬픔을 보러 간 거예요. 그분은 잘 계세요?"

"누구?"

"혜림 언니를 슬프게 하신 분."

"김준일 선배?"

"네."

"돌아가셨어."

"언제요?"

그녀는 깜짝 놀라며 물었다.

"1994년 가을에⋯⋯ 벌써 십구년이 흘렀네."

김준일의 얼굴이 아련히 떠올랐다. 안개에 싸여 있는 듯 흐린 얼굴이었다. 간혹 꿈에 나타나곤 했다. 어두운 강변을 서성이는가 하면, 강물에 잠겨 어디론가 흘러가기도 했고, 세상의 소란과 고요 사이에서 나무처럼 서 있기도 했다. 그는 사람과 역사를 사랑했지만 그 사랑에 묶이지는 않았다. 그는 근원적으로 자유로운 인간이었다. 죽음 앞에서조차 자유로웠다. 그는 영원한 시인이었다.

7장

시인의 죽음

1

김준일이 감옥에서 나온 것은 1988년 1월이었다. 만기 출소였다. 그때 나의 수배도 해제되었다. 그로부터 김준일이 죽음에 이르기까지의 육년 세월을 뒤돌아보는 일은 흐린 밤하늘에서 별자리를 찾는 것만큼이나 아득하다. 충격의 세월이기도 했고, 무기력한 세월이기도 했다.

김준일이 감옥에 있는 동안 6월항쟁의 감격과 6·29민주화선언, 대통령 선거의 절망적 패배가 있었다. 6월 민주항쟁의 기폭제는 박종철 고문치사 사건이었다. 5공정권은 죽음의 실체를 은폐하려고 필사적인 노력을 기울였으나 거짓은 거짓을 낳고, 그 거짓이 또 다른 거짓을 낳아 종내는 거짓의 늪에 허우적거리는 지경에까지 이

르렀다. 그런 과정에서 저항은 깊고 빠르게 확산되었다.

5공정권은 유신정권의 기형적 사생아였다. 소장군인으로 이루어진 기형적 사생아 그룹이 국가권력을 장악할 수 있었던 가장 큰 동력은 두번의 쿠데타와 광주학살까지 감행한 냉혹한 폭력이었다. 고문은 5공정권이 그들의 안위를 위해 냉혹한 폭력을 은밀하게 작동시킨 핵심적 정치행위였다. 그럼에도 저항은 끊임없이 계속되었다. 저항을 짓누르는 데 급급했던 5공정권으로서는 구조적 균열을 피할 수 없었다. 수많은 희생자들이 만들어낸 균열이었다. 박종철의 죽음은 붕괴의 단계로 접어들고 있던 5공정권에 치명적 타격을 가한 사건이었다.

그런 상황에서 일어난 이한열의 죽음은 5공정권에 가한 마지막 타격이었다. 1987년 6월 9일 연세대 정문 앞에서 시위하던 이한열이 직격최루탄을 맞고 쓰러졌다. 머리에서 피가 쏟아져내렸다. 사경을 헤매던 이한열은 7월 5일 숨을 거두었다. 박종철과 이한열의 죽음은 광주의 죽음에 닿아 있었다. 광주의 죽음이 그렇듯 두 청년의 죽음은 역사의 전환을 이끌어냈다. 6월항쟁이었다.

광주항쟁은 계엄령을 선포하고 군대를 동원하면 정치적 위기를 타개할 수 있다는 군부세력의 자신감에 쐐기를 박은 역사적 사건이었다. 5공정권이 대통령 직선제 개헌과 시국사범 석방 등을 내용으로 하는 6·29선언을 발표, 국민의 저항에 무릎 꿇는 자세를 보인데에는 광주의 기억이 큰 역할을 했다.

6월항쟁의 감격과 희망은 1987년 12월 대통령 선거에서 5공정권의 2인자였던 노태우가 당선됨으로써 비탄과 절망으로 바뀌었다.

노태우 당선에는 선거 18일 전에 일어난 대한항공 폭파사건과 광범위한 관권 부정선거 등이 일정한 역할을 했지만, 김대중과 김영삼의 분열이 가장 큰 역할을 했다. 1980년의 과오를 되풀이한 것이었다.

감옥에서 나온 김준일은 대선 패배 이후 절망과 무기력에 빠진 후배 활동가들에게 희망을 불어넣는 한편, 분열 상태에 놓인 변혁운동단체들을 결집시키는 데 힘을 쏟았다. 1989년 1월 전국민족민주운동연합(전민련)의 창립이 그 결실이었다. 재야, 노동자, 농민 등 8개 전국 단위 부문운동 단체와 전국 12개 지역 단체 및 200여개의 개별 단체가 참여한 협의체였다.

1989년에는 충격적 사건들이 잇달아 일어났다. 국내에서는 3월 소설가 황석영의 방북과 전민련 고문 문익환의 방북에 이어, 6월에는 전국대학생대표자협의회(전대협) 대표 임수경의 평양청년학생축전 참가, 남한 전대협과 북한 조선학생위원회의 '남북학생 공동선언문' 발표 등으로 이데올로기 갈등에 휩싸였다. 냉전의 상징인 베를린장벽이 붕괴한 것은 그로부터 오개월 후인 1989년 11월 9일이었다.

김준일이 베를린에 간 것은 1989년 10월이었다. 베를린자유대학교 정치학연구소에서 10월 30일부터 11월 30일까지 한달에 걸쳐 '분단국가의 미래'라는 주제로 사람들을 만나고 책들을 읽는 프로그램에 초청된 것이었다. 그가 초청된 데에는 당시 베를린자유대학교에서 국제정치학 박사과정을 밟고 있던 권기호의 역할이 컸다. 그 초청으로 김준일은 베를린장벽 붕괴라는 역사적 사건을 목격할 수 있었다.

"그날 오후 6시 동독 공산당 정치국 대변인 귄터 샤보프스키가 해외여행 완전 자유화를 발표하자 수많은 동독인들이 베를린장벽으로 몰려들었어. 장벽 너머에는 서베를린 사람들이 장미꽃과 샴페인, 맥주를 들고 동독인들을 기다리고 있었어. 동독의 국경수비대가 장벽의 문을 연 것은 밤 11시 17분이었어. 냉전의 상징인 베를린장벽이 무너지는 순간이었지."

베를린장벽의 붕괴는 서독의 통일정책과 깊은 연관이 있다. 서독은 동독 문제가 장래 통일독일이 안아야 할 문제이기 때문에 동·서독의 차이를 가능한 한 좁혀야 한다는 기본 관점에서 통일정책을 세워나갔다. 서독이 경제 지원으로 동독 국민의 생활수준을 향상시키고 정치·경제적 자유의 신장을 촉진시킨 이유가 여기에 있었다.

"동·서독 국민의 상호방문이 시작된 것은 1964년 10월이었어. 처음에는 서베를린 시민의 동베를린 거주 친척 방문과 동독정부 연금 수혜자의 서독 방문 허용 등 그 범위가 지극히 한정적이었어. 하지만 1969년 브란트 서독 총리가 과감한 동방정책을 추진해 동·서독 관계를 급진전시켰지. 1970년 3월 동·서독 총리의 첫 정상회담 이후 1989년까지 8차례 공식·비공식 회담을 가질 수 있었던 것은 서독의 일관성 있는 통일정책의 결과였어. 통일이 요구하는 것은 지루하고 끝없는 대화라는 브란트의 토로야말로 통일정책의 핵심이었어. 서독의 경제협력 제안을 기꺼이 받아들인 동독의 실용노선도 큰 역할을 했지."

동방정책을 추진한 브란트는 사회민주당을 이끌었다. 사회민주당은 사회민주주의를 추구하는 정당이다. 사회민주주의란 의회정치를 통해 합법적 방법으로 사회주의를 실현하는 사상 및 운동이다. 사회민주주의가 활성화된 유럽은 사회주의적 가치관을 합리적으로 수용함으로써 자본주의의 폐해를 극복해왔다. 동독의 사회주의가 서독으로 침투할 수 없었던 이유와, 서독 자본주의에 대한 동독의 거부감이 상대적으로 적었던 이유도 여기에 있었다. 베를린 장벽의 붕괴는 융화의 산물이었다.

"비가 부슬부슬 내리는데도 수많은 사람들이 거리로 쏟아져나와 삼페인을 터뜨리며 얼싸안고 춤을 추었어. 장벽 위로 올라가 춤추는 이들도 있었어. 서로 인사하고, 포옹하고, 노래 부르고…… 하지만 나는 인사도 못하고, 포옹도 못하고, 노래도 부르지 못한 채 무어라고 표현할 수 없는 기분에 휩싸여 장벽을 따라 걷다가 어떤 남자 앞에 걸음을 멈추었어. 그는 망치로 장벽을 내려치면서 울고 있었어. 내 시선을 느낀 듯 그가 뒤를 돌아보더군. 그의 얼굴은 눈물로 얼룩져 있었어. 그는 손등으로 눈물을 훔치며 어디에서 왔느냐고 묻더군. 한국에서 왔다니까, 노스코리아? 싸우스코리아? 하더군. 싸우스라고 하니까 노스코리아에 가본 적이 있느냐고 다시 물었어. 내가 고개를 흔들자 그는 자신의 고향이 동독이라고 하면서 '고향에서 버스로 이곳까지 한시간이면 오는데 2400백킬로미터를 돌아서 왔다. 내 첫 아이는 그 길 위에서 태어났다. 그땐 장벽이 저렇게 무너질지 꿈에도 몰랐다. 그걸 알았다면 그토록 힘든 여행을 하지 않았을 것이다. 다시는 못 갈 것 같았던 고향을 이제는 한

시간이면 갈 수 있다'고 말하고는 장벽을 다시 내려치기 시작했어."

장벽 깨기에 몰두하고 있는 남자의 모습을 보고 있는데 어떤 풍경이 떠올랐다. 비무장지대였다.

"휴전선 철책근무를 하던 시절, 외신기자들과 함께 비무장지대 깊숙이 들어간 적이 있었어. 인간의 발자취가 끊긴 비무장지대는 평화로웠어. 너무나 평화로워 꿈속의 풍경 같았어. 자연이 스스로 이룩하고 있는 평화였으니…… 그 평화로움 바깥에서는 남북의 권력자들이 만든 두개의 이데올로기가 상대의 생명은 물론 자신의 생명까지 파괴하고 있다는 사실이 아프게 환기되더군."

남한의 반공 이데올로기는 융화의 공간을 허용하지 않았다. 이 절대적 가치관은 북한을 위험한 적으로 지속시킴으로써 남한의 독재체제를 합리화하는 한편 자본주의의 자기갱신을 차단했다. 5월 광주는 이에 대해 근원적이며 전면적인 물음을 제기했다. 젊은 혼들에 의한 80년대 변혁운동은 광주학살에 대한 응시에서 출발했다. 우리의 군이, 우리 국토에서, 우리 국민을 그토록 무참하게 학살했다는 명확한 사실에 대한 깊은 응시였다.

"신군부가 5·17 비상계엄 확대 조치를 취하면서 내건 명분은 북한의 위협이었어. 해방광주가 시작되던 5월 21일 저녁, 계엄사는 폭도들의 배후세력으로 불순인물과 고정간첩을 내세웠어. 1980년 9월 16일 당시 대통령이던 전두환은 『워싱턴포스트』와의 회견에서 '만일 광주사태가 다른 도시로 확대되었다면 김일성이 10만 침략군을 내려보냈을 것'이라고 말했어. 분단이 만든 반공 이데올로기가 광주학살을 정당화하는 기둥이었던 거지."

그 기둥 뒤에는 20사단의 광주 이동을 허용함으로써 광주학살을 허락한 미국이 있었다. 반공 이데올로기와 함께, 해방 후 반공 이데올로기를 구축한 미국에 대한 근원적인 물음이 불가피했다. 이 물음은 반공 이데올로기의 형성과 고착이 이루어졌던 1945~53년의 한국현대사에 대한 새로운 시각을 요구했다.

공산주의의 악마성을 표나게 내세우는 남한의 반공 이데올로기는 좌파 사상을 철저히 봉쇄해왔다. 어떤 사상도 좌파적 이념을 띠면 권력을 작동시켰다. 하지만 변혁운동가들에게 좌파 사상은 남한 사회를 이해·분석하는 유용한 도구이자 실천적 지식이었다. 80년대를 점철했던 권력과의 이데올로기 전쟁은 치열할 수밖에 없었다. 변혁운동가들의 치열함은 반공 이데올로기가 허용치 않았던 좌파 사상의 공간을 창출하고 있었다. 그것은 남한 사회가 닫힌사회에서 열린사회로 나아가는 소중한 공간이었다.

"1989년 6월 서독을 방문한 고르바초프는 베를린장벽에 대해 '그것이 만들어진 제조건이 사라지면 자연히 없어질 것'이라고 말했어. 냉전체제가 바로 '그것이 만들어진 제조건'이었지. 베를린장벽이 무너졌다는 것은 냉전체제와 함께 냉전체제의 틀인 반공 이데올로기가 무너졌음을 뜻해. 이 문명사적 전환은 강고한 분단구조 속에 갇혀 있는 한반도에 새로운 인식의 틀을 요구하고 있어. 그것의 첫번째 과제가 남한의 반공과 북한의 반미라는 증오의 이데올로기로부터의 탈피야."

좋은 사회는 자유와 평등이 유기적으로 기능함으로써 이루어진다. 영국혁명이 자유를 중시했다면 프랑스혁명은 평등에 더 무게를 두었다. 영국인이 획득한 자유는 참정권 확대로 이어져 계급과 지위의 차이를 줄임으로써 평등에 기여했으며, 프랑스인이 획득한 평등은 정당과 압력단체들의 주장을 허용하고 노사의 단체협상을 합법화함으로써 자유를 촉진시켰다. 이처럼 자유와 평등은 서로를 자극하여 생명력을 확대시킨다. 유럽의 민주주의 국가들이 평등의 이념인 사회주의를 적극적으로 도입한 데에는 이유가 있었다. 하지만 남한의 반공 이데올로기는 자유의 핵심을 부정할 뿐만 아니라 평등의 윤리도 가로막았다. 이 완강한 도그마를 80년대 변혁운동가들이 깨뜨린 것이다.

변혁운동의 폐해도 있었다. 어떤 의미에서 그들은 광주의 원죄에 사로잡힌 영혼들이었다. 그 원죄로부터 벗어나려는 욕망은 근본주의를 낳았다. 근본주의는 '우리'와 적을 선명히 구분할 것을 요구한다. 적은 악의 세력이며, 악의 세력은 말살되어야 한다는 것이 근본주의의 윤리다. 근본주의의 양식(糧食)이 증오인 것은 이런 까닭이다. 이 증오가 반공 이데올로기의 증오와 구별하기 힘들다는 것은 비극이었다. 일부 변혁운동가들의 마르크스레닌주의에 대한 맹신과 북한 주체사상의 수용 등 이념의 과격화는 근본주의의 결과였다.

2

인류를 격동시킨 세계사적 충격은 베를린장벽의 붕괴로 끝나지 않았다. 소비에뜨 해체와 동유럽 사회주의의 와해가 그뒤를 따랐다. 베를린장벽의 붕괴는 현실 사회주의의 와해를 예고하는 굉음이었던 것이다. 그 세계사적 격변은 사회주의를 지향한 남한의 변혁운동가들을 혼돈에 빠뜨렸다. 변혁운동의 방향과 삶의 자세를 결정해준 대안적 신념체계가 허물어졌기 때문이다.

김준일이 베를린자유대학교 정치학연구소 초청으로 서울을 떠난 것은 현실 사회주의의 와해가 진행되고 있던 1992년 6월이었다. 그는 환송의 자리에서 다음과 같이 말했다.

저는 마르크스 사상의 중심을 인간의 존엄성으로 생각하고 있습니다. 이 생각을 단순하게 대입한다면, 현실 사회주의가 무너지고 있는 것은 인간의 존엄성이 무너지고 있음을 뜻합니다. 하지만 이런 단순 논리로는 지금 우리를 둘러싸고 있는 세계가 올바르게 분석되지 않는다는 사실을 여러분은 잘 아실 것입니다.

요즘 저는 마르크스 이론의 오류를 뼈아프게 들여다보고 있습니다. 마르크스가 저지른 가장 큰 오류는 인간의 본질적 속성에 관한 것입니다. 그는 쁘롤레타리아 혁명을 자본주의에서 사회주의로 변화시키는 수단으로 보았습니다. 따라서 1917년 10월혁명을 이룩한 러시아는 사회주의를 이룩한 것이었습니다. 하지만 사회주의가 이룩되었다고 해서 계급이 소멸되지 않습니다. 사회생활의 여러 영역에서 경제·사회·문화적 격차가 남아 있습니다. 이 격차를 소멸시키기 위한 수단이 쁘롤레타리아 권력입니다. 따라서 쁘롤레타리아 권력은 높은 도덕성을 요구합니다. 마르크스의 결정적 오류는 여기서부터 시작됩니다.

권력의 욕망은 어떤 측면에서는 식욕과 성욕의 본능을 능가합니다. 이성과 도덕이 권력의 욕망에 얼마나 희롱당해왔는지, 역사는 비극적으로 노출해왔습니다. 역사를 점철한 모든 학살의 근원은 권력의 욕망이었습니다. 이 욕망을 통제한다는 것은 불가능합니다. 인류가 민주주의를 최선의 정치형태로 받아들인 것은 권력의 주체를 자주 교체하는 제도 때문입니다. 그것은 권력에 대한 인간의 탐식이 통제 불가능한 대상임을 깨달은 지혜의 산물이었습니다.

아시다시피 그전의 소수 선각자들이 종교적 환상과 꿈으로 세계를 거꾸로 세웠지만 마르크스는 과학적 이데올로기로 세계를 거꾸로 세웠습니다. 세계를 거꾸로 세우면서 그가 인류에게 요구한 것은 도덕이었습니다.

마르크스는 사회주의적 인간의 높은 도덕성이 권력의 욕망을 제어할 수 있다고 믿었습니다. 이 믿음의 절정이 쁘롤레타리아 국가 소멸론입니다. 모든 계급이 소멸되어 공산사회가 실현되면 국가 역시 스스로 소멸한다고 마르크스는 생각한 것입니다. 그 과정에서 인민은 소유욕이라는 인간의 이기적 본성에서 벗어나 공동체의 선을 추구하는 도덕적 인간으로 고양된다고 믿었습니다. 인류사에서 마르크스만큼 인간에게 높은 도덕을 요구한 선각자는 저의 생각으로는 예수 외에는 없습니다. 인간의 도덕적 능력에 대한 마르크스의 믿음이야말로 공산사회라는 유토피아를 건설하는 원동력이었던 것입니다. 하지만 현실은 마르크스의 믿음과 달랐습니다.

계급의 적은 언제나 존재하기 때문에 권력 강화가 필요하다는 국가강화론이 스딸린에 의해 주창되었습니다. 그 결과 공산당 권력은 절대권력이 저지른 비극의 전철을 밟았습니다. 자유롭고자 하는 욕망과 소유하고자 하는 욕망 역시 인간의 본성입니다. 이 본성들이 억압될 때 공동체는 생명력을 잃습니다. 마르크스가 꿈꾸었던 유토피아는 허물어질 수밖에 없었습니다. 인류의 오래된 꿈이 무너진 것입니다. 이 꿈의 무너짐에 수많은 사람들이 환호하고 있습니다. 특히 서방세계의 환호 속에는 사회주의에 대한 자본주의의 승리라는 이분법적 도취감이 자리하고 있습니다. 그들에게 승리의 기쁨을 박탈할 권리는 누구에게도 없습니다. 하지만 그들이 승리의 기쁨을 누리기에 앞서 해야 할 일이 있습니다. 현실 사회주의의 무너짐에 대한 성찰입니다.

무엇이 현실 사회주의를 무너뜨렸습니까? 자본주의? 아닙니다. 현실 사회주의를 무너뜨린 장본인은 인간입니다. 유토피아가 요구하는 도덕성을 견디지 못하는 인간 말입니다. 마르크스는 인간의 물신적 관능을 허락하지 않았습니다. 그가 인간에게 요구한 것은 개인의 욕망이 아니었습니다. 공동체의 욕망이었습니다. 그는 인간의 물신적 관능이 뿜어내는 놀라운 에너지를 간과하고 있었습니다. 자본주의는 이 에너지를 적극적으로 창출했습니다. 자본주의야말로 인간의 본성에 가장 적합한 경제조직인 것입니다.

현실 사회주의의 무너짐은 지상에 유토피아가 실현될 수 없다는 쓰라린 증명이자, 유토피아가 요구하는 도덕성을 견디지 못하는 인간의 불완전성에 대한 절망적 확인입니다. 따라서 그것은 사회주의의 패배도, 자본주의의 승리도 아닙니다. 도덕에 대한 인간의 패배입니다. 고결한 꿈에 대한 물신적 관능의 승리이며, 지상에서 영원한 혁명은 이루어질 수 없다는 비통한 확인입니다. 그렇습니다. 현실 사회주의의 무너짐은 꿈의 무너짐입니다. 꿈이 무너졌으면 슬퍼해야 합니다. 슬퍼하고 또 슬퍼해야 합니다. 하지만 수많은 사람들이 사회주의에 대한 자본주의의 승리라고 환호하고 있습니다. 그 환호보다 더 절망스러운 것이 지금 제게는 없습니다. 꿈은 슬픔 속에서 잉태됩니다. 환호는 세계를 순식간에 황무지로 만들어버린 것입니다. 저는 저에게 끊임없이 질문합니다. 이 황무지에서 제가 해야 할 일이 무엇인지, 저에게 해야 할 일이 남아 있는지를 말입니다.

고백하자면, 저에게 사회주의는 언제나 현실 너머에 존재하고 있었습니다. 여기가 아닌 저쪽에서 꿈의 형태로 존재한 것입니다. 역사에서 꿈은 실체가 아닙니다. 유령입니다. 놀라운 사실은 제가 독재정권이 구축한 공포의 방에서 공포를 견디며 그들과 싸울 수 있었던 것은 공포의 방 너머에 사회주의라는 유령이 있었기 때문입니다. 저에게 사회주의라는 유령이 없었다면 역사 앞에서 실체적 존재가 될 수 있었을까, 생각해보곤 합니다. 제가 타인에게 스스로 사회주의자라고 말하지 않는 까닭은 여기에 있습니다.

저에게 꿈의 형태로만 존재하던 사회주의를 처음으로 실체적 존재로 보여준 분은 비전향 장기수입니다. 그분은 한국전쟁 후 국가보안법 위반으로 구속되어 1962년 봄 십년 형기를 마쳤으나 유신정권이 만든 사회안전법으로 1975년 다시 투옥된 후 1988년 비전향으로 출옥했습니다. 그분은 자신의 오랜 감옥살이를 스스로 선택한 사회주의자의 삶에 지불하는 댓가라고 하면서, 이 땅에서 자신의 사상과 정치적 입장을 떳떳이 밝히고 살 수 있었던 유일한 장소가 감옥이었다고 술회했습니다. 역사의 보폭은 느리고 한 인간의 삶은 너무나 짧으니 사람마다 자기 생애에서 무언가에 승리하는 것이 쉽게 허용되지 않지만, 적어도 스스로에게 패배하는 인간으로 남고 싶지는 않다는 그분의 말은 저의 가슴속으로 깊이 파고들었습니다.

그분은 현실 사회주의의 와해를 통해 드러난 공산당 지도층의 부정부패와 민중의 차별적 생활 상태를 접하면서, 자신이 일본 제국주의 시대부터 권력의 박해를 견디어온 것은 사회주의가 지니는 도덕적 우월성과 인간 존엄의 정통성에 대한 자존과 확신 때문이었는데, 가슴이 너무 무겁고 쓰라리다고 눈물지었습니다. 사회주의자로서 사상의 순결성을 놓고 일생 동안 격투한 그분에게 사회주의는 유령이 아니었습니다. 삶의 심장이었고, 운명적 연인이었습니다. 꿈속의 연인이 아니라 현실 속에서 살아 숨 쉬는 생명체로서의 연인이었습니다.

이 자리에 그분을 꼭 모시고 싶었습니다만, 소망을 이루지 못했습니다. 그 늙은 혁명전사는 이 땅의 역사가 요구하는 바를 위해 정성과 힘을 다해 삶을 투신하는 청년들의 모임에, 눈물만 흘리는 폐인이 되어 역사의 구경꾼으로 전락한 자신이 낀다는 것은 염치없는 짓이라는 이유로 저의 초대를 받아들이지 않았습니다.

저에게 사회주의의 실체적 존재를 늙은 혁명전사와는 다른 방식으로 보여준 젊은 혁명전사가 있습니다. 그 전사의 목소리를 들은 것은 법정이었습니다. 여러분은 노동자 정치조직인 인천지역민주노동자연맹 사건을 잘 아실 것입니다. 그 사건은 1989년 10월 18일 17명의 인노련 맹원이 치안본부 대공분실 요원들에 의해 영장 없이 연행, 구속됨으로써 시작되었습니다. 1심 재판은 1990년 3월 28일에 열렸습니다. 그 젊은 혁명전사는 최후 진술에서 본인은 사회주의자이며, 사회주의자는 인간의 건전한 상식이 선택하는 자랑스러운 칭호라고 명료한 목소리로 말했습니다. 그 젊은 혁명전사에게도 사회주의는 유령이 아니었습니다.

그후로 제가 늙은 혁명전사와 젊은 혁명전사 사이에 어색하게 끼어 있다는 느낌이 들었습니다. 그 느낌은 저를 몹시 당혹하게 했습니다. 역사적 존재로서 저의 주체성에 의문을 불러일으켰기 때문입니다. 변혁운동에 투신한 이후 이런 의문은 처음이었습니다. 정보경찰들에게 개처럼 끌려가면서도, 견디기 힘든 고문의 고통 속에서도, 감옥에 영원히 유폐될 것 같은 절망 속에서도 일어나지 않았던 의문이었기에 저는 깊은 충격을 받았습니다. 역사적 존재로서의 주체성이 무너졌음을 받아들이지 않을 수 없었습니다. 제 존재의 집이 무너진 것입니다. 이 존재의 폐허 속에서 제가 해야 할 일은 폐허의 근원을 들여다보는 일일 것입니다. 근원 속에서만 이 무너진 주체성을 새롭게 세울 수 있으니까요. 제가 베를린으로 떠나는 것은 폐허의 근원을 들여다보기 위함입니다. 다시 여러분 곁으로 돌아오는 날, 여러분들과 한층 더 친밀한 존재가 되어 있기를, 저는 진심으로 바랍니다.

그날밤 김준일과 오랫동안 술잔을 나누었다. 술집을 세차례나 옮겼다. 마지막 자리에는 김규환과 장선익, 권기호 외에도 몇사람이 더 있었다. 모두들 취해 있었다. 무슨 이야기들이 오고 갔는지, 기억이 가물가물하지만 김규환이 "형은 시를 언제 쓸 거요? 난 형이 시인이라는 사실을 한시도 잊은 적이 없는데, 형은 잊어버렸소? 형이 시를 안 쓰면 나라도 쓸 거요" 하고 혀 꼬부라진 목소리로 말했을 때 김준일의 공허하고 쓸쓸한 눈빛이 생생히 떠오른다.

김준일이 서울에 온 것은 베를린으로 떠난 지 일년 팔개월 만인 1994년 2월이었다. 삼촌의 장례식에 참석하기 위해서였다. 얼굴이 그전보다 핼쑥했다. 나의 염려에 그는 씩 웃으며 사상의 유목민에 어울리는 몰골이 아니냐고 말했다. 그랬다. 현실 사회주의가 붕괴되면서 적잖은 변혁운동가들은 사상의 거처를 찾아 어디론가 끊임없이 떠나야 하는 유목민이 되어버렸다. 하지만 나는 거처를 찾기도 전에 몸이 먼저 무너졌다.

내가 객혈을 한 것은 1992년 6월이었다. 의사로부터 결핵이라는 말을 듣는 순간 조금도 놀라지 않았다. 오히려 안도했다. 이제는 정말 쉴 수 있겠구나, 하는 생각이 나를 평온하게 감쌌다. 요양소는 바닷가 근처에 있었다. 몸을 눕히니 몸속의 상처가 느껴졌다. 상처는 깊었다. 깊은 상처가 몸속에서 생명체처럼 숨 쉬고 있었다. 나는 상처의 숨소리에 귀를 기울이며 꿈이 무너진 역사의 폐허를 젖은 눈으로 보았다. 역사의 폐허로부터 시선을 거둔 것은 요양소를 나오면서부터였다. 1993년 늦가을이었다.

내 시선은 풍경을 향했다. 내 몸은 풍경을 찾아 떠돌았다. 언제부터였을까? 상처에서 흘러나오는 시간이 풍경 속으로 스며들기 시작한 것은. 풍경의 내부는 깊고 아늑했다. 깊고 아늑한 풍경의 내부에서 상처의 시간은 풍경의 시간과 뒤섞이면서 풍경의 일부가 되어갔다. 내가 카메라를 든 것은 풍경 속에서 풍경의 일부가 되어가는 상처의 형상을 확인하고 싶었기 때문이다. 돌이켜보면 김준일이 한국에 잠시 머물면서 나에게 보여준 진전사 터의 눈 덮인 벌판은 나에게 영원한 풍경이 되어버렸다. 김준일의 죽음 이후 폐사지를 찾아 전국을 떠돈 것은 영원한 풍경으로 향하는 나의 순례였다.

베를린으로 다시 돌아간 김준일에게 장문의 편지가 온 것은 1994년 9월이었다. 편지를 보낸 곳은 베를린이 아니었다. 모스끄바였다. 그가 죽기 사흘 전에 쓴 것이었다. 편지는 이 문장으로 시작되었다. '여기는 모스끄바의 마르크스 거리라네.'

3

여기는 모스끄바의 마르크스 거리라네. 지금 난 마르크스 거리 모퉁이에 자리한 작은 아파트에서 이 글을 쓰고 있네. 창밖은 어스름이 내려앉고 있네. 어스름 너머로 자네의 어렴풋한 얼굴과 우리가 함께한 세월이 스쳐지나가네. 유신체제와 광주항쟁, 80년대의 암흑과 그 암흑 속에서 별처럼 빛나던 절대적 객관성이라는 등불, 그 등불이 꺼지면서 이물스럽게 다가온 낯선 세계……

이십여년의 세월 동안 우리가 권력의 야만과 맞선 것은 절대적 객관성이라는 등불이 있었기 때문이었네. 그것은 세계의 중심이자 우리 마음의 중심이었네. 그 중심을 우린 잃어버렸네. 꿈이 사라져버린 것일세. 자네의 각혈은 고통의 척도였네. 우리 모두 정신의 각혈을 하고 있었으니.

내가 보기에 자네는 새로운 꿈을 찾은 것 같았네. 사진 말일세. 사물과 풍경의 내부 속으로 집요하게 파고드는 자네의 사진을 들여다보고 있으면 슬픔이 이네. 처음에는 슬픔의 이유를 몰랐네. 그것을 알게 된 것은 사진에 스며든 자네의 마음을 느끼면서부터였네. 시간 너머로 사라져버리고 싶어하는 마음 말일세. 그렇다네. 자네의 사진은 죽음이 유한한 인간에게 불러일으키는 한없는 슬픔을 품고 있네.

우리는 오랫동안 죽음을 짊어지고 살았네. 광주의 죽음 말일세. 우리가 광주의 죽음을 짊어질 수밖에 없었던 것은 그들의 죽음 속에 우리의 죽음이 깃들어 있었기 때문이네. 우리의 죽음은 우리 내부에 있지 않았네. 우리를 둘러싸고 있던 역사 속에서 숨 쉬고 있었네. 우리는 우리의 죽음을 볼 수도 있었고, 만질 수도 있었고, 그 향기를 맡을 수도 있었네. 그것은 축복이면서 불행이었네. 역사는 불행을 보여주는 데에는 능숙했지만 축복을 보여주는 데에는 무척 서툰 것 같았네. 그 서툰 축복 앞에서 우린 수줍어했네. 아름다운 소녀와 마주친 어린 나그네처럼.

동베를린 거리를 걷고 있으면 흑백필름의 풍경 속에 들어와 있는 듯한 기분이 들곤 했네. 큰길을 조금만 벗어나면 시간의 이끼에

덮인 건물들이 겨울나무처럼 서 있네. 거기에는 감각을 유혹하는 화려한 간판들이 거의 보이지 않네. 그 거리를 어린 나그네가 되어 걸으며 자본의 욕망에 침식되지 않은 순정한 사람들을 상상했네. 상상이 허물어지기 시작한 것은 베를린장벽을 건너온 동독인들이 서독정부가 제공한 100마르크를 움켜쥐고 포르노물 가게 앞에서 장사진을 이루는 모습을 보면서부터였네. 난 늦게서야 깨달았네. 더이상 어린 나그네가 될 수 없다는 사실을 말일세.

덧없는 이야기를 하나 하겠네. 베를린에 오기 전 결혼을 생각한 적이 있었네. 차혜림과 말일세. 그녀의 순정 속에 내 삶을 묻고 한 세상 살아가는 것도 좋을 것 같았네. 그녀가 나에게 베푼 사랑을 생각하면 가슴이 저리네. 그녀의 사랑 안에서는 내 존재를 긴장시키는 역사의 중력이 사라져버리네. 그녀의 사랑은 그만큼 맑았네. 그런데 말일세, 베를린행은 그것을 허락하지 않았네. 그 여행은 나에게 철저한 고독을 요구했네. 영혼의 한 귀퉁이에서조차 타인의 공간을 허락하지 않는 완전한 고독을 말일세. 존재의 폐허를 찾아 그 근원을 들여다보아야 하는 여행이었으니……

나에게 모스끄바만큼 존재의 폐허를 잘 보여주는 도시는 어디에도 없네. 러시아 10월혁명은 모스끄바를 인류가 오랫동안 가슴에 품어온 꿈의 도시로 만들었네. 그 꿈이 무너지면서 폐허의 도시가 되어버렸네. 언제부턴가 난 캄캄한 꿈의 무덤 속에서 발밑만 겨우 밝히는 초라한 등불을 들고 꿈의 흔적을 더듬고 있었다네.

마르크스 거리를 걸으면 사과나무가 있는 스베르들로프 광장에 이르게 되네. 그 광장 중앙에 화강암으로 이루어진 마르크스 석상이 있네. 가난과 고립 속에서 자신이 발견한 진리들을 뒷받침할 증거를 모으는 데 생애를 바친 불굴의 사상가 말일세.

1849년 프랑스에서 추방되어 영국으로 망명한 마르크스는 극심한 빈곤에 시달렸네. 망명한 혁명가에게 원고를 청탁하는 언론이나 출판사는 없었네. 가난은 그에게 두 아들 귀도와 에드가, 딸 프란치스카를 앗아갔네. 프란치스카가 죽었을 때는 어떤 프랑스인 망명자에게 2파운드를 빌려 어린 딸이 마지막 잠을 자야 하는 관을 겨우 샀네. 그런 고통 속에서 마르크스가 세계의 내부를 총체적으로 보고 있었다는 사실을 당시 인류는 까맣게 몰랐네.

스베르들로프 광장에서 동서쪽으로 조금 걸으면 크라스나야 광장이 나오네. 크라스나야는 현대어로는 '붉은'이라는 뜻이지만 고어로는 '아름다운'이라는 뜻이네. 이 광장의 남쪽 끝에 성바실리 성당이 있네. 이반 4세가 투르크 몽골계 유목민의 나라 아스트라한 한국(汗國)을 러시아에 합병시킨 기념으로 지은 성당인데, 건물의 아름다움에 황홀해진 황제는 그것보다 더 아름다운 건물을 짓지 못하도록 설계자의 두 눈을 빼버렸다고 하네.

권력의 야만성은 인간을 내려다보는 데서 싹트네. 인간이 내려다볼 수 있는 생명은 네 발로 걷는 짐승이네. 그런데 인간은 인간을 내려다봄으로써 인간을 짐승으로 격하시켰네. 이반 4세는 군주의 자리에서 신민을 내려다보았네. 군주의 시절이 끝나고 부르주아 사회가 형성되자 인간을 내려다보는 새로운 존재가 생겨났네. 자본이라는 괴물 말일세. 마르크스가 세계를 거꾸로 세우려는 꿈을 품은 것은 자본이라는 괴물의 욕망을 누구보다도 깊이 들여다보았기 때문일 걸세.

내가 「공산당선언」을 처음 읽은 것은 대학 2학년 때인 1972년 늦가을이었네. 영어판 복사본이었다네. 어둠에 잠긴 창밖에는 바람이 세차게 불었고 진눈깨비가 흩날렸네. 숨 쉬는 것조차 잊은 채 읽었네. 마지막 페이지를 다 읽고 나니 새벽이었네. 가슴이 울렁거리고 현기증이 났네. 옷을 껴입고 집을 나왔네. 맑고 차가운 새벽 공기가 울렁거리는 가슴속으로 스며들어왔네. 거리는 안개로 자욱했네.

— 하나의 유령이 유럽을 배회하고 있다. 공산주의라는 유령이. 옛 유럽의 모든 권력들이 이 유령을 사냥하기 위해 신성동맹을 맺었다. 교황과 차르, 메테르니히와 기조, 프랑스의 급진파와 독일 비밀경찰들이.

「공산당선언」 첫 문장을 읽었을 때 어떤 풍경이 떠올랐네. 무장 군인들이 탱크를 앞세워 캠퍼스 안으로 들어오고 있었네. 유신체제를 위한 비상계엄이 선포된 10월 17일 저녁이었네. 누구도 상상하지 못한 풍경이었네. 밀폐된 방에 갇힌 느낌과 함께 존재가 무참히 훼손당한 느낌이 들었네. 그 느낌들은 시간이 지나도 사라지지 않았네. 안개 자욱한 새벽 거리를 걷는데 「공산당선언」의 첫 문장이 머릿속에서 선명히 떠오르더니 잠시 후에는 생명체처럼 숨을 쉬기 시작하면서 다른 문장들을 불러오고 있었네. 문장의 숨소리가 귀에 들리는 듯했네. 어느덧 나는 문장들을 소리 내어 읽고 있었네. 무장 군인들과 탱크에 의해 훼손된 존재가 본래의 모습으로 되살아나는 듯했네. 밀폐된 방에서 문을 발견한 느낌도 들었네. 문

뒤에는 어떤 소중한 존재가 나를 기다리고 있을 것 같았네. 내 가슴은 사랑에 빠진 청년처럼 설렜네. 그날 이후 난 독일어를 공부했네. 마르크스 원전을 읽기 위해서였네. 얼마 후에는 러시아어 공부를 시작했네. 레닌 원전을 읽기 위해서였네. 마르크스와 레닌은 내 사상의 첫 연인이었네.

나에게 사회주의는 완결된 이념체계가 아니었네. 완결되었다는 것은 절대화되었다는 것을 뜻하네. 절대화된 이념은 우상이네. 우상은 인간에게 성찰을 요구하지 않네. 숭배를 요구하네. 나에게 사회주의는 끊임없는 성찰로 새롭게 변화시켜나가야 하는 어떤 존재였네. 내가 이 존재를 사랑한 것은 나에게 끊임없는 성찰을 요구함으로써 가슴과 정신을 늘 깨어 있게 하기 때문이었네.

성바실리대성당에서 옛 끄렘린 성벽을 따라 걸으면 죽음 속에서도 살아 있는 한 인간을 만나네. 1924년 1월 21일 영원히 눈을 감은 레닌이네. 마르크스가 꿈꾼 세계를 처음으로 현실화시킨 그 혁명가의 시신은 벽돌색 화강암 건물에 안치되어 있네.

마르크스가 쁘롤레타리아 혁명의 필연성을 확신할 수 있었던 것은 역사에 대한 신뢰 때문이라고 나는 생각하네. 역사는 진보하는 생명체라는 믿음 없이 어떻게 그런 확신을 할 수 있겠는가. 레닌은 역사를 살아 있는 생명체로 만든 행복한 혁명가였네. 레닌 묘를 지키는 위병들은 방문객들이 목소리를 조금만 높여도 검지로 입을 가렸네. 그 모습은 엄숙했고, 경건했네. 현실 사회주의가 무너졌지만 레닌의 대한 경외는 여전히 살아 있었네.

레닌의 시신은 붉은빛 도는 유리관 안에 있었네. 검정색 양복과 청색 바탕에 하얀 점이 박힌 넥타이를 맨 그는 잠자듯 누워 있었네. 작고 갸름한 얼굴에, 오똑한 콧날과 반듯한 이마가 조각 같았네. 어떤 젊은 러시아 여인은 레닌을 보며 눈물을 흘리고 있었네.

주검은 시간과 함께 썩어 흙 속으로 스며들기 마련이네. 이 자연적 흐름을 멈추게 함으로써 레닌은 이승의 유리관 속에서 불변의 모습으로 누워 있네. 그는 살아 있는 것도 아니고 죽어 있는 것도 아니네. 삶과 죽음 사이에서, 나비의 날개처럼 얇은 그 사이에서, 너무나 얇아 우리의 눈으로는 볼 수 없는 그 허망한 곳에서 그는 인간의 형상으로 누워 있네. 수많은 사람들이 그에게 꽃을 바쳤지만 꽃은 그와 함께 머물지 않네. 시간과 함께 시드네. 꽃을 바친 사람들 역시 늙고 죽어간다네.

러시아 유물론자들이 어떤 목적으로 레닌을 삶과 죽음 사이에 고정시켜 놓았는지 의문이 들었네. 혹시 레닌의 몸을 썩지 않게 함으로써 그의 존재를 영원히 간직하려고 욕망한 것은 아니었을까. 그렇다면 이상한 모순이 생기네. 세계의 사상(事象)이 물질적 법칙성으로 결정된다고 믿는 유물론자들은 세계의 변화를 관장하고 거기에 목적을 부여하는 신적인 역할을 일체 부정하네. 그러나 존재의 영원성은 신성의 부여 없이 불가능하네. 죽어서도 죽지 않는 레닌의 모습은 이미 신성한 존재이네. 인류의 삶을 살피면, 결코 마르지 않는 그 피의 강물 속을 들여다보면 어떤 생명활동도 모순 없이는 한발자국도 움직일 수 없다는 비극적 인식을 레닌 묘에서도 하게 되네.

레닌 묘를 나오니 어지럼증이 일었네. 환한 햇살 때문이기도 했고, 유한과 영원 사이의 심연 때문이기도 했네. 어지럼증 속에서 내가 간 곳은 마야꼽스끼 광장이었네. 그 광장에는 러시아 10월혁명을 '언젠가 고요한 정박소에서 우리를 부드럽게 흔든 우연의 물마루와 같다'고 아름답게 노래한 시인 마야꼽스끼의 동상이 있네.

마야꼽스끼에게 혁명은 역사의 일회적 사건이 아니었네. 초시간적이며 영원이었네. 그가 시와 혁명을 동일시한 이유는 거기에 있네. 하지만 혁명의 공간이 권력의 공간으로 변화함으로써 혁명의 기억과 현실 사이에 간극이 생겨났네. 거짓된 현실에 절망한 그가 선택한 것은 권총 자살이었네. 그에게는 죽음이 현실보다 더 진실한 세계였던 것이네. 신비스러운 무(無)의 세계가 말일세. 시인의 나이 37세였던 1930년 4월이었네.

시인은 변신하는 존재이네. 세계는 인간을 고정시키려 하지만, 시인은 끊임없이 변신함으로써 고정의 감옥에서 탈출하네. 나는 한때 나 자신을 개라고 생각한 적이 있었네. 모래에 파묻혀 목을 내밀고 무언가를 바라보는 고야의 그림 속 개처럼 말일세. 습기 찬 지하실에서 고문을 당하고 있을 때였네. 내가 개였을 적에도 희망을 잃지 않았네. 꿈의 등불 아래에 있었으니까. 사람과 역사를 진정으로 사랑하고자 한 영혼들과 함께 말일세. 난 지금 모래에 파묻혀 눈물이 그렁그렁한 눈으로 희망을 올려다보는 개가 사무치게 그립네. 그때는 세계의 악을 바라보기만 하는 무력한 존재가 아니었네. 심장이 뛰고 넋이 물결치는 생명체로서 세계의 악과 최선을 다해 싸웠네.

자네를 처음 만난 날이 떠오르네. 자네의 맑은 눈동자는 나에게서 무언가를 찾고 있었지. 시인의 영혼 말일세. 자넨 아는가? 언젠가부터 내가 자네에게서 시인의 영혼을 찾으려 했다는 사실을. 권력의 야만이 두려워질 때, 사람에 절망할 때, 내가 누구인지 혼란스러워 질 때, 여인의 사랑이 고통스러울 때 난 자네에게서 시인의 영혼을 찾았다네. 이것만으로도 나는 자네에게 무한한 은혜를 입었네.

지나가버린 시간들, 강물처럼 굽이쳤던 그 시간들은 외로우면서도 아름다운 꿈이었네. 우린 외로우면서도 아름다운 꿈속에서 만난 것일세. 이제 난 꿈에서 깨어나려 하네. 시간을 벗어나는 여행자가 되고 싶네. 시간을 벗어나면 어떤 세계가 기다리고 있을지 난 알 수 없네. 내 가슴이 설레는 것은 알 수 없음 때문이네. 우린 여전히 미지의 존재일세.

안녕히……

8장

새의 꿈

1

희우와 함께 차혜림 집에 간 것은 봄의 기운이 느껴지는 3월 중순이었다. 희우가 차혜림을 보고 싶어했다. 차혜림에게 전화를 걸어 희우의 마음을 알렸더니 언제든 오라고 기쁜 목소리로 말했다. 그녀는 희우가 겪은 일들을 나에게 들어 알고 있었다.

차혜림은 환한 미소로 희우를 반겼다. 희우는 자신보다 한살 많은 그녀를 언니라 불렀는데, 마루에 나란히 앉아 이야기하는 모습을 보고 있노라면 자매 같기도 했고, 친구 같기도 했다. 차혜림은 희우에게 차를 자주 마시게 했다. 그녀가 내오는 차는 매화차에서부터 찔레꽃차, 아카시아꽃차, 쑥차, 으름덩굴잎차, 백초차 등 참으로 다양했다. 직접 따서 만든 차였다. 야생식물의 잎, 줄기, 뿌리, 열매 등에 들어 있는 영양 성분이 몸에 무척 좋다고 했다. 식탁에는 생채로 무친 다양한 식물들의 새순이 가득했다. 새순에는 나무의 농축된 기가 고스란히 모여 있다는 것이었다.

"전 언니처럼 늙고 싶은데……"

봄볕이 가득한 마루에서 백초차를 마시던 희우가 차혜림을 물끄러미 보더니 혼잣말하듯 말했다. 얼굴에는 슬픔이 어려 있었다.

"난 희우씨가 부러워. 임이 앞에 계시니."

그러면서 차혜림은 나를 보았다.

"아, 언니 말이 맞네요."

희우의 투명한 목소리에 얼굴이 붉어지는 것 같아 슬며시 고개를 돌렸다.

"궁금한 것이 있는데……"

희우가 머뭇거리며 말했다.

"뭔데?"

차혜림은 희우를 말끄러미 보며 물었다.

"현수 아버진 현수를 알고 계셨어요?"

내가 오랫동안 궁금해하던 것을 희우가 물었다. 김준일이 감옥에서 나온 1988년 1월 이후 차혜림과 함께 있는 모습을 한번도 보지 못했다. 그가 베를린으로 떠나기 며칠 전에 차혜림의 안부를 물은 적이 있었는데, 김준일은 희미한 미소와 함께 고개만 끄덕였다. 잘 있다는 뜻인지, 대답은 못하지만 묻는 마음을 알고 있다는 뜻인지, 헤아리기 어려웠다.

나와 옛 친구들이 차혜림과 가까워진 것은 그녀가 현수를 김준일의 장례식장에 데리고 오면서부터였다. 언젠가 김규환이 술자리에서 차혜림에게 김준일이 현수를 알고 있었는지에 대해 물었으나 차혜림은 미소만 지었을 뿐 대답하지 않았다. 그후로 더이상 묻지 않았다. 차혜림이 그 질문을 피하고 싶어하는 것 같았기 때문이다.

"현수 아빤데 현수를 모를 리 있겠어?"

차혜림의 대답은 모호했다. 희우의 질문을 완곡하게 비켜가는 대답처럼 들렸다. 김준일이 현수의 존재를 알고 있었다면 차혜림은 그의 죽음을 더욱 받아들이기 힘들었을 것이다. 자신은 물론 현수까지 버리고 떠난 것이기 때문이다.

"현수 아빠 현수 목소리를 들었을걸."

처음에는 무슨 뜻인지 몰랐다. 희우도 어리둥절한 표정을 짓고 있었다.

"혼을 모시는 자리에 현수가 늘 있었으니……"

김준일의 백일 탈상제에서 현수의 축문 읽는 소리가 먼 곳에서 어렴풋이 들려왔다. 불현듯 김준일이 그리울 때가 있었다. 그리움은 추억을 끌어당겼다. 세월의 물결 너머로 사라져버린 시간과 공간이 홀연히 떠오르면서 청년의 모습인 그가 늙어버린 나에게로 성큼성큼 걸어오는 것이었다.

영서가 차혜림의 집에 온 것은 우리가 머문 지 나흘째 되던 날이었다. 별채 문을 고치러 현수까지 와 있어 적막했던 차혜림의 집이 사람들로 가득했다. 봄볕 가득한 마당 평상에 차려진 식탁 위로 수

다가 넘쳐흘렀다. 함께 식사하는 동안 현수와 영서는 스스럼없는 사이가 되었다. 현수는 고고학에, 영서는 목공에 관심을 쏟으면서 대화가 끊이지 않았다.

영서가 온 지 사흘 후 나는 그곳을 떠났다. 서울에서 해야 할 일들 때문이었다. 희우와 영서는 남았다. 희우가 더 있고 싶어했을 뿐 아니라 차혜림이 희우를 적극적으로 붙잡았다. 희우의 건강에 지리산의 봄만큼 좋은 것이 없다는 게 차혜림의 생각이었다. 맞는 것 같았다. 희우는 정말 잘 먹었고, 잘 걸었고, 잘 웃었다. 그녀의 몸은 지리산이 품고 있는 봄의 기운을 잘 받아들이는 것 같았다. 희우가 화사한 미소를 지을 때 젊은 시절의 그녀 모습이 떠올라 가슴이 설렜다.

떠나기 전 희우와 함께 산책했다. 인적이 드문 산길이었다. 산의 빛깔은 피어나는 꽃들로 눈부셨다. 봄의 눈부심 속을 희우와 함께 걷고 있다는 사실이 믿기지 않았다. 희우가 걸음을 멈추고 무언가를 눈여겨보았다. 무덤이었다. 양지바른 곳에 자리한 무덤가에는 색깔과 모양이 다양한 야생화들이 활짝 피어 있었다.

"아늑해요."

희우는 무덤을 내려다보며 중얼거리는 듯한 목소리로 말했다.

"저렇게 아늑한 곳에 누워 있는 것도 괜찮을 것 같아요."

여전히 중얼거리는 듯한 목소리였다.

"난 지금 당신에게 감사하고 있어."

그녀를 보며 또렷한 목소리로 말했다.

"당신을 볼 수 있다는 것, 당신의 목소리를 들을 수 있다는 것, 당신의 냄새를 맡고 당신을 안을 수 있다는 것에 대해 한없이 감사하고 있어."

나는 그녀를 조심스럽게 안았다. 그녀는 가만히 안겼다. 뼈만 남은 듯한 그녀의 야윈 몸이 아팠다.

"당신은요……"

그녀는 머리를 내 어깨에 묻으며 말했다.

"마음에 새기셔야 해요. 작별이 얼마 남지 않았다는 사실을 말이에요."

"하지만 지금 우린 함께 있잖아."

"아, 그러네요."

"난 까맣게 몰랐어. 당신이 그런 고통을 겪은 줄을."

"아파하지 마세요. 당신을 사랑한 것, 조금도 후회하지 않으니까요. 그러니 아파하면 안돼요. 당신이 아파하면 제 가슴은 더 아파요."

"당신은 내 안의 나였어. 평생을 찾아다녀야 하는…… 내가 누추한 욕망에 사로잡히지 않았던 것은 당신을 끊임없이 찾아다녔기 때문이야. 내가 세상 속에서 희망을 잃지 않았던 것도 당신에게 닿는 길이 세상 어딘가에 있다는 사실을 알고 있었기 때문이야."

"전 두려웠어요. 당신이 희우를 그전처럼 사랑하지 않을까봐. 그렇게 생각하면 마음이 캄캄해졌어요. 이제 전 편안히 떠날 수 있겠어요. 제가 떠나도 희우는 사랑을 받을 테니까요."

그녀의 눈물이 내 어깨를 적시고 있었다.

나는 서울로 바로 올라가지 않았다. 함양 안의면에 있는 장수사 터를 들렀다. 칠년 전에 보았던 그곳이 강하게 마음을 끌어당겼다. 신라 소지왕 9년(487년) 각연스님이 창건한 것으로 알려진 장수사 는 1680년 화재로 전소했다. 이듬해 절터를 아래로 옮겨 지었으나 1734년 다시 불이 나 대웅전과 향로전이 피해를 입었다. 그후 한국 전쟁 당시 군(軍)은 덕유산으로 숨어든 공비를 토벌한다는 이유로 절을 불태웠다.

처음 갔을 때 나를 놀라게 한 것은 일주문이었다. 일주문은 세속 과 부처의 세계를 구분하는 절 어귀의 문이다. 그러니 폐사지에 일 주문이 있을 리 없다. 하지만 장수사 터에는 일주문이 장엄하게 서 있었다. 절을 불태울 때 불길은 면했으나 허물어진 채 길가에 방치 되어 있던 일주문을, 한국전쟁이 끝난 후 안의면 당본리 봉황대로 옮겼다가 1959년에 다시 세운 것이었다.

일주문 너머 부처의 세계에는 아무것도 없었다. 절의 흔적은 어 디에도 남아 있지 않았다. 거의 완벽한 폐허였다. 그 허허로운 벌 판을 거닐면서 부처의 세계란 어쩌면 이런 폐허가 품고 있는 아름 다움 속에 있을지 모른다고 생각했다. 내가 장수사 터를 다시 찾은 것은 폐허가 품고 있는 아름다움을 보고 싶었기 때문이었다. 그 아 름다움 속에서 희우의 죽음을 생각하고 싶었다.

나는 깨닫고 있었다. 희우를 사랑한다는 것은 희우의 몸이 품고 있는 죽음까지 사랑해야 하는 것임을. 하지만 나는 모르고 있었다. 희우를 나에게서 앗아갈 죽음을 어떻게 사랑해야 하는지를. 내가 장수사지 폐허를 다시 찾은 것은 죽음을 사랑할 수 있는 마음을 찾기 위해서였다.

2

　희우가 지리산 마을에서 정릉 옛집으로 돌아온 것은 4월 초였다. 봄볕에 탄 얼굴이 건강해 보였다. 그사이 나는 지리산 마을에 두번 갔는데, 희우는 정말 잘 지내고 있었다. 지리산이 너무 좋다고 했다. 차혜림은 떠나는 희우를 살며시 안으며 언제라도 다시 오라고 다정하게 말했다. 희우는 눈물을 글썽이며 고개를 끄덕였다.

　섬진강변 벚꽃길을 따라 화엄사로 갔다. 봄햇살 속에서 빛나는 벚꽃들이 바람에 쉼 없이 떨어졌다. 하얀 꽃의 빗줄기 속에서 영서와 희우는 환하게 웃었다. 각황전에서 희우가 절하는 모습을 보니 가슴이 뭉클했다. 보이지 않는 누군가에게 마음을 모아, 간절히 절하고 있었다. 나중에 물었더니, 어머니를 생각했다고 했다. 그날은 화엄사 근처 오래된 여관에서 잤다. 마당에 늙은 매화나무가 있었다.

　서울 올라가는 길에 희우 이모가 있는 수녀원에 들렀다. 경기도 안성의 낮은 산자락에 있는 고즈넉한 수녀원이었다. 희우가 프랑스로 떠나면서 영서를 맡긴 곳이 그 수녀원이 운영한 고아원이었음을 그때 알았다. 희우는 영서를 이모의 손이 닿는 곳에 맡길 수 있어 얼마나 다행이었는지 모른다고 하면서, 희우 어머니가 정릉 집을 팔고 수녀원 근처 동네로 이사한 것은 영서 때문이었다고 말했다. 희우 이모는 희우 어머니와 다른 듯하면서도 닮아 보였다. 칠순임에도 얼굴이 맑았고, 눈빛이 온유했다. 다정한 시선으로 영서를 바라보는 그녀의 얼굴에는 기쁨이 가득했다.

정릉 집에 도착했을 때는 해가 지고 있었다. 희우를 쉬게 하고 영서와 함께 집 안을 청소했다. 청소를 다 하고 나니 바깥이 캄캄했다. 저녁 먹으러 밖으로 나왔다. 희우와 영서를 데리고 간 곳은 정릉시장 근처에 있는 보리밥집이었다. 안으로 들어가서야 그 집을 알아본 희우의 눈에 눈물이 어렸다. 주인아주머니가 강된장이 담긴 뚝배기와 갓김치를 상에 올리자 희우의 얼굴이 아련해졌다. 동동주를 맛있게 마시던 희우의 모습이 떠올랐다. 되돌아갈 수 없는 시절의 추억에 가슴이 시렸다.

닷새 후 희우를 우이동 집으로 초대했다. 희우가 오고 싶어했다. 영서를 통해 윤하를 알고 있던 희우는 윤하가 우이동 집을 어떻게 변화시켰는지 몹시 궁금해했다. 정릉에서 우이동은 멀지 않은 거리였다.

희우는 우이동 집의 옛 모습을 잊지 않고 있었다. 고치는 과정에서 사라진 쇠붙이 대문에서부터 담의 색깔, 깨끗이 비질된 마당, 봉숭아 맨드라미 채송화 등 마당에 피어 있는 꽃들까지 기억했다. 변화된 집을 살피는 희우의 시선은 깊어질 수밖에 없었다.

"저 담은……"

희우는 집 안에 있는 또 하나의 담을 세심하게 살피며 말했다.

"사원의 진입로처럼 느껴지네요. 안으로 들어가는 사람들로 하여금 마음의 준비를 하게 하는."

담을 따라 느리게 걷던 희우는 일층 내실로 들어서면서 걸음을 멈추었다.

"여긴…… 어둡네요."

혼잣말하듯 중얼거리는 목소리였다.

"아주 깊은 곳에 들어와 있는 것 같아요. 그런데 아늑해요."

어스름한 광선에 싸인 희우의 몸이 윤하와 닮은 듯 느껴졌다.

"저 계단은……"

희우는 이층으로 오르는 계단을 물끄러미 보았다.

"하늘로 오르는 것처럼 보여요."

"저 위에 하늘이 있어."

나는 윤하를 생각하며 말했다.

"하늘이 정말 있는지, 올라가봐야겠네요."

계단을 오르는 희우의 뒷모습이 금방이라도 사라질 듯 어렴풋했다.

희우를 위해 준비한 밥상은 사찰음식이었다. 사찰음식 전문가가 와서 만들었다. 내가 잘 아는 스님이었다. 스님은 음식을 다 만든 후 합장하고 떠났다. 연잎밥과 다시마 우린 물에 된장을 넣고 끓인 아욱국, 산취와 도라지를 집간장과 죽염으로 무친 나물, 더덕 쎌러드와 버섯강정이 식탁에 올랐다. 희우는 음식이 입에 딱 맞다고 했다.

"그분이 왜 르또로네 수도원에 가려고 했는지 알 것 같아요."

희우는 젓가락으로 버섯강정을 앞접시에 놓으면서 말했다. 나는 희우를 가만히 보았다. 그녀가 무슨 말을 할지, 궁금했다.

"최대한 절제한 창, 묵직하게 느껴지는 벽, 군더더기가 전혀 보이지 않는 간결함은 르또로네 수도원을 닮았어요. 하지만 르또로네에서 느끼게 되는 엄숙함과 경건함이 여기서는 아주 엷게 느껴져요. 따뜻한 기운 때문인 것 같아요. 여긴 깊고 어둡고 텅 비어 있음에도 따뜻한 기운이 흘러요. 제 생각엔…… 사랑 때문인 것 같아요. 성민씨를 향한 그분의 사랑 말이에요. 제가 궁금한 건……"

희우는 나를 가만히 보았다.

"그런 분이 왜 성민씨 곁을 떠났나, 하는 거예요."

영서에게 윤하의 죽음은 이야기하지 않았다. 희우는 윤하의 죽음은 모르고 있었다. 나는 희우가 가져온 포도주를 말없이 들이켜기만 했다. 윤하의 죽음에 나는 여전히 죄책감을 가지고 있었다. 희우에게 숨기거나 거짓말할 자신이 없었다. 희우는 금방 눈치챌 것이다. 무엇보다 윤하에 대해 숨기거나 거짓말하고 싶지 않았다. 이십칠년 만에 나타난 희우를 새롭게 깨닫는 데에는 윤하의 역할이 컸다. 희우와 윤하는 그들이 모르는 가운데 깊은 관계를 맺고 있었다.

내가 윤하의 모든 것을, 첫 만남에서부터 윤하가 죽음에 이르기까지의 과정, 몽골 설원을 떠돈 이유와 설원에 나타난 윤하가 나에게 준 깨달음을 이야기했을 때 희우의 눈에 눈물이 어렸다.

"그분에게……"

금방이라도 눈물이 떨어질 것 같았다.

"죄를 지은 느낌이에요."

목소리에 울음이 섞여 있었다.

"윤하는……"

종묘 사진을 들여다보는 윤하의 모습이 떠올랐다.

"당신의 그런 마음을 원하지 않을 거야. 윤하가 당신에게 원하는 건……"

여기에 무엇이 있어요? 윤하의 목소리가 귓전을 맴돌았다. 그것은 희우의 목소리이기도 했다. 윤하의 얼굴이 희우의 얼굴과 섞이고 있었다.

"따뜻한 마음일 거야. 왜냐하면 윤하는 희우를…… 좋아할 거니까."

나는 중얼거리듯 말했다.

3

희우가 이십칠년 만에 나를 찾아왔을 때 홀로 오지 않았다. 죽음을 품고 왔다. 희우의 고백에 따르면 자신의 육신에 죽음이 깃들지 않았다면 나를 찾지 않았을 것이라고 했다. 그러니까 죽음이 희우를 나에게로 떠민 것이었다. 희우는 새로운 사랑을 하게 한 죽음에 감사한다고 했다.

"어떤 사람이 그러는데, 암 말기 진단을 받는다는 것은 누군가가 그 사람만 남겨놓고 문을 잠가버린 상태래요. 하지만 저는 달랐어요. 문이 잠기자 그동안 보이지 않았던 문이 보이기 시작한 거예요. 그 문을 여니 세상에서 가장 아름다운 남자가 노을 속에 서 있었어요. 그러니 제가 어떻게 죽음에 감사하지 않을 수 있겠어요. 저는 죽음이라는 미지의 세계를 물고기처럼 천천히 유영하고 싶어요."

지리산 마을에서 정릉으로 돌아온 지 며칠 안된 4월의 어느날 희우는 폐사지 사진을 들여다보면서 여기에 가보고 싶다고 말했다. 원주시 부론면 정산리에 위치한 거돈사 터를 찍은 사진으로, 희우의 초대로 정릉 옛집을 찾았을 때 선물로 가지고 간 것이었다. 다음 날 희우를 자동차에 태우고 그곳으로 떠났다. 문막을 지나 섬강과 남한강의 물길이 만나는 흥원창지(興原倉址) 근처 식당에서 점심을 먹고, 부론면 자작고개를 넘어 거돈사 터에 닿았을 때 오후 1시가 조금 지나 있었다.

차에서 내리자 텅 빈 풍경이 보였다. 탑과 주춧돌과 축대가 엷은 안개에 싸여 있었다. 그 옆에 오래된 느티나무가 있었다. 희우는 짙은 풀 향기가 떠도는 빈 들판을 거닐며 절의 흔적들을 오랫동안 들여다보았다. 때때로 시선을 먼 곳으로 두었는데, 무엇을 보는지 알 수 없었다. 피사체로서의 희우는 풍경 속으로 흘러들어가 풍경의 일부가 되어 있었다. 희우의 그런 모습은 해가 지면서 더 깊어지고 있었다. 잔폐(殘廢)의 풍경으로 노을이 물처럼 스며들어올 때 희우의 눈에 눈물이 어렸다.

거돈사 터를 찾아 나선 길이 그전과 또다른 폐사지 순례의 시작이 될 줄은 그때는 까맣게 몰랐다. 희우는 폐사지에 그토록 빠져들었다.

나를 폐사지로 이끈 이는 김준일이었다. 폐사지가 얼마나 아름다운 공간인지, 김준일과 함께 간 진전사 터에서 처음 알았다. 내 사진의 많은 부분이 사라진 존재의 흔적을 찾아다닌 데에는 폐사지의 역할이 컸다. 윤하가 깊이 들여다본 종묘 사진도 폐사지의 미학에서 흘러나온 것이었다. 폐사지의 풍경 속으로 스며드는 희우의 모습에서 윤하가 떠오를 수밖에 없었다.

4월부터 10월 중순까지 희우와 함께 찾아다닌 폐사지는 서른두 곳이었다. 폐사지를 바라보는 희우의 시선에는 나에게 없는 것이 있었다. 죽음의 시선이었다. 희우의 몸속에는 죽음이라는 낯선 생명체가 숨 쉬고 있었다. 희우가 폐사지를 보면서 무슨 생각을 하는지 알 수 없지만, 그녀의 얼굴에는 슬픔과 황홀이 뒤섞여 있었다.

"이번 겨울까지만 이렇게 살았으면 좋겠어요."

그늘에 잠긴 석탑과 그뒤의 나무를 멍하니 바라보던 희우는 중얼거리듯 말했다. 9월 어느날, 강원도 미천골 선림원 터에서였다. 골짜기가 깊어 그늘이 깊은 곳이었다. 왜 그런 말을 하는지, 눈으로 물었다.

"겨울에 다시 여기로 오고 싶어요. 눈이 내리면 너무 좋을 것 같아요."

꿈꾸는 듯한 표정이었다.

"겨울에도 오고, 내년 봄에도 와."

나는 희우를 가만히 안으며 속삭이듯 말했다.

"태아가 자신을 둘러싸고 있는 세계를 무엇으로 느끼는지 아세요?"

"글쎄……"

"등으로 느껴요."

"등?"

"태아의 피부는 우리가 상상하기 힘들 만큼 민감해요. 다른 감각 기관들이 발달하지 않았기 때문이에요. 피부 가운데 가장 넓은 부분이 등이에요. 요즘 제가 그런 것 같아요. 보이지 않는 세계가 등으로 느껴지는 것 같아요."

"그러니까 당신의 말은……"

목이 메여 말이 막혔다.

"죽음은 저에게 미지의 손님이에요. 전 그 손님을 잘 맞이하고 싶어요."

희우의 예감은 정확했다. 눈자위에 거무스름한 그늘이 짙어지면서 복통이 자주 일어나기 시작한 것은 가을이 깊어가던 10월 중순이었다. 그러던 어느날 배를 쥐어뜯는 듯한 통증이 일었다. 장폐색이었다. 희우가 우려한 증상이었다. 장폐색 상태에서는 음식을 제대로 먹을 수 없다. 영양 결핍으로 쇠약해져가다가 수분과 전해질의 불균형으로 사망에 이르게 된다. 의사는 수술 이외에는 방법이 없다고 했다. 희우는 수술을 거부했다. 수술을 받으면 조금은 더 살겠지만 의미없는 삶이 될 거라고 하면서, 자신의 유일한 소망은 삶을 청결하게 매듭짓는 것이라 했다.

"성민씨와 함께 보낸 시간만으로도 삶의 기쁨을 충분히 누렸어요. 삶에 더이상 욕심을 부리면 그 기쁨이 훼손될 거예요."

희우는 명료한 목소리로 말했다.

희우가 선택한 죽음의 방식은 순수하고 냉정했다.

"지금 제 몸은 음식을 받아들이지 못해요. 너무나 지쳐 있기 때문이에요. 이젠 제 몸을 쉬게 해주고 싶어요. 음식을 먹지 않을 거예요. 물과 차만 마실 거예요. 음식을 먹지 않는다는 건 수동적인 행위이면서 적극적인 행위예요. 정상세포는 환경이 취약해지면 스스로 죽어 건강한 세포가 태어날 수 있도록 해요. 하지만 암세포는 스스로 죽지 않아요. 계속 분열하면서 영역을 확장해나가요. 생명의 권력자이지요. 제가 음식을 먹으면 암세포는 많은 영양분을 빼앗아가요. 음식을 먹지 않는다는 것은 정상세포를 쉬게 하고 암세포에는 영양분을 제공하지 않는 행위예요. 제 몸은 천천히 잠 속으로 스며들겠지요. 전 느껴요, 제 몸이 원하는 것이 뭔지. 가장 깊은 잠이에요. 죽음 말이에요."

죽음이라고 말할 때 목소리가 잠겼다.

"전 죽음과 다정한 친구가 되고 싶어요. 다정한 친구가 되기 위해서는 정신이 맑아야 해요. 정신이 맑지 않으면 죽음이라는 친구의 마음을 제대로 들여다보지 못할 테니까요. 제가 죽음을 처음 본건……"

희우의 얼굴에 추억이 서리고 있었다.

"햇살이 사금파리처럼 반짝였던 은색 강물에서였어요. 강물은 제 몸 안으로 흘러들어와 돌아다니고 있었어요. 제가 강물 속으로 들어간 건 더럽혀진 몸을 깨끗이 씻고 싶었기 때문이었어요. 죽음

만이 제 몸을 깨끗이 씻을 수 있음을 전 알고 있었어요. 죽음은 저를 놀라게 할 만큼 흉측하지 않았어요. 두렵지도 않았어요. 두렵기는커녕 설레기까지 했어요. 그럼에도 제가 죽지 않았던 것은 제 몸안에 생명이 있었기 때문이었어요. 영서 말이에요. 하지만 지금 제몸 안에는 그런 생명이 없어요. 그러니 마음이 편안할 수밖에요."

그날밤 니는 잠을 이루지 못했다. 희우의 말을 반박할 수 없었다. 진실이었기 때문이다. 진실은 그녀의 목소리에서, 표정에서, 몸짓에서 우러나왔다. 그 진실은 아팠다. 윤하의 죽음으로 인한 상처가 마음속에 여전히 살아 있는데, 희우의 죽음이 다가오고 있었다. 희우의 죽음이 나에게 어떤 상처를 입힐지 두려웠다. 차혜림이 떠올랐다. 김준일의 죽음으로 그녀가 견뎌야 했던 고통의 깊이를 헤아리고 싶었으나, 헤아려지지 않았다. 취기 속에서 새벽녘에 겨우 잠들었다. 다음 날 늦게 일어났다. 창가에 서서 북한산을 멍하니 보다가 차혜림에게 전화했다. 희우가 나에게 한 말과, 희우의 결심을 바꿀 수 없을 것 같다는 내 느낌을 전했다. 차혜림은 침묵했다.

"희우씨는……"

한참 후 차혜림의 목소리가 들렸다.

"자연스러운 죽음을 원하는군요. 늦가을 나뭇가지에서 잎이 절로 떨어지듯이…… 조금 이따 제가 전화 드릴게요. 생각해볼 게 있어서요."

세시간쯤 후 전화가 왔다.

"희우씨 결심을 바꿀 수 없다면 희우씨가 원하는 죽음이 이루어지도록 우리가 최선을 다해 도와야겠지요. 제 생각으론 희우씨가 여기에 와 있으면 좋을 것 같아요. 농약을 뿌려 키운 사과는 일주일이 지나면 썩기 시작해요. 하지만 자연에 맡겨둔 사과는 썩지 않아요. 마르기만 하지요. 사람의 몸도 크게 다르지 않을 거예요. 희우씨가 자연스러운 죽음을 원한다면 자연 속에 머무는 게 좋다고 생각해요."

"저도 그런 생각이 드는군요. 희우한테 물어볼까요?"

"제가 직접 말하는 게 좋을 듯해요. 성민씨를 통해 들으면 희우씨가 저한테 부담을 느낄 수 있어요. 성민씨는 가만히 계세요. 내일 제가 서울로 가겠어요."

차혜림이 정릉 집으로 온 건 다음 날 해 질 무렵이었다. 희우는 반갑게 그녀를 맞았다. 희우의 표정이 밝아 저녁식사 분위기가 조금도 어색하지 않았다. 우리가 식사하는 동안 희우는 차혜림이 가져온 산야초차를 마셨다.

"희우씨가 우리보다 더 맛있게 먹는 것 같네."

차혜림의 말에 희우는 활짝 웃었다.

"언니가 주신 이 차, 진짜 맛있어요. 제 몸이 호강하는 것 같아요."

음식을 끊고 물과 차만 마시기 시작한 지 일주일째였다.

"배는 안 고파?"

"안 고파요. 배고프다는 게 뭔지 모를 정도예요. 속이 너무 편해요."

"얼굴이 정말 편하게 보이네."

차혜림은 희우를 물끄러미 보며 혼잣말하듯 말했다.

"언니한테 부탁하고픈 게 있는데……"

희우는 초롱초롱한 눈으로 차혜림을 보았다.

"응, 뭔데?"

차혜림은 반색하며 물었다.

"가을의 남은 나날들을 지리산에서 맞고 싶어요. 언니 집에서."

희우의 말에 차혜림의 얼굴이 환해졌다.

"참 신기하네. 내가 여기 온 건 희우씨를 지리산으로 데려가고 싶었기 때문이야. 지리산의 가을은 아주 아름답거든."

"정말이에요?"

희우는 눈을 크게 떴다. 놀란 얼굴에는 기쁜 표정이 역력했다.

"정말이고말고."

"아, 그렇구나! 전 언니하고 참 잘 맞아요. 근데 걱정이 있어요."

"무슨 걱정?"

"성민씨가 허락하지 않거나, 허락하더라도 지리산으로 자주 오지 않으면 전 못 가요."

"자주 갈 거야, 귀찮을 정도로."

나는 미소를 지으며 말했다. 희우가 차혜림과 같은 생각을 했다는 게 기뻤다.

"이제 영서 허락만 남았네."

희우는 영서를 보았다.

"전 선생님보다 쪼끔 덜 자주 갈 거예요."

영서의 말에 모두 웃었다.

5

지리산의 가을은 아름다웠다. 생명을 버림으로써 이루어지는 아름다움이었다. 아름다움의 근원은 죽음이었다. 죽음을 품고 있는 아름다움이 지리산을 덮고 있었다. 나뭇잎들은 가지에서 떨어지기 전 황홀한 색채로 자신을 치장했다. 황홀한 색채의 물결 속에서 태아처럼 웅크리고 있는 죽음의 형상이 내 눈에는 보였다. 나는 황홀함만 보려 했으나 내 눈은 죽음의 형상을 피하지 못했다. 지리산의 나무들은 죽음을 준비하고 있었다. 희우의 몸도 가을 나무처럼 말라갔다. 차혜림이 소화가 잘 되는 자연음식을 만들어 상에 자주 올렸으나 희우는 몸이 원하지 않는다면서 먹지 않았다.

"눈을 감고 가만히 귀를 기울이면 바람에 스치는 나뭇잎 소리가 나요. 나뭇잎 소리에는 나무의 향기가 묻어 있어요. 그 향기를 맡고 있노라면 제가 생명체임을 사무치게 느껴요. 한때 제 육신이 기이한 파충류처럼 느껴질 때가 있었어요. 경찰서 건물 지하실에서였어요. 그후로 제 혼이 파충류의 육신 속에 갇혀 있는 느낌에서 헤어나지 못했어요. 거기에서 헤어나기 시작한 것은 제 안에 숨어 있던 희우의 슬픔을 느끼면서부터였어요. 샤르트르 마을의 성당에서였지요. 아기 예수를 안은 성모 앞에서 눈물을 흘린 것은 희우의 슬픔 때문이었어요. 그 순간 영서라는 기이한 생명, 파충류의 육신에서 태어난 이해할 수 없는 생명을 비로소 사랑할 수 있는 마음의 공간이 생겼어요. 제 혼이 파충류의 육신에서 헤어날 수 있었던 것은 마음의 공간 때문이었어요. 영서에 대한 사랑의 공간 말이에요.

그건 무어라고 표현할 수 없는 축복이었어요. 그러니 어떻게 도미니끄를 잊을 수 있겠어요."

희우는 마시고 있는 감국차를 물끄러미 내려다보았다. 섬진강이 내려다보이는 차혜림의 집 마당에서였다.

"이 감국은 참 신비로워요. 다완에서 두세번 우리면 꽃잎이 처음 딸 때의 모습으로 펼쳐지거든요. 어떻게 그럴 수 있을까요?"

감국은 단맛이 나는 국화다. 먹을 수도 있고 한방에서는 두통약으로도 쓴다. 감국차는 감국꽃이 활짝 피기 전에 꽃망울을 따서 만든다. 감국을 흐르는 물에 씻어 끓는 물에 살짝 데친다. 데친 감국에서 물기를 뺀 다음 불을 땐 방에 한지를 깔고 그 위에 넌다. 꽃잎이 완전히 마르면 시루에 두번 쪄서 다시 말린 후 밀봉해 보관한다. 그런 과정을 거쳤음에도 다완에서 본래의 모습으로 되살아나는 것이다.

"감국의 생명구조가 단순해서일까요? 사람의 생명구조는 너무 복잡해서 변화가 그토록 힘든 걸까요? 아무튼 지금 제 몸 안에서 새로운 변화가 일어나고 있어요. 완전한 변화 말이에요. 육신의 변화 가운데 죽음보다 더 완전한 변화가 또 있을까요. 돌이켜보면 제 육신이 기이한 파충류처럼 느껴진 이후 의식의 한켠에서는 죽음을 늘 꿈꾸어왔어요. 완전한 변화이니까요. 물론 무섭고 슬퍼요. 생명이 사라진다는 것, 헤아릴 수 없을 정도로 많은 기쁨이 있는 세상을 떠난다는 것, 기쁨 중에서 가장 큰 기쁨인 사랑하는 사람으로부터 떠나 어디론가 알 수 없는 곳으로 흘러간다는 것이 무섭고 슬퍼요. 영서와 당신에게서, 혜림 언니로부터 떠난다고 생각하면 가슴이 무너져요. 하지만 전 운이 무척 좋은 편이에요. 사랑하는 사람들에 둘러싸여 눈이 시리도록 아름다운 가을의 산하와 함께 갈 수 있으니까요."

희우는 자신의 얼굴을 지리산의 가을에 깊숙이 묻었다. 가을에 묻힌 희우의 얼굴은 날이 갈수록 맑아졌다. 죽음을 수락한 존재의 맑음이었다. 김준일이 그랬고, 윤하가 그랬다. 그들의 맑음 앞에 한없이 부끄러웠다.

희우가 숨을 거둔 것은 11월 24일 오후 5시가 조금 넘어서였다. 지리산 마을에 온 지 삼십삼일 만이었다. 숨을 거두기 사흘 전부터 기력이 눈에 띄게 떨어졌다. 말하는 것도 힘들어했다. 내가 걱정스러운 표정으로 보고 있으면 희우는 꿈꾸는 듯한 미소를 지어 보였다. 연락을 받고 달려온 희우 이모는 희우 곁에서 소리 없이 기도했다. 그녀가 침묵의 기도를 하는 동안 희우의 몸이 간혹 잔물결처럼 미세하게 움직이곤 했다.

희우가 남긴 마지막 말은 "은빛 눈이 내리고 있어요"였다. 그 말을 할 때 희우의 눈은 맑은 광채에 싸여 있었다. 눈 내리는 선림원 터가 떠올랐다. 아무것에도 물들지 않는 은빛 눈의 벌판에 홀로 외롭게 서 있는 희우의 모습이 어른거렸다.

희우의 유언에 따라 화장한 후 뼈를 섬진강에 뿌렸다. 영서가 가장 오래, 서럽게 울었다. 희우 이모는 영서를 아이 달래듯 달래다 함께 울었다. 희우의 뼈를 뿌릴 때 윤하가 어렴풋이 떠올랐다. 강물에 섞여 황혼이 지는 곳으로 흘러가는 희우의 뼈가 어디에선가 윤하의 뼈와 섞일지도 모른다는 생각이 들었다. 희우를 보낸 후 차혜림의 집 마루에 앉아 캄캄한 섬진강을 내려다보고 있는데, 영서가 다가왔다. 영서는 눈물이 그렁그렁한 눈으로 연둣빛 편지봉투를 내밀었다. 희우의 마지막 편지였다.

6

사랑하는 당신에게

당신을 떠난다고 생각하면 가슴이 저며요. 제 안의 희우는 끊임 없이 울고 있어요. 그녀의 울음 앞에서 제가 할 수 있는 일은 아무 것도 없어요. 함께 우는 것 외에는. 저는 지금 희우의 울음소리를 들으며 이 편지를 쓰고 있어요. 당신에게 미처 못한 말이 있거든요. 영서 이야기예요.

당신을 정릉 집으로 초대한 이유를 지난번 편지에 밝혔지요. 편지에는 쓰지 않았지만 이유가 하나 더 있었어요. 영서였어요. 전 당신에게 영서를 보여주고 싶었어요. 제가 영서를 아무리 설명해도 당신에게 제대로 전달되지 않을 테니까요. 당신이 영서를 좋아해서 무척 기뻤어요.

어머니는 영서의 탄생을 원하지 않았지만 영서를 많이 예뻐했어요. 여느 할머니와 다름이 없었지요. 어린 영서와 함께 있으려고 안성으로 이사까지 했으니까요. 핏줄을 외면할 수 없었던가봐요. 하지만 간혹 영서를 바라보는 어머니의 얼굴에 슬픔과 회한의 표정이 비치곤 했어요. 공항에서 영서와 작별할 때 어머니는 참 많이 울었어요. 영서도 많이 울었지요. 그때까지 전 어머니 역할을 한 적이 없었어요. 어머니와 이모가 다 했지요. 어머닌 영서를 프랑스로 보낸 후에도 일년 넘게 거기서 살았어요. 영서와 함께 살았던 동네에 정이 들었던가봐요.

영서와 함께한 생활, 쉽지 않았어요. 우린 서로에게 너무 낯설었어요. 함께 생활한 적이 없었으니 그럴 수밖에요. 고맙게도 영서는 낯선 환경 속에서 바르게 자라주었어요. 우린 제가 예상했던 것보다 훨씬 빨리 친해졌어요. 영서가 먼저 다가왔어요. 저는 영서에게 아무것도 요구하지 않았어요. 엄마로서 영서에게 무엇을 요구할 자격이 없다고 생각했기 때문이었어요. 영서는 엄마가 있는 여느 아이들에 비해 더 많은 자유를 누렸지요. 그것이 우리가 친해지는 데 큰 역할을 한 것 같아요.

이상하게 들릴지 모르지만 영서가 저를 낳았다는 생각이 들곤 했어요. 그런 생각의 바탕에는 강에서의 기억이 깔려 있어요. 제 몸에 아이가 들어섰다는 사실을 알고 죽으러 강으로 들어갔을 때 저를 보고 있던 존재, 몸의 균형을 잃고 물살 속으로 휩쓸려 들어갔을 때 저를 내려다보며 눈물을 흘리던 존재, 제 몸 안에 있으면서 바깥에 있던 존재, 아무것도 모르면서 모든 것을 알고 있던 존재가 영서였어요. 영서는 제가 낳았지만 저 역시 영서를 통해 다시 태어났던 거예요.

영서는 아버지를 알고 싶어했어요. 영서에게는 당연한 권리이자 자연스러운 욕망이었지요. 저는 영서에게 거짓말을 하고 싶지 않았어요. 하지만 어떻게 진실을 말해요? 진실의 끔찍함이 그 아이에게 어떤 독이 될지 모르는데.

누가 영서의 아버지죠? 남성이에요. 단순하고 막연한 대답일 수도 있겠지만 저에겐 단순하지도, 막연하지도 않아요. 성(性)과 관련한 폭력에서 여성은 가해자가 될 수 없어요. 신은 여성에게 남성의 발기된 성기와 같은 폭력의 무기를 주지 않았어요. 이런 점에서 여성은 숙명적으로 희생자예요.

저는 영서가 딸이라는 걸 알았을 때 기쁨과 슬픔을 동시에 느꼈어요. 기쁜 이유는 영서가 가해자적 존재가 아니라는 사실 때문이었고, 슬픈 이유는 영서가 희생자적 존재라는 사실 때문이었어요. 모든 남성이 가해자라는 뜻은 아니에요. 가해자가 될 가능성을 갖고 있다는 뜻이죠. 마찬가지로 모든 여성이 희생자가 될 가능성을 갖고 있지요.

저는 어떤 집단이나 사회를 평가할 때 이 가능성을 기준으로 삼아요. 나쁜 집단, 나쁜 사회는 가능성을 방치해요. 더 나쁜 집단, 더 나쁜 사회는 가능성을 확장시키죠. 불행히도 우리들의 청춘은 지독히 나쁜 집단 속으로 던져졌어요. 수많은 청춘들이 지독히 나쁜 집단이 의도적으로 만들어낸 사회의 폭력에 희생되었어요. 당신의 희우는 그 희생자 가운데 한사람이었어요.

그런데 놀랍지 않으세요? 희생의 결과물이 영서라는 사실이…… 제가 희생자가 되지 않았다면 영서는 태어나지 않았을 거예요. 삶이 달라졌겠죠. 달라진 삶을 생각한다는 건 의미가 없어요. 경험되지 않은 삶은 중요하지 않아요. 중요한 것은 삶의 실체예요. 영서는 제 삶 속으로 깊숙이 파고들어온 실체적 존재예요. 제 삶에서 영서를 분리한다는 것은 불가능해요.

저에게 영서는 고통의 존재였어요. 저는 까맣게 몰랐어요. 고통의 존재가 기쁨의 존재로 변화하리라는 것을. 이 생명의 신비 앞에서 저는 오랫동안 서성거렸어요. 신비는 질문을 유발시켜요. 저는 끊임없이 질문했어요. 생명의 신비에 대해. 이 신비는 르또로네 수도원이 불러일으킨 신비와 같으면서도 달라요. 르또로네 수도원이 기도와 용서에 대한 질문을 품고 있었다면, 영서는 생명 자체에 대한 질문을 품고 있었어요. 영서라는 놀라운 생명에 몰입하게 하는 신비였지요. 제가 전공을 산부인과로 선택한 것은 생명이 불러일으키는 이 신비의 내부를 구체적으로 들여다보고 싶었기 때문이에요.

세상의 모든 어머니는 아이를 둥근 형상으로 품어요. 기하학자들이 둥근 형상을 가장 아름다운 형상으로 보는 것은 그것이 완전하기 때문이에요. 난자도 둥근 형상이에요. 태양처럼 둥글어요. 태양처럼 둥근 형상 안으로 정자가 들어와요. 어머니는 아이를 완전한 형상으로 품고 있는 거예요. 그것은 모든 연인의 꿈이에요. 사랑하는 사람을 둥근 형상으로 품는 것 말이에요.

둥근 형상 안에 존재하는 아이는 어머니의 완전한 연인이에요. 어머닌 그것을 느껴요. 세계가 완전한 사랑으로 둘러싸여 있다면 그건 낙원이에요. 우리가 태아 시절을 기억하지 못하는 것은 낙원의 시간이기 때문일 거예요. 하지만 낙원의 시간은 한정되어 있어요. 주어진 시간이 지나면 태아는 둥근 형상에서 빠져나와야 해요. 빠져나오지 못하면 죽어요. 둥근 형상에서 빠져나오는 순간 완전한 합일이 깨어져요. 그러면서 전과는 다른 관계, 새로운 관계가 시작되는 것이지요. 인간의 근원적 슬픔은 여기에서 비롯되는 것 같아요.

당신, 아이가 세상에 태어나는 모습을 본 적이 있어요? 전 수없이 보았답니다. 눈은 꾹 감겨 있어요. 눈썹은 일그러져 있고요. 두 손은 누군가에게 간절히 애원하듯 내밀고 있어요. 때때로 얼굴을 가리기도 해요. 두 발은 무언가를 쉴 없이 걷어차다가도 몸을 동그랗게 말듯이 움츠려요. 입은 울부짖고, 머리는 격렬히 흔들고 있어요. 아이의 작은 몸은 공포에 사로잡혀 오들오들 떨고 있어요. 울음소리는 또 얼마나 절망적인데요. 아이는 왜 그토록 괴로워하는 걸까요?

어머니의 몸 안은 어둡고 따뜻하고 고요해요. 어둡고 따뜻하고 고요한 물의 세계에 잠겨 있던 아이가 바깥 세계로 나오는 순간 폭력에 에워싸여요. 허파로 들어가는 공기는 불처럼 뜨거워요. 몹시 뜨거운 것을 삼킬 때를 상상해보세요. 그때보다 아이의 고통이 더 클지 몰라요. 투명하고 얇은 눈까풀 속으로 파고드는 빛 역시 불처럼 뜨겁기는 마찬가지예요. 소리의 고통도 엄청나고요.

아이는 태어나기 전까지 어머니 몸 안에서 소리를 들었어요. 양수 속에서 듣는 소리는 세상의 소리와 달라요. 낙원의 소리니까요. 그런 아이의 귓속으로 벼락같은 소리가, 무언가를 찢어발기는 듯한 날카롭고 조악한 소리가 쏟아져들어와요. 피부감각은 어떠할까요?

아이의 살은 외피가 거의 없어요. 부드럽고 얇은 자궁 막의 보호를 받던 그 섬세한 피부에서 보호막이 갑자기 사라지는 거예요. 아이는 살을 덴 상태와 흡사한 고통을 느껴요. 아이에게 바깥 세계는 가차 없는 폭력의 세계예요. 이제 막 태어난 생명이 세계의 근원적 폭력에 유린되는 모습은 차마 볼 수 없어요. 근원적 폭력에 맞서 아이는 온몸으로 저항해요. 이런 아이의 모습이 저에게 무엇을 가르쳐주었는지 아세요? 우리가 살고 있는 세계의 근원이 폭력이라는 가혹한 진실이에요. 우리가 청춘이었을 적에 당신과 저는 세계의 근원적 폭력에 휩쓸렸던 거예요. 지금 제가 한 말에는 약간의 설명이 필요해요.

아이가 태어나면서 겪는 끔찍한 고통은 어디로 갈까요? 시간이 흐르면서 소멸될까요? 고통은 소멸되겠지만 고통의 기억은 소멸되지 않아요. 몸 어디엔가 숨어 있어요. 고통에 대한 원한 역시 숨어 있어요. 의식이 닿지 않는 어떤 곳에 말이에요. 그 원한이 어떤 계기로 분출될 때 폭력이 발생하는 거예요. 폭력적 인간이란 고통에 대한 원한이 쉽게 노출되는 인간이에요. 야만적 사회는 우리의 몸 깊은 곳에 숨겨져 있는 고통의 기억을 자극해요. 폭력이 필요하기 때문이지요. 나치스가 그랬고, 스탈린 체제가 그랬어요. 우리의 청춘이 통과했던 70년대와 80년대 한국 사회도 그랬어요. 수많은 청춘들이 폭력의 희생자가 되었어요.

여성을 숙명적 희생자라고 했지요. 저도 숙명적 희생자였지만 당신도 숙명적 희생자였어요. 그러니까 당신은 여성적 존재예요. 이상하게 들려요? 조금도 이상하지 않아요. 제가 말하는 여성이란 실체이면서 상징이에요. 여성의 개념을 깊게 확장시킨 것이라고 말하고 싶어요. 폭력의 모든 희생자는 여성적 존재예요.

희생자의 본질은 슬픔이에요. 슬픔은 고통과, 고통이 불러일으키는 원한을 정화해요. 그렇다고 해서 슬픔이 폭력에 대한 분노를 지운다고 생각하시면 안돼요. 분노와 원한은 달라요. 폭력에는 분노해야 해요. 폭력에 분노하지 않는다는 것은 폭력을 인정하는 행위예요. 분노를 껴안으면서, 분노를 넘어서는 감정이 슬픔이에요. 슬픔은 분노가 또다른 폭력으로 치닫지 않게 하는 고귀한 감정이지요. 세상은 폭력으로 가득 차 있지만 그럼에도 세상이 아름다운 것은 슬픔에 감싸여 있기 때문이에요. 예수를 보세요. 그가 십자가에 못 박히는 순간 눈부시게 아름다운 여성적 존재로 변화했어요. 그 존재에서 흘러나오는 슬픔의 눈물이 세상을 적셨어요. 그러니 세상이 아름다울 수밖에요.

제가 당신을 사랑할 수밖에 없는 여러가지 이유 가운데 하나는 당신에게서 슬픔을 발견했기 때문이에요. 물론 전 1985년 6월 어느 날 당신이 저에게 세상에서 가장 맛있는 밥상을 차려준 이후 오랜 세월 동안 당신을 보지 못했지만, 당신의 사진은 보았답니다. 당신의 사진 속에는 슬픔이 흐르고 있었어요. 희생자라고 해서 다 슬픔을 간직하는 게 아니에요. 슬픔을 상실하는 순간 희생자는 여성적 본질을 잃게 돼요. 당신은 참으로 아름다운 여성이었어요. 당신, 아세요? 당신의 사진을 보면서 제가 얼마나 황홀해했는지를.

어머니가 이승에서의 마지막 숨을 힘겹게 쉬고 있을 때 저는 아프리카에서 흑인 소녀의 출산을 돕고 있었어요. 한 생명을 받기 위해 제 손이 피투성이가 되었을 때 어머니의 영혼은 어디론가 떠났

어요. 어쩌면 흑인 소녀가 새 생명을 보면서 흘린 눈물이 차가워져
가는 어머니의 몸을 따뜻하게 적셨는지도 몰라요. 그즈음 당신은
무얼 하셨을까요? 당신의 슬픔과 닮은 풍경을 찾고 계셨을까요?

　남도의 어느 산골 폐사지가 아련히 떠올랐다. 거기에 폐사지가
있는 줄 몰랐다. 낙엽이 흩날리는 늦가을이었다. 길은 안개 낀 들판
사이로 구불거리며 이어지고 있었다. 둥그런 무덤 하나가 안개 사
이를 떠다녔다. 꽃들이 느리게 흔들렸고, 새들은 허공을 비껴 날았
다. 탑이 보인 것은 느티나무를 지날 때였다. 군데군데 깨진 남루한
탑이었다. 거뭇한 돌 위에 파인 시간의 주름은 깊었다. 비천(飛天)
이 새겨진 불상 조각은 쓸쓸했고, 허물어진 주춧돌은 애잔했다. 흙
과 나무, 바람과 안개, 돌과 하늘, 나뭇잎 소리와 새의 울음 사이에
서 오랫동안 서성거렸다. 텅 비었는데도 꽉 차 있었다. 한없이 낮은
데도 한없이 높았다. 사방이 트였는데도 은산철벽이었다. 무릎이
꺾였다. 나는 아무것도 아니었다. 영원 앞에서 아무것도 아닌 존재
가 할 수 있는 유일한 행위는 무릎을 꿇는 일이었다.
　사진은 하늘을 배경으로 탑을 찍은 것이었다. 희디흰 햇살 때문
이었을까? 무릎을 꿇고 있었을 때 탑이 꽃처럼 보였다. 짧은 시간
이었지만 눈부신 꽃이었다.

　영서도 당신의 사진을 좋아해요. 영서가 당신의 사진을 좋아하
는 것은 영서에게도 깊은 슬픔이 있기 때문일 거예요. 영서는 제
아버지의 정체를 알고 있어요. 제가 이야기했어요. 영서가 열여덟

살이 되던 생일날이었어요. 가혹한 생일선물이었지요. 영서는 잘 견뎠어요. 영서가 고고학과를 선택했을 때 이유를 물었어요. 영서는 "땅 위의 세상보다 땅 밑의 세상이 더 아름다울 것 같아서……"라고 대답했어요. 그 순간 영서가 얼마나 힘겹게 고통을 견디고 있는지, 아프게 깨달았어요.

어느날 영서가 물었어요. 아버지라는 사람을 지금도 미워하느냐고. 르또로네 수도원이 저에게 한 질문을 영서도 하고 있었어요. 전 대답하지 않았어요. 미소만 지었어요. 슬픈 미소였을 거예요. 영서가 어떻게 성장했는지 궁금하시면 영서에게 물어보세요. 그 아인 아마도 자신의 슬픔과 기쁨을 당신에게는 보여줄 거예요. 제가 당신을 얼마나 사랑하는지 잘 아니까요.

이제 당신과 작별해야 해요. 슬퍼하는 당신이 보여요. 제가 가야 하는 데가 얼마나 먼 길인지는 알 수 없지만 새처럼 날아가고 싶어요. 서러워하지 않고, 애틋해하지 않고, 머뭇거리지 않고, 긴 날개를 너울거리며…… 그렇게 날다보면 당신이 잊히겠지요. 어젯밤에도 새의 꿈을 꾸었어요. 눈처럼 흰 새가 은빛으로 빛나는 별들의 강을 건너고 있었어요. 당신, 제게로 다가와 제 숨소리를 들어보세요. 새의 숨소리로 바뀌고 있어요. 제 몸을 보세요. 어깨에서 날개가 돋고, 뼈 안이 텅 비어가고 있잖아요. 그러니 부디 슬퍼하지 마세요.

당신의 희우

빛들이 바람에 쏠리고 있다. 바람에 쏠리는 빛들은 안개를 걷어내면서 탑의 적막과 뒤섞인다. 빛과 뒤섞이는 탑의 적막이 투명하다.

"저 탑이 정말 꽃으로 보였어요?"

탑을 뚫어지게 보던 영서가 나를 보며 묻는다.

"응."

영서는 고개를 갸웃거리며 다시 탑을 본다.

"그러니까 선생님은 탑을 찍으신 게 아니라 꽃을 찍으신 거네요."

"그렇게 생각할 수도 있겠네."

나의 말에 영서는 생각에 잠긴다.

"탑이 어떻게 꽃으로 변하죠?"

"꽃처럼 아름다우니까."

"음, 그렇군요."

"어쩌면 탑이 꽃을 꿈꾸었는지도 몰라. 그러면 꽃은 탑을 꿈꾸게 되겠지."

"무슨 뜻이에요?"

"어떤 사람이 누군가를 깊이 꿈꾸면, 누군가는 그 사람을 꿈꾸게 되지 않을까."

"아름다운 말이네요."

"누가 가르쳐주었어."

"누군데요?"

"강희우."

"엄만……"

영서의 목소리가 잠겨든다.

"정말 간절히 선생님을 꿈꾸었어요. 제가 선생님을 만나라고 여러번 권했어요. 엄만 쓸쓸히 웃으며 말했어요. 꿈꾸는 게 좋다고."

들판에서 연기가 피어오른다. 짚을 태우는 모양이다.

"여긴 꿈꾸기가 좋아. 텅 비어 있으니까."

"여기서 무슨 꿈을 꾸고 싶으세요?"

"새. 눈처럼 흰."

"왜 눈처럼 흰 새예요?"

"그 새가 나를 꿈꾸어야 하니까."

나는 중얼거리듯 말한다.

"탑 곁에 서봐."

"왜요?"

"사진 찍어줄게."

"정말요?"

"빨리 가. 마음 변하기 전에."

영서가 재빨리 탑으로 간다. 파인더를 들여다본다. 바람에 쏠리는 빛 속에 얼굴이 있다. 눈이 부시다. 내 사진이 향한 곳은 풍경이었다. 언제나 그랬다. 파인더는 인간을 거부했다. 인간의 그림자조차 허용하지 않았다. 그런데 지금, 저 눈부신 얼굴이 파인더를 끌어당긴다. 파인더가 눈부신 얼굴을 통해 숨을 쉰다. 시간이 멈춘다. 시간이 멈춘 공간에서 사물과 생명체가 경계를 잃고 뒤섞인다. 사물이 생명체 속으로 파고들고, 생명체가 사물 속으로 파고든다. 눈부신 얼굴과 적막한 탑이 불가해한 물결 속에서 뒤섞인다. 수많은 빛들의 겹침 속에서 물결은 미지의 형상을 향해 나아간다. 그 형상이 눈처럼 흰 새인지, 어떤 캄캄한 생명인지, 한번도 본 적 없는 풍경인지 알 수가 없다.

| 작가의 말 |

　『길, 저쪽』은 사랑에 관한 소설입니다. 사람과 사람 사이에서 헤아릴 수 없는 사랑들이 밤하늘의 별처럼 타오르다 시간 저 너머로 사라져갔을 것입니다. 그 많은 사랑 가운데 똑같은 형태의 사랑이 존재한다는 것은 불가능합니다. 이 세상에 똑같은 사람이 없으니 똑같은 사랑이 있을 턱이 없습니다. 그러니 모든 사랑은 새로운 사랑입니다.

　저는 이 소설을 통해 새로운 사랑을 보여주고 싶었습니다. 이 새로운 사랑의 이야기 속으로 한국 사회의 역사적 풍경들이 밤의 강물처럼 흘러들어갈 것입니다. 1970년대를 시작으로 80년대를 굽이치면서 지금 우리가 발을 딛고 있는 여기까지 밤의 강물은 사랑의 이야기 속에서 출렁거릴 것입니다. 우리가 홀로 살지 않는 한 우리의 삶과 역사는 뒤섞일 수밖에 없습니다. 그러니 밤의 강물이 사랑의 이야기 속으로 흘러들어갈 수밖에요.

　『길, 저쪽』의 씨앗은 지난 작품집 『두 생애』(문학과지성사 2009)에 수록된 단편 「희생」입니다. 이 작은 씨앗이 피어올린 새로운 생명을 독자와 나눌 수 있게 되어 기쁩니다.

2015년 5월
정찬

길, 저쪽

초판 1쇄 발행 • 2015년 5월 26일

지은이/정찬
펴낸이/강일우
책임편집/김선영
펴낸곳/(주)창비
등록/1986년 8월 5일 제85호
주소/413-120 경기도 파주시 회동길 184
전화/031-955-3333
팩시밀리/영업 031-955-3399 · 편집 031-955-3400
홈페이지/www.changbi.com
전자우편/lit@changbi.com

ⓒ 정찬 2015
ISBN 978-89-364-3419-9 03810